NARRATORI MODERNI

W0461828

Della stessa autrice in edizione Garzanti:
Finalmente noi
Finalmente ci sei

TIJAN

FINALMENTE CON TE

Traduzione di
ADRIA TISSONI

Garzanti

Prima edizione: maggio 2018

Per essere informato sulle novità del Gruppo editoriale Mauri Spagnol visita:
www.illibraio.it

Traduzione dall'inglese di
Adria Tissoni

Titolo originale dell'opera:
Fallen Crest Public

© 2013 by Tijan Meyer

ISBN 978-88-11-67335-4

© 2018, Garzanti S.r.l., Milano
Gruppo editoriale Mauri Spagnol

Printed in Italy

www.garzanti.it

FINALMENTE CON TE

Ai lettori, di nuovo.
A chi mi ha mandato messaggi, aiutandomi a scrivere.
Grazie, non avete idea di quanto significhi per me.

1.

Mi ero svegliata sentendo una mano sul seno, infilata sotto il top.

«Mason!»

Poi ho sentito una coscia muscolosa, molto virile, insinuarsi tra le mie gambe e mi sono ritrovata a pancia in giù. Mason mi ha abbassato la spallina e ha avvicinato le labbra alla mia spalla, mordicchiandomi il collo. Mi è venuta la pelle d'oca e ho trattenuto il fiato. Ho stretto le cosce, avvertendo un forte spasimo, una sorta di pulsazione costante. La sua bocca è scesa lungo la spina dorsale, strappandomi un gemito. Mi sono inarcata per premermi contro il suo corpo. Era eccitato ma non ha emesso un suono. Mi ha appoggiato una mano sul fianco per avvicinarmi ancora di più a sé. Mi accarezzava la schiena, e il top ormai era tutto arricciato. Lentamente si è steso su di me, tenendomi sollevata.

Dovevo averlo subito.

Mi ha tempestato la schiena di baci. Quando mi ha sfilato il top dalla testa, mi sono tirata su. Basta, non ce la facevo più. Adesso eravamo tutti e due in ginocchio. Ho allungato le braccia dietro di me per cercarlo. Volevo assaporarlo.

Gli ho passato una mano attorno al collo afferrandogli una ciocca di capelli. Mason ha grugnito incollandosi a me e accostando le labbra al mio orecchio. Lo sentivo sorridere mentre lo succhiava. Toccandomi un seno, con l'altra mano si è sbarazzato in un baleno delle mie mutandine e mi ha infilato un dito dentro.

«Mason», ho mormorato girando la testa in cerca della sua bocca.

Ha emesso una risatina mentre mi strofinava il naso sul viso. Era così vicino che mi mancava il fiato. Avevo bisogno di sentirlo dentro di me.

Sono stata percorsa da un brivido.

Dio, ero già bagnata. L'eccitazione era così forte da farmi tremare tutta. Svegliarmi così, con lui che si muoveva lentamente contro di me, mi faceva impazzire.

Con il dito mi ha penetrata più in profondità, lentamente. Mi sono appoggiata a lui e ho premuto una mano sulla sua, spronandolo ad aumentare il ritmo. Le sue labbra si sono piegate in un sorriso mentre mi sfiorava la guancia con il naso. Con l'altra mano continuava ad accarezzarmi il seno. Mi teneva sollevata, ma mi tremavano le gambe e faticavo a stare in ginocchio. Ho cercato di nuovo la sua bocca. Accecata dal desiderio, quando non mi ha baciata ho lanciato un urlo di frustrazione. Lui ha riso, mordicchiandomi un angolo delle labbra.

«Di più», ho detto con voce stridula. «Adesso.»

«Di più?»

Sono rabbrividita nel sentire il desiderio nella sua voce. Non ero l'unica sul punto di esplodere. Mason si stava trattenendo a stento, lo sapevo; i suoi fianchi si muovevano contro di me con più forza, con più rapidità. Mi ha fatta chinare in avanti. Ha tolto la mano dal mio seno per afferrarmi i fianchi. Ha mormorato: «Reggiti alla testiera».

«Mason», l'ho implorato. Era troppo. Con le dita mi sono aggrappata alla testiera del letto. Ero concentrata su di lui, sul fatto che era quasi dentro di me. Lo sentivo attraverso i boxer. Quando ha allontanato la mano che teneva tra le mie cosce, ho protestato. «No...»

Lui ha cambiato posizione, mettendosi esattamente dietro di me. Mi ha aperto di più le gambe e le sue dita hanno preso a muoversi dentro di me più rapidamente di prima.

Stavo impazzendo.

Avevo bisogno di lui, e ho preso a strusciarmi contro la sua mano.

«Oddio», ha sussurrato Mason, la bocca vicino al mio orecchio.

Ho provato un brivido di piacere quando il suo respiro mi ha accarezzato la pelle.

«Adesso», ho gridato stringendo i denti.

Le sue dita continuavano a entrare e uscire da me, spingendosi sempre più in profondità.

«Mason.» Ormai ero senza fiato. «Maledizione. Ti prego.»

In risposta, ha emesso un gemito gutturale, si è abbassato i boxer e mi ha penetrata.

Finalmente.

Ho chiuso gli occhi, apprezzando quella sensazione di calore. Mason era a casa. Ci siamo mossi insieme, come due persone che conoscono perfettamente l'una il corpo dell'altra. Ho girato la testa, e le sue labbra si sono schiuse per me. Le ho leccate per assaporare ciò che era mio. Lui mi apparteneva.

Chino su di me, mentre con una mano mi teneva ferma, con l'altra ha iniziato a stuzzicarmi un capezzolo. Gemendo mi sono spinta contro di lui per invitarlo ad aumentare il ritmo.

«Sam», ha mormorato, la bocca sulla mia.

Mi muovevo sempre più rapida.

«Cavolo.» Mason si è raddrizzato e mi ha afferrata per i fianchi, assecondando la mia richiesta. Ho sbattuto contro la testiera, ma non mi importava. Con la faccia affondata nel materasso faticavo a respirare. I capelli mi erano ricaduti sul viso, quindi non riuscivo a vedere niente. Lui me li ha scostati, infilandomeli dietro l'orecchio.

Stavo arrivando al culmine.

Lo sentivo.

«Mason.» Un lungo gemito mi è sgorgato dal profondo della gola.

C'ero quasi.

Mentre mi affondava le dita nei fianchi, Mason è venuto. Subito dopo è stato il mio turno. Raggiunto l'orgasmo ho preso a tremare, pervasa da un'ondata di piacere. Lui mi è crollato addosso ridendo.

Mi ha sfiorato il fianco con la mano e si è allontanato dalla testiera con una spinta. Quando i nostri corpi si sono separati, ha protestato.

Non riuscivo a muovermi. Sono rimasta aggrappata alla testiera con il respiro affannoso.

«Stai bene?»

Ho scosso la testa. Non riuscivo neanche a parlare. Mason mi ha sollevata. Mi sono raggomitolata contro di lui gettandogli le braccia al collo e stringendogli le gambe attorno alla vita. Lui mi ha sorretta mentre mi portava in bagno. Ha controllato la temperatura dell'acqua prima di infilarsi sotto la doccia. Gli sono rimasta avvinghiata, mentre lavava prima i suoi capelli e poi i miei. Quando mi ha massaggiato la testa con le dita, ho chiuso gli occhi. Mi sono goduta ogni minuto delle sue attenzioni.

Lo amavo.

Provavo un tale senso di appagamento che sarei potuta restare aggrappata a lui per sempre. Finito di lavarci, mi ha deposta sul piano del lavandino. Gli ho rivolto un sorriso mesto quando mi ha tirato un asciugamano. L'ho guardato asciugarsi. Me lo sono mangiata con gli occhi.

Le spalle larghe, i muscoli scolpiti che guizzavano mentre si chinava, la vita sottile, gli zigomi pronunciati, le lunghe ciglia sensuali, gli occhi smeraldo e labbra per cui qualsiasi ragazza sarebbe stata disposta a morire.

Ho fatto un respiro profondo. Ero diventata dipendente da lui.

Mi ha sorriso e il suo sguardo si è incupito. Sapeva esattamente cosa pensavo e cosa sentivo. «Hai intenzione di prepararti?» mi ha chiesto.

«Certo. Appena le mie gambe riprenderanno a funzionare. Cos'è stato *quello*?»

«*Quello*», ha risposto Mason avvicinandosi e rubandomi l'asciugamano, «è stato il miglior modo di iniziare l'ultimo semestre.»

Ho sussultato come se mi avesse tirato addosso una secchiata d'acqua fredda. Le sue parole mi hanno lasciata di sasso. Togliendogli l'asciugamano, sono saltata giù dal piano del lavandino e l'ho superato con una spinta per andare in camera.

Mi ha seguito. «Che c'è?»

«Il miglior modo di iniziare l'ultimo semestre?» ho ripetuto. Mi sono asciugata, fermandomi a guardarlo in cagnesco. Sul serio? Era proprio un idiota. «Va' a farti fottere.»

Mason ha piegato gli angoli della bocca in un sorriso. «L'ho appena fatto.»

«Non è divertente.»

Lui si è rabbuiato e mi ha studiata con sospetto. «Che ti succede?»

«Qualche mese e te ne andrai.»

«È solo il college. Non starò via per sempre.»

Ho alzato gli occhi al cielo e gli ho dato le spalle. "Certo, brutto imbecille. Ma non è così semplice."

«Aspetta, sei davvero arrabbiata con me?»

Ignorandolo, mi sono messa le mutandine, i jeans, il reggiseno e la maglietta, poi mi sono guardata allo specchio per essere sicura di essere presentabile. Potevo andare. I capelli mi arrivavano sotto le spalle. Me li sarei raccolti in una treccia. I jeans scoloriti mi stavano appiccicati addosso e la semplice maglietta bianca con le maniche lunghe aveva una scollatura profonda che metteva in risalto il seno. La biancheria intima di pizzo nero si intravedeva sotto la stoffa sottile, ma non era un problema. Non mi dava fastidio esibire ogni centimetro del mio corpo.

Lui andava solo al college... Continuando a ignorarlo ho cacciato la borsa nello zaino e gli sono passata davanti per scendere di sotto.

Quando sono entrata in cucina, Logan stava trafficando con la caffettiera. Si è girato e vedendomi ha sgranato gli occhi e ha fischiato. «Sei favolosa, Sam», mi ha detto con un sorriso malizioso. «Mason ti ha fatta incazzare, eh?»

«So di avere l'aria incazzata.»

«No.» Lui ha scosso la testa. I riccioli castani erano fissati alla perfezione con il gel. «Sei incredibilmente sexy, anche se hai quello sguardo gelido come il ghiaccio che ti viene sempre in questi casi. Però non era questo che intendevo.

Quando il mio fratellone ti fa arrabbiare, diventi ancora più affascinante.» Ha guardato l'orologio fischiando di nuovo. «Ed è riuscito a farlo in tempo record, perché vi ho appena sentito darci dentro alla grande.»

Oddio. Sono arrossita ma ho ignorato il commento, indicando la caffettiera. «Perché non accendi la piastra?»

«Non funziona.»

Da meraviglioso quel mattino stava diventando uno schifo. «Ah.»

Logan ha afferrato le chiavi e le ha fatte tintinnare davanti a me. «Però se usciamo adesso possiamo fermarci da Quickie. Comunque devo fare benzina.»

«Aggiudicato.»

Quando siamo passati davanti alle scale, Mason stava scendendo mentre finiva di infilarsi la maglietta. Ho cercato di non guardargli gli addominali e i fianchi stretti, lasciati scoperti dai jeans a vita bassa. Appena ci ha visti si è fermato. «Dove andate voi due?»

Ho stretto forte le labbra, e Logan ha sogghignato alle mie spalle scuotendo la testa. «Qualsiasi cosa tu abbia detto, hai fatto incazzare la tua donna. Non è una buona mossa il primo giorno del semestre.»

Logan aveva centrato in pieno il bersaglio. Digrignando i denti, ho spalancato la porta.

«Sam», ha gridato Mason, dietro di me.

«Cosa?»

Sembrava sul punto di dire qualcosa, poi ha guardato il fratello e ha chiuso la bocca.

Non mi importava. Non volevo sentire. «La piastra è rotta. Vado a prendere un caffè con Logan. Ne vuoi uno? Posso portartelo, magari è questo il miglior modo di iniziare l'ultimo semestre.» Mi sono sentita sopraffare dalla rabbia.

«Dai...» Nei suoi occhi smeraldo è apparso un lampo di mortificazione.

«Hai detto così, fratello? Mossa stupida, idiota.»

Avvicinandosi alla porta Mason ha lanciato un'occhiata di ammonimento a Logan. «Dacci un minuto.»

«Altrimenti?»

Mason ha fatto una smorfia. «Non era un invito, *idiota.*» Gli ha dato una spinta e mi ha raggiunta. Ho sentito la sua mano sul braccio. Rivolgendosi a Logan ha aggiunto: «Fila. La porto io».

Il fratello si stava divertendo. «Non credo. Noi andiamo a berci un caffè. Anche perché tu devi aspettare la tua "altra fidanzata". La sua auto è rimasta bloccata fra le altre parcheggiate dopo la festa di ieri sera.»

«C'è ancora gente? Lui dov'è?»

Logan ha scrollato le spalle. «No, hanno trovato tutti un passaggio per tornare a casa, ma alcuni hanno lasciato qui la macchina. Per quanto riguarda la tua fidanzata, non ne ho idea. Guarda nella sua stanza. Credo che ci sia Parker con lui.»

«Parker?»

«Sì. Sono piuttosto sicuro di aver sentito la sua voce al pianterreno. Stavo per andare a chiederle se sa riparare una piastra.»

Mason ha imprecato tra sé e si è girato di scatto. La sua mano ha lasciato il mio braccio. «Nate era d'accordo con noi sulla decisione di metterle al bando.»

«Forse a partire da oggi, magari un po' più tardi.»

«Non sei d'aiuto.»

«Non era mia intenzione.»

«Che problemi hai?»

«Nei tuoi confronti? Nessuno. Con l'altra tua fidanzata, invece, prova a pensarci.» Logan si è rabbuiato, rivelando la sua rabbia.

Ho trattenuto il fiato. Non succedeva spesso che i fratelli Kade litigassero, ma capii che Logan aveva raggiunto il limite. Non che lo biasimassi per questo. Anch'io ne avevo fin sopra i capelli, ma sapevo che Mason non aveva permesso che il legame con Nate, il suo migliore amico, influenzasse la nostra relazione. Non ancora, almeno. Vedendo che si guardavano in cagnesco mi sono messa in mezzo. Addolcendo il tono, ho indicato l'Escalade di Logan. «Andiamo a berci quel caffè.»

Lui ha girato i tacchi, la mascella contratta mentre si incamminava verso la macchina.

Mason mi ha afferrata per il polso, trattenendomi. «Fra noi è tutto a posto?»

«Sì.» Ho sospirato. Mi ero già sciolta prima, accorgendomi che era pentito. «Solo che è uno schifo, Mason. Tu te ne vai. Non sarai più qui tutti i giorni. Non sono l'unica a preoccuparsi per questo.» Ho girato la testa in direzione di Logan, che aveva acceso l'auto e mi stava aspettando.

«Non è colpa di Nate.»

«No, ma adesso che lui è tornato non siamo più solo noi tre. Questo è l'ultimo semestre che Logan frequenterà con te...» Ho indicato la casa. «Il tuo amico ti avrà per i prossimi quattro anni.»

Mason ha gettato indietro la testa. «Cazzo, non avevo mai considerato la questione da questo punto di vista.»

Ho scrollato le spalle. «Comunque, adesso ho davvero bisogno di un caffè e devo parlare con il mio allenatore. Mi ha convocata nel suo ufficio stamattina.»

Mason ha raddrizzato la testa e mi ha sorriso, attirandomi a sé. «L'allenatore Grath è fortunato ad averti. Lo sa bene.»

Stavo per ringraziarlo, poi però mi si è avvicinato di più. Ho chiuso gli occhi sentendo le sue labbra sfiorare con dolcezza le mie. È bastato solo quel tocco per riaccendere il mio desiderio. Mi sono eccitata quando il suo bacio si è fatto più passionale.

Biiip!

Ho fatto un balzo indietro, lanciando un'occhiataccia a Logan, che teneva ancora la mano sul clacson.

Lui mi ha scoccato un ampio sorriso gridando dal finestrino: «Andiamo! Scoperete dopo».

«Cretino», ha borbottato Mason tra sé.

«Ha ragione. Trova Nate e cerca di capire che cosa succede. Ci vediamo a scuola.»

Mason ha annuito, facendo il dito medio al fratello. Logan ha riso forte.

Salendo sull'Escalade giallo, ho salutato in fretta Mason con la mano.

Logan ha fatto retromarcia ricambiando il gestaccio del fratello, poi ha accelerato. Si è immesso nella strada senza rallentare. Mi sono sistemata meglio sul sedile e ho agganciato la cintura di sicurezza. A Logan piaceva guidare veloce ma aveva riflessi pronti, perciò non correvamo pericoli. In auto con lui non avevo paura. «Bastava che tu gli parlassi apertamente. Mason è un bravo fratello.»

Lui ha sussultato, scuro in volto. «Sì, be', per te è facile dirlo. Perché non gli parli tu, che non sei una lagnosa rompiscatole?»

«Qualcosa gli ho accennato.»

«No.»

«Sì.» Quella storia stava diventando ridicola. «Nate era anche tuo amico.»

«Questo prima che si comportasse in modo ambiguo. So che ieri sera è stato con Parker.»

«Non avevi detto di averla sentita stamattina?»

«Ieri sera, stamattina: che differenza fa? Comunque ha ignorato il bando. Mason se ne ricorderà.»

Ho sentito la rabbia nella sua voce. Covava in profondità. Preoccupata, gli ho chiesto: «Ce l'hai con Nate per qualche altro motivo, a parte il fatto che è tornato per l'ultimo semestre?».

Logan ha sollevato di scatto una spalla tenendo il volante con una mano. «Che importa? Gli ha fatto un tale lavaggio del cervello che mi stupirei se quell'idiota di mio fratello mi stesse ancora a sentire.»

«Logan...»

«È la verità.» La sua voce tuttavia aveva perso almeno in parte l'aggressività. «Nate non è più lo stesso. Mason deve saperlo.»

«Allora diglielo.»

«Perché non ci provi tu?» ha replicato lui sbirciandomi con la coda dell'occhio.

«Forse lo farò.»

Logan ha puntato lo sguardo sulla strada. «Non ti ascolterà.»

«Invece sì.»

«No.»
«Mi è sempre stato a sentire.»
«Finirà tutto in merda. Lo so.»
Mi sono agitata e ho avvertito una fitta allo stomaco. Mentre Logan entrava da Quickie, gli ho dato ragione. Quel semestre non sarebbe stato facile.
Per nessuno.

2.

Quando Logan è arrivato alla stazione di servizio, ho riso vedendo Jeff seduto sulla panchina davanti a Quickie. Appena siamo scesi, ci ha rivolto un sorriso e si è alzato. Con le mani infilate nelle tasche dei pantaloni, ha raddrizzato le spalle. Si era scolpito i capelli scuri con il gel come Logan e, mentre si avvicinava, ho capito quanto idolatrasse il più giovane dei Kade.

«Ehi.»

Logan lo ha guardato con sospetto e io gli ho chiesto: «Che ci fai qui?».

«Mi si è rotta la macchina.»

Ho dato un'occhiata al suo telefono. «Chi avevi intenzione di chiamare per chiedere un passaggio?»

«Non quella ragazza di cui ti parlavo venerdì. Sabato si è messa con lui.» Ha indicato Logan che stava per prendere l'erogatore della pompa.

«Con me?»

«Sì.» Jeff ha sollevato un angolo della bocca. «Non preoccuparti. Non ho il cuore spezzato. Almeno adesso so che tipo è.»

Sembrava intenzionato ad aggiungere qualcos'altro, ma Logan, dopo aver azionato il distributore, lo ha interrotto. «Vado dentro. Lo vuoi quel caffè?»

Ho annuito. «Grazie.»

Mentre Logan entrava, Jeff ha riso tra sé. «Cavolo, mi ero scordato quanta paura...» Si è bloccato di colpo. Il suo sguardo è schizzato oltre la mia spalla e ha sgranato gli occhi. Quando mi sono voltata, ho visto l'Escalade nero di

Mason entrare nel parcheggio. Lui si è fermato accanto a noi, dall'altra parte della pompa, ed è saltato giù. Mentre faceva il giro, Jeff si è allontanato di qualche metro. «Ehi, amico. Come va?» La voce del mio ex pareva strozzata. Ha afferrato un ciuffo di capelli per tirarlo ancora più su.

Mason ha preso un erogatore e si è girato verso di me. «Logan è dentro?»

Ho annuito. «E Nate?»

Lui ha fatto una smorfia, rabbuiandosi. È stata questione di un attimo, però l'ho notato. Nessun altro se ne sarebbe accorto. Era un brutto segno.

Ho avvertito un'altra fitta allo stomaco. «Era in compagnia?»

«No, ma ieri sera sì.» Mason aveva un tono freddo, però sapevo che non era per causa mia.

«Ehm.» Jeff, sempre con le dita fra i capelli, mi ha scoccato un sorriso incerto. Ha infilato l'altra mano nella tasca anteriore dei jeans incurvando le spalle. «Forse è il caso che io me ne vada...»

«Hai già chiesto un passaggio?»

Lo sguardo di Jeff è guizzato verso Mason.

Anche se stava facendo benzina e ci dava le spalle, sapevo che stava ascoltando. Aspettava che Jeff se ne andasse.

«Allora?»

«No, e dal momento che sei qui...» Si è interrotto ancora. «Oh cazzo.»

Due portiere si sono chiuse sbattendo, ma non è stato né quel rumore né l'espressione allarmata sulla faccia di Jeff a mettermi in agitazione.

È stato Mason.

Era come impietrito, con l'erogatore in mano. Dopo qualche istante ha premuto la leva per interrompere il flusso del carburante, lasciando l'erogatore nel serbatoio per poi avanzare.

Allora li ho visti.

Brett e Budd Broudou erano usciti dall'auto, e uno ha gridato verso l'abitacolo: «Sbrigati, Shannon. Abbiamo solo venti minuti e ci farai fare tardi».

Shannon è scesa dal sedile posteriore e si è sistemata la gonna per non mostrare il sedere. «Sta' zitto, Brett. Mi prendo tutto il tempo che mi serve.»

«Invece no», è intervenuto Budd. «A meno che tu non voglia scroccare un passaggio a qualcun altro. Farai meglio a fare anche la pipì. Non ci fermeremo di nuovo.»

Lei ha stretto le labbra, però se uno sguardo fosse stato in grado di uccidere...

Il fratello maggiore non si è scomposto. Ha ricambiato fulminandola a sua volta con un'occhiata. «Stronza.»

«Fottiti.» Shannon è partita di scatto, poi tuttavia ha rallentato assumendo un'andatura rilassata. La maglietta nera corta lasciava scoperta un bel po' di pelle, compreso il solco tra le natiche. Se l'è tirata giù borbottando tra sé. Quando i suoi fratelli sono scoppiati a ridere, si è voltata a guardarli, ma nel vederci si è bloccata.

Mason era davanti alla sua macchina, un muro umano tra me e loro. Sapevo che lo aveva fatto di proposito; invece mi sono stupita quando Jeff si è avvicinato assumendo lo stesso atteggiamento.

Mi sono spostata velocemente per capire che cosa stava succedendo e Jeff si è mosso con me. «Smettila, Sam. Lui non vuole che ti vedano.» Mi è tornata in mente la reazione terrorizzata di Heather da Manny. Prestando ascolto al consiglio sono rimasta dov'ero. Se Budd mi avesse riconosciuta, senz'altro avrebbe detto qualcosa, e quello era un discorso che dovevo ancora affrontare con Mason.

La bomba stava per scoppiare.

Un brivido mi ha percorso la schiena.

Ho infilato la mano in tasca per cercare il telefono e l'ho afferrato. Al minimo accenno di violenza avrei chiamato il 911. Non potevo correre il rischio che si facessero del male. Il futuro di Mason era già stato messo in pericolo da Analise. Non sarebbe accaduto di nuovo.

Poco dopo c'è stata la deflagrazione.

Ho deglutito mentre osservavo la scena, che pareva svolgersi al rallentatore. Logan è uscito dal bar e, dopo aver sollevato la testa, ha fatto una faccia perplessa. Ha posato gli occhi su di me, poi, dopo essersi guardato intorno, si è fermato di colpo. Ha visto Mason e alla fine gli altri tre.

Era come se i Broudou stessero aspettando il suo arrivo.

Poi il tempo ha accelerato, e tutto è parso accadere nello stesso momento.

Shannon ha fatto una smorfia, si è messa le mani sui fianchi larghi e con le braccia si è strizzata i seni. È stato allora che i suoi fratelli si sono accorti di noi.

Ho fatto un balzo.

Mason si è mosso davanti al suo fuoristrada e Logan è scomparso dalla mia visuale. Quando mi sono spostata per vedere meglio, Jeff mi ha fatto da scudo.

«Piantala», ho detto, cercando di scostarlo.

Lui è rimasto rivolto verso di loro ma ha allungato una mano dietro di sé per toccarmi il braccio. «Sali in macchina, Sam.»

«No.

«Sali in macchina! Subito», ha sibilato Jeff.

«No.»

I Broudou non potevano fare del male a Mason e Logan. Per la paura mi si sono rizzati i capelli in testa.

Poi una voce bassa ha scandito: «Kade».

L'altro fratello ha detto: «Shannon, va' dentro a bere un caffè».

«No!» ha esclamato lei, velenosa. «Io resto, Brett.»

«Cosa ci fate qui, Budd?» ha chiesto Mason.

Ho chiuso gli occhi appoggiandomi all'Escalade di Logan. Mason sembrava padrone di sé, persino divertito, e sentendo il suo tono ho provato una sensazione di sollievo, perché sapevo che aveva la situazione perfettamente sotto controllo. «Questo è il territorio di Fallen Crest, non di Roussou.»

«Sam.» Jeff si è girato, rosso in faccia. «Va' dentro.»

«Chi c'è laggiù?»

Ho trattenuto il fiato e Jeff si è immobilizzato.

Era stato Budd a parlare.

«A chi ti riferisci?» ha replicato Logan, ostentando noncuranza.

Uno dei Broudou, probabilmente Budd, ha sbuffato. «Ho saputo che hai una ragazza, Mason. È vero?»

«È qui con te?» ha chiesto Brett.

«Non hai risposto alla mia domanda.» Il tono di Mason era diventato glaciale. «Cosa ci fate qui?»

I Broudou hanno fatto una risata acuta. «Non viviamo tanto lontano. Ricordi? Quickie è sulla strada per Roussou.»

«Lo so.» Si è sentito lo scricchiolio della ghiaia calpestata. Mason doveva aver fatto un passo avanti. «Avete una fattoria ad alcuni chilometri di distanza.» La sua voce emanava una pacata autorità.

A Logan è sfuggita un'imprecazione. «Questa è Fallen Crest. Perché siete venuti in questa stazione di servizio?»

«Vaffanculo, Kade.»

«Questa è la nostra città», ha ribattuto Mason in tono letale. «E voi non siete i benvenuti. L'ultima volta che siete capitati da queste parti, le vostre macchine sono saltate in aria. Siete pronti per il secondo round?»

Ho scosso la testa. Basta, dovevo vedere con i miei occhi. Mi sono fatta avanti, ma Jeff mi ha bloccata con le braccia, ha aperto la portiera e mi ha spinta in auto.

«Jeff!»

«Piantala!» Percependo la sua serietà ho smesso di protestare. Nel profondo dei suoi occhi castani, solitamente allegri, c'era una certa gravità. Aveva un'espressione fredda. Si è preso un'altra ciocca di capelli tra le dita. «Basta, Sam. Stai qui.»

Sono rimasta zitta mentre lui chiudeva la portiera e si allontanava. Ha messo le mani in tasca incurvando le spalle esili. Sapevo che era la sua andatura da duro. Una volta, quando ci eravamo appena messi insieme, mi eccitava, ma adesso non la trovavo affatto divertente. Con la bocca secca sono sprofondata nel sedile.

Jeff era serio come non lo avevo mai visto.

3.

La voce di Mason mi è arrivata attutita nell'abitacolo dell'auto. «Prendete vostra sorella e andatevene.»

Qualcuno ha sbuffato. «Chi c'è in macchina?»

«Andate via.»

«Ah-ah, Mason. Il tuo fratellino ha mostrato le carte. Deve tenerci molto a lei.» La voce era più forte, come se uno dei Broudou si fosse avvicinato. «Che resti fra me e te: anche lui le è molto affezionato, vero? Almeno questo è quello che ho sentito dire.»

Poi si è fatto silenzio. Trattenevo il respiro, aggrappata alla tappezzeria dell'auto, e non riuscivo a muovermi. Era come se un incubo fosse diventato realtà. Un istante dopo ho sentito gridare. Non potevo più trattenermi. Ho spalancato la portiera e mi sono precipitata fuori.

Jeff mi ha afferrata al volo. «Dai, Sam.»

Un altro urlo, seguito dalla frenata di una vettura e da un tonfo. Qualcuno doveva essere caduto. «Lasciami.» Ho affondato le unghie nel braccio di Jeff.

«No.» Trasalendo, ha imprecato quando gli ho fatto uscire il sangue. «Mi hanno lasciato qui a sorvegliarti. Finiscila.»

Ho affondato di più le unghie. Con un grido mi ha mollata. In fretta ho superato il fuoristrada di Logan e mi sono immobilizzata. Mason e Logan stavano fianco a fianco, ma a loro si era aggiunto anche Nate.

Qualcuno era a terra.

Shannon ha strillato: «Tiralo su Brett! Sei così maledettamente lento!».

«Zitta, Shannon, e apri la portiera.»

Il corpo è stato issato dentro l'auto e la portiera si è richiusa sbattendo, seguita dalle altre due. La macchina ha fatto retromarcia ed è schizzata via veloce, sollevando la ghiaia con le gomme. Dopo cinque secondi di silenzio Logan ha gettato indietro la testa ed è scoppiato a ridere. Poi ha dato una pacca sulla spalla a Nate. «Non posso credere che tu l'abbia fatto.»

Lui si è leggermente contratto al suo tocco. «Sto cercando di rimediare, perché pare che di recente mi sia comportato come un coglione.»

«Altroché.» Logan, continuando a sogghignare, si è girato a guardarmi. «Te lo sei perso, Sam. Nate ha dato un colpetto a Budd Broudou con la sua auto.»

Mason ha guardato Nate con sospetto. «Che intenzioni avevi? Sei saltato giù dalla macchina come se volessi pestarlo con una mazza.»

Nate ha fatto spallucce. Nei suoi occhi ho colto un barlume di rimorso che però è svanito subito. «Volevo metterlo al tappeto senza beccarmi una denuncia.»

«Non temere, lo hai urtato appena. Budd è uno scarafaggio. Lui e suo fratello pensano di sicuro che rivolgersi alle autorità sia un comportamento da femminucce.» Logan ha spiccato un mezzo salto. L'euforia gli faceva brillare gli occhi. È corso da me e prima che me ne rendessi conto mi sono ritrovata sulla sua spalla. «È stato fantastico, Sam. Non posso credere che te lo sia perso. Cazzo. Sono arrapato.»

Un braccio mi ha cinto la vita e mi sono sentita sollevare. Mason mi ha posata a terra facendomi scivolare lungo il suo corpo e poi mi ha tenuta fra le braccia. Ero ben contenta di trovarmi sotto la sua protezione. Con un sogghigno ha sussurrato: «Sam viene a scuola con me».

«Come vuoi.» Logan ha accentuato il sorriso. «Allora vado. Ho da fare.» È corso al suo Escalade, fermandosi a dare un pugno sul braccio a Jeff prima di salire e allontanarsi.

«Ahi! Mi hai fatto male. Oh, Sam. Ehi...»

Sapevo cosa voleva chiedere e stavo per rispondergli, ma

Mason mi ha battuta sul tempo. «Monta, ti daremo un passaggio.»

Jeff ha sorriso prima di rimettersi la sua maschera di indifferenza. Ho scosso la testa. La faccenda sarebbe stata interessante.

Senza aspettare oltre, Mason si è messo alla guida, io mi sono seduta al posto del passeggero e Jeff si è sistemato dietro. Nessuno ha detto una parola quando Mason ha imboccato la strada che portava alla Fallen Crest Academy.

Non mi sfuggiva l'ironia: il mio ragazzo stava accompagnando il mio ex alla mia vecchia scuola. Tante cose erano cambiate in poco tempo.

«Allora», ha detto Jeff allungandosi in avanti, «quanto costa uno di questi affari, Mason?»

Mi sono girata verso di lui. «Non cominciare.»

Lui è rimasto interdetto. «Volevo solo fare conversazione.»

«Non ora.»

«Oh.» Jeff è rimasto muto finché Mason è entrato nel parcheggio della Fallen Crest. Le cose non erano cambiate: tutti hanno alzato lo sguardo e, vedendo di chi era quell'Escalade nero, ci hanno fissato come avvoltoi famelici. Era passato un po' dall'ultima volta che Mason aveva onorato la mia vecchia scuola con la sua presenza.

Quando Jeff è sceso dall'auto, i miei ex compagni sono rimasti a bocca aperta. Notando che nascondeva un sorriso, ho capito che gradiva quell'attenzione. Ha sollevato una mano. «Grazie, Mason!»

Mason lo ha ignorato e si è allontanato dal marciapiede. «Perché il tuo ex fa l'amicone con me?»

«Perché vuole essere figo.»

«Sta cercando di riconquistarti?»

Ho sbuffato. Non sarebbe mai successo, neanche se avessi avuto un'amnesia. Stavo per dirglielo, ma il commento mi è morto in gola. Lì davanti a noi, in piedi nell'erba rigogliosa, con due borse da ginnastica piene di attrezzatura posate a terra, c'era mio padre. No, David. Ha ricambiato il mio sguardo ma non sono riuscita a scorgere la sua espressione per via degli occhiali a specchio. Ha incrociato le braccia al petto. Indossava una polo della Fallen Crest Academy. Lo avevo visto con gli stessi vestiti per anni, eppure adesso aveva un aspetto diverso. Si era irrobustito.

Anche Mason se n'è accorto. «Tuo padre sembra tutto muscoli. Non male per un uomo della sua età.»

Mi sono abbassata sul sedile distogliendo lo sguardo da David. «Non me ne frega niente.»

Mason è rimasto in silenzio per tutto il tragitto fino alla mia nuova scuola, e io gliene sono stata grata.

È entrato nel posteggio, si è diretto all'angolo in fondo e ha fermato l'auto accanto a quella del fratello. Strauss, con una borsa sulla spalla, stava girando attorno a un furgone marrone arrugginito parcheggiato dall'altro lato del fuoristrada di Logan. Si è incontrato con un ragazzo e insieme sono andati verso l'Escalade, dove altri li stavano aspettando.

In quella scuola c'erano tante compagnie. Parevano diverse ma in realtà si assomigliavano tutte. Quei ragazzi erano il top. Alcuni che gironzolavano attorno a un tavolo da picnic indossavano canottiere, avevano i capelli con la cresta, tatuaggi e catene.

Poi ho visto alcune ragazze ridere tra loro, mormorando qualcosa mentre indicavano i libri che avevano in mano.

Quella non era la Fallen Crest Academy, dove si portava l'uniforme e si faceva a gara a chi avesse la gonna più corta o la maglietta annodata più stretta. L'Academy Elite in quella scuola non sarebbe sopravvissuta un giorno.

Mason mi ha guardata, ha spento l'auto e si è appoggiato al sedile. «Che c'è?»

«Niente.»

«Sam.»

«Cosa?»

«Guardami.»

«È il mio primo giorno. Fino a poco fa non ero nervosa. Adesso sì.»

«Andrà tutto bene.»

«No.» Mi sono voltata verso di lui. Avevo notato che le ragazze si erano sistemate i capelli e avevano tirato in dentro la pancia. Mi chiedevo cosa avrebbero fatto quando Mason fosse uscito dall'auto, o quando mi avessero vista al suo fianco.

«Sam.»

Ho distolto lo sguardo. Non volevo vedere la compassione nei suoi occhi verdi. «Sono cambiate tante cose, Mason. Per un sacco di tempo nessuno ha saputo che stavamo insieme. Io e Analise eravamo venute a vivere da voi, e adesso abito con te e Logan. Persino David sembra diverso. Assomiglia a un cavolo di culturista.»

Il semestre precedente nella mia vecchia scuola ero stata emarginata e avevo la sensazione che mi sarebbe successo anche lì.

Mi sono girata verso di lui e ho trattenuto il fiato. I suoi occhi brillavano, limpidi e caldi. Ha incurvato un angolo della bocca verso l'alto mentre lasciava cadere il capo sul poggiatesta. «Andrà tutto bene in questa scuola. Che ti piaccia o no, siamo una famiglia. Credevo che ormai ti ci fossi abituata.»

Guardando dal finestrino gli studenti che si accalcavano attorno alle auto dei Kade, mi sono resa conto che non sarebbe mai successo. Ho preso la borsa, scuotendo la testa. «Temo di no, perché tu e Logan ve ne andrete.»

«No che non ce ne andremo.»

In quel momento una Mazda rossa si è fermata accanto a noi. La portiera si è spalancata ed è sbucata fuori una lunga gamba abbronzata, seguita dall'altra. Pareva la scena di un film: come una dea la splendida bionda emergeva al rallentatore da un'auto sportiva rossa, con addosso una camicia bianca e una gonna grigia che le mettevano in risalto le curve.

Era arrivata Tate. E Logan era lì.

I ragazzi si sono zittiti. Quando lei si è voltata verso Logan, mi sono raddrizzata sul sedile. Lui ha socchiuso gli occhi e si è appoggiato alla macchina, restando in mezzo ai suoi amici.

«Hai visto?» ho chiesto a Mason.

Anche se non c'era stata una grande reazione, percepivo il potere che Tate aveva ancora su Logan. Aspettavo una risposta, invano.

Infatti Mason non c'era più. La portiera si è chiusa nell'istante in cui ho guardato nella sua direzione.

Affrettandomi a seguirlo, ho fatto il giro intorno all'Escalade, sentendo subito la sua voce gelida. «Speravo che dopo il mio avvertimento ti fossi trasferita.»

Tate, circospetta, ha cercato Logan con lo sguardo. Con le labbra strette, ha fatto un respiro profondo. «Sto solo andando a lezione, Mason. Non sono qui per creare problemi.»

Lui le si è avvicinato di più per mormorarle qualcosa. Tate si è irrigidita. È sbiancata in volto e ha schiuso le labbra, lo sguardo fisso in quello di lui come se non potesse voltarsi malgrado volesse disperatamente farlo. L'incantesimo si è rotto appena Mason le ha girato le spalle. A quel punto lei è scappata.

Logan mi aveva raggiunto. «Era proprio necessario?»

Mason si è voltato verso il fratello. «Sì.»

«E dai, Mason. Non stava facendo niente di male.»

«Perché la difendi?»

«Perché le hai reso la vita un inferno per due anni. È qui per un solo semestre.»

Gli occhi verdi di Mason si sono spostati su di me. Lui voleva sapere se io fossi d'accordo con suo fratello. Mi sono allontanata da Logan. Non la pensavo come lui. Tate mi faceva scattare più di un campanello d'allarme.

Logan ha sbuffato disgustato prima di tornare dai suoi amici, urtando Mason.

«Non per prendere le sue parti, ma Tate non mi sembra pericolosa», ha mormorato Nate staccandosi dal gruppo.

«*Adesso* stai dalla sua parte?» Mason lo ha scrutato con sospetto.

«Mi hai fatto notare quanto mi sono comportato da coglione di recente.»

«Esatto.»

Nate ha sorriso. «Sto cercando di rimediare.» Si è girato verso di me. «Giusto, Sam?»

Ho sollevato le mani in aria. La cinghia della borsa mi è scivolata sul gomito mentre scuotevo la testa. «Oh no. Non intendo farmi coinvolgere.»

«Sam!» Heather si stava sbracciando dalla porta. Ha urlato: «Porta qui le chiappe o farai tardi il primo giorno. Sta' lontano da lei, Mason. Me ne occupo io per il resto della giornata».

Sorridendo mi sono avvicinata a lui e gli ho stampato un bacio sulla guancia.

Il suo sguardo si è incupito. «È tutto a posto?»

«A cosa ti riferisci? Al tuo commento di stamattina o all'incontro con i Broudou alla stazione di servizio? Oppure al fatto che ho visto il mio ex? Ah, o magari alla tua conversazione con Tate di poco fa?» Ho scosso la testa pensando all'inizio di mattinata che avevamo avuto. «Non siamo normali.»

«Veramente mi riferivo a tuo padre. So che ti angoscia vederlo cambiato.»

Ho fatto cenno di no con la testa.

Sentivo Heather che mi stava chiamando ma non potevo risponderle. Mason aveva infilato un dito nel passante della mia cintura e mi ha attirato a sé. «Davvero, stai bene?»

Ormai sapevo a che cosa si riferiva ma non riuscivo a rispondergli. In realtà non lo sapevo nemmeno io, perciò mi sono limitata a scrollare le spalle.

Mason ha annuito afferrando il messaggio. Quando le sue labbra hanno sfiorato le mie, mi sono sciolta. Lui e Logan erano la mia famiglia. Malgrado tutti i cambiamenti, adesso ero a casa.

4.

MASON

Sam è entrata con la sua amica. Guardandole non sapevo cosa pensare di Heather Jax, anche se dopo avere conosciuto Monroe della Roussou un po' l'avevo inquadrata. Quella ragazza non faceva parte della gerarchia della scuola. Non sapevo se questo avrebbe aiutato o danneggiato Sam. Non mi rimaneva che stare a vedere.

«Occhio», ha esclamato un ragazzo. «Zoccola in arrivo.»

«Fottiti, Ethan», ha ribattuto secca Kate. «Ti metti in mostra per ingraziarti Mason, ma sappiamo tutti e due che la situazione era ben diversa ieri sera.»

Ieri sera?

Non volevo girarmi e affrontare ancora Kate. Lei e le sue tre amiche stavano insieme ai ragazzi, ma una volta scoperto il suo piano per fare a pezzi Sam erano state scaricate. Aveva preso di mira la mia ragazza, perciò io avevo preso di mira lei. Be', almeno ci provavo. Infatti Sam era stata irremovibile: voleva combattere quella battaglia da sola, e io facevo quello che potevo. Le ragazze non erano più nostre amiche. Le avevamo messe al bando. Riuscivo a sentire la rabbia di Kate e capivo che non sarebbe stata zitta e buona.

Logan è scoppiato a ridere. «Sei così disperata, Kate. Quell'aria non ti si addice.»

«Ridi pure, Logan. Adesso sei sulla lista.»

L'atteggiamento rilassato del gruppo si era dissolto. Mi sono girato e ho visto il mio fratellino prepararsi all'attacco. C'erano dei segnali inequivocabili: teneva alta la testa, socchiudeva gli occhi e squadrava il bersaglio dall'alto in basso. Nessuno sapeva quello che stava facendo ma io sì. Logan cercava i punti deboli. Se non li vedeva, li percepiva. Era un'abilità che avevamo acquisito negli anni, dopo essere stati fregati troppe volte dagli adulti. Ci affidavamo all'istinto.

Ho aspettato la sua mossa come tutti gli altri.

«Di quale lista stai parlando, Kate?» La sua voce si era fatta dolce. Era decisamente pronto ad attaccare.

Kate sembrava paralizzata, mentre le altre del suo gruppo reagivano ciascuna a modo suo. Parker ha fatto una smorfia spostando rapidamente lo sguardo su Nate per poi distoglierlo, Natalie ha sospirato e Jasmine si è ritratta di un passo. Avevano riconosciuto la minaccia ma non erano abituate a essere loro quelle sotto tiro.

«Dai, Logan.» Kate ha tentato di sdrammatizzare con una risata. «Stavo scherzando.»

Osservando la scena, ho capito che Logan aveva deciso di lasciar correre.

No invece. Non sarebbe andata così. «Non è vero.»

Tutte le teste si sono girate nella mia direzione. Ho incrociato lo sguardo di mio fratello, prendendolo silenziosamente in giro, e dal lampo nei suoi occhi mi sono accorto che il messaggio era stato recepito: comunque fosse, Kate non poteva passarla liscia. Non mi sono stupito quando l'ho sentito dire: «Di che lista stai parlando? Forza, Kate. Vorrei sapere qual è il mio posto».

Lei ha fatto una risata tremolante guardando prima me e poi lui. «Sul serio, ragazzi, stavo scherzando.»

«Invece no.»

Kate si è voltata verso di me e ha sgranato gli occhi. Erano pieni di timore. «Ero venuta a vedere se avevi bisogno di aiuto.»

Ho stretto i miei in due fessure. «Per cosa?»

«Per Tate.»

«Pensi che non ce la sappiamo cavare con lei?»

Kate ha lanciato una rapida occhiata a Logan prima di girarsi verso di me.

Troppo tardi. Avevo colto quel cenno di compiacimento. «Cos'era?»

«Di che parli?» ha chiesto Kate in tono innocente.

Ho scosso la testa indicando la sua faccia. «Dell'occhiata che hai dato a mio fratello.»

Logan ha alzato la testa, nuovamente interessato.

«Non so a cosa ti riferisci, Mason.» Adesso era più arrogante. «Cerco di esserti amica. Una volta vi sostenevamo, ricordi?»

Uno dei ragazzi ha borbottato: «Oh cazzo».

Persino Nate ha riso. «E quando? Che cosa stai dicendo, Kate?»

Lei si è voltata verso gli altri. La stavano fissando tutti increduli, tranne Logan, appoggiato al suo Escalade con un ampio ghigno sul volto. Ha scosso la testa. «Ti stai scavando la fossa da sola. Chiudi la bocca. Potrebbe esserti d'aiuto.»

«Non parlarle in questo modo», ha sibilato Jasmine alle spalle dell'amica.

«In che modo?» ha ribattuto Ethan.

Jasmine è ammutolita. Tutta la sua boria era svanita in un attimo.

Ethan si è appoggiato all'auto accanto a Logan, le mani in tasca. Ha incurvato le spalle ma il suo sguardo non ha mai lasciato quello di lei. Erano ancora in stallo quando ha aggiunto: «Hai intenzione di dirmi cosa fare, Jaz?».

«Basta.» Jasmine ha deglutito a fatica. «Ethan...»

«No, Jaz. Tu hai scelto da che parte stare. Noi non siamo più vostri amici.»

Le spalle di lei hanno sussultato come se le avesse tirato un pugno.

Ethan ha guardato nella mia direzione. «E sai perché.»

Jasmine non si è voltata. Ha fatto un altro respiro profondo prima di chinare la testa e indietreggiare. Natalie le ha toccato delicatamente il braccio e si è avvicinata a Kate per mormorarle qualcosa, abbastanza piano perché nessuno la sentisse. Kate le ha risposto con un cenno.

Ogni traccia di aggressività in lei era scomparsa.

Io stavo osservando la scena. Quella storia non mi faceva

affatto piacere, ma non avrei permesso a Kate di passarla liscia. Era molto probabile che avesse già un piano e non mi sarei stupito se una volta entrata a scuola avesse detto qualcosa a Sam. Avrebbe scelto un luogo pubblico per annunciare a tutti di stare alla larga da lei se non volevano pagarne le conseguenze.

Ha mosso di scatto la testa e se n'è andata, seguita dalle sue amiche. Poi si è girata e ha incrociato il mio sguardo per un istante.

Nel suo ho visto la rabbia. Sapevamo entrambi che nessuno dei due avrebbe mollato.

Era guerra.

Kate pensava di combattere contro Sam, ma non era così. Stava combattendo contro di me.

Mi sono accorto di avere accanto Logan. «Cos'era quell'occhiata che mi ha dato?»

Abbiamo osservato le ragazze entrare. «È compiaciuta per qualcosa. Non mi va.»

«C'entro io?»

«Non lo so.» L'ho guardato. «Hai ragione di pensarlo?»

Lui è rimasto perplesso. «Non mi viene in mente niente, ma so che è convinta di poterti riconquistare.»

«Lo so.» Non mi importava. Volevo sapere per quale ragione guardava in quel modo mio fratello. Studiando Logan ho capito che diceva la verità. Non ne sapeva nulla. Kate aveva un piano per ferire Logan, Sam e tutti quelli che mi circondavano?

Ancora non ne ero sicuro.

«Crede che se farà a pezzi Sam, tu tornerai da lei, vero?» ha aggiunto Logan.

«Sì.»

Lui ha riso. «Abbiamo una nuova definizione di "stupida stronza".»

I miei occhi hanno indugiato sulla porta anche dopo che si era chiusa alle loro spalle. Logan immaginava che sarebbe stato divertente ma non aveva idea... Sarebbe stato orribile. Io lo sapevo ed ero pronto.

Appena ho superato la porta, Heather mi ha preso a braccetto attirandomi a sé. Indossava un paio di jeans sbiaditi e una maglietta nera larga, e notando la profonda scollatura a V mi è scappato un sorriso. Pur non volendo, trasudava sensualità. Avevo la sensazione che Heather Jax sarebbe stata provocante anche con addosso un sacchetto di carta, malgrado non se ne rendesse conto.

Dal suo sguardo ho intuito che aveva capito qualcosa. Era acuto e concentrato quando mi ha chiesto: «Qual era il problema?».

«La tua ex migliore amica.»

Si è bloccata a metà di un passo ma è stata urtata da qualcuno e mi è venuta addosso. «Scusa.» Mi ha dato un colpetto affettuoso allontanando il braccio. «C'era Tate là fuori?»

«Ha fatto gli occhi dolci a Logan.»

Con una smorfia Heather ha aggirato un gruppo di matricole prima di rimettersi al mio fianco. «E lasciami indovinare: a Mason non è piaciuto, giusto?»

«No.»

Lei ha alzato gli occhi al cielo. «Tate è una stronza. In questo caso sono d'accordo con il tuo ragazzo. Se ha messo gli occhi su Logan, chissà cosa combinerà.»

«La dipingi come un demonio.»

«Lo è.» Heather si è fermata al suo armadietto, lo ha aperto e ha messo dentro i libri. «Qualsiasi cosa dica, non crederle. Non abbiamo mai parlato a fondo di lei, ma in questa storia ci sono dettagli che Mason non può averti raccontato.»

Le sue parole non mi hanno confortata. «So che era la ragazza di Logan da due anni quando ci ha provato con Mason.»

Lei è scoppiata a ridere. «Oh, c'è ben di più di questo. Cose che Mason e Logan non sanno.»

L'ho scrutata con sospetto e mi sono avvicinata. Il corridoio era gremito di gente. Molti ci stavano guardando. All'improvviso mi sono agitata. Quando avevo visto Tate nel parcheggio, il nervosismo del primo giorno di scuola era svanito, ma adesso tornava a farsi sentire, e anche piuttosto forte. Ho sorriso ad alcune ragazze, che mi hanno voltato le spalle sbuffando. Se quello non era un messaggio, non so cosa fosse. Non ero la benvenuta. Ho tentato con altre, senza ottenere in risposta alcun segnale di incoraggiamento. Qualcuna ha continuato a fissarmi, studiandomi con sospetto. Quelle che si erano voltate si sono messe a bisbigliare. Ho avuto l'impressione che quella fosse l'accoglienza delle studentesse della Fallen Crest Public. Mi ci sarei dovuta abituare.

Heather ha preso un libro di testo e un quaderno. Mentre si voltava verso di me chiudendo l'armadietto aveva l'aria sfinita, ma in un lampo la stanchezza ha lasciato il posto alla cautela. Stava fissando qualcosa alle mie spalle. Mi sono girata, già intuendo di chi si trattasse. Heather era tosta e aveva fegato: solo poche persone provocavano in lei una simile reazione.

Avevo ragione. Erano arrivate le Tomboy Princesses.

Kate avanzava in testa al gruppo, tallonata dalle altre tre.

«Le detesto proprio», mi ha bisbigliato Heather.

"Anch'io", ho pensato incrociando lo sguardo di Kate.

Tutte e quattro indossavano jeans stretti, scoloriti e strappati. Non erano firmati come quelli delle ragazze della Fallen Crest Academy, ma le avvolgevano come una seconda pelle e le rendevano indubbiamente sexy. Kate aveva una maglietta bianca, attillata, che essendo trasparente rivelava il reggiseno rosa. Portava i capelli dalle punte arricciate raccolti in una treccia che le ricadeva sulla schiena.

Parker mi ha guardata in cagnesco, gli occhi scuri ostili, le labbra strette. A differenza della loro leader aveva i capelli neri sciolti. Indossava un top senza maniche che le arrivava un paio di centimetri al di sopra dei jeans lasciando in mostra una buona striscia di pancia.

Natalie e Jasmine formavano la retroguardia ed erano le due che conoscevo meno. Avevano i capelli castani, quelli di Natalie illuminati da riflessi caramello. Era l'unica a indossare la T-shirt della Fallen Crest Public, rossa con la scritta nera e il numero otto sulla schiena. Si era legata i lembi attorno alla vita sottile.

Jasmine era la più femminile delle tre, con i capelli raccolti in una coda alta che dondolava al ritmo della sua camminata. Il rossetto, il blush e l'ombretto erano coordinati con la maglia rosa scollata che sembrava di morbido cachemire. Chiunque l'avesse osservata sarebbe rimasto colpito dal suo generoso décolleté.

Heather ha imprecato tra sé quando si sono fermate davanti a noi. Si è appoggiata all'armadietto mentre io restavo in attesa. Kate aveva detto che avrebbe reso la nostra vita un inferno. L'agitazione del primo giorno di scuola si era sommata a tutto lo stress accumulato nell'ultimo periodo, dopo che mia madre aveva tentato di rovinare il futuro di Mason. Ero arrabbiata. Pronta a reagire. Più che preparata a qualsiasi mossa avesse in serbo Kate.

«Ultima occasione, Jax», ha detto a mo' di saluto. «Puoi tirarti indietro ora, e quelli che ti sono cari verranno risparmiati.»

«Sta' zitta, Kate», ha replicato Heather, facendo due passi per avvicinare il viso al suo. Quando gli altri ci hanno circondate, nel corridoio è calato il silenzio. Sapevo che tutti gli occhi erano puntati su di noi. «Non mi piace quando qualcuno minaccia me o i miei amici.»

«Lei non dovrebbe essere tua amica. È solo una palla al piede», ha sibilato Kate fissandomi torva. Poi ha fatto un sorrisetto malizioso. «Cos'è questa storia che hai sempre delle guardie del corpo? Mason, Logan, e adesso Jax? Non hai forse le palle?»

Ho ricambiato il sorriso, pronta a dimostrarle che le avevo, le palle, quando una voce divertita ha domandato: «Kate, davvero fai ancora la bulla?».

Tate, con i libri in mano, ha dato una rapida occhiata alle ragazze con aria annoiata. Poi ha alzato gli occhi al cielo, si è gettata i capelli dietro le spalle e ha scosso la testa. «Cosa farai finite le superiori, Kate? Non potrai più prevaricare su tutti perché obbediscano ai tuoi ordini.» Mi ha indicata con le sue unghie perfettamente curate. «Maltrattare Strattan non ti servirà a niente. Sai che non riavrai Mason. Lui è andato nel momento stesso in cui sua madre ha messo piede a casa loro.»

Kate ha trattenuto il fiato, furiosa. «Togliti di mezzo, Sullivan. Questi non sono affari tuoi.»

«Forse no, ma una volta Heather era una buona amica e, dato che sto cercando di fare ammenda, non potevo tirare dritto.» Tate ha inarcato un sopracciglio. «Vuoi un consiglio da una che si è messa contro Mason e la sua ragazza?»

«Vattene. Dico sul serio.»

Tate ha scosso la testa. «Lascia perdere.»

«Non hai sentito?» Jasmine le si è piazzata davanti come Heather aveva fatto con Kate. Quella ragazza minuta sembrava ancora più piccola di fronte a Tate, che con le sue gambe da modella incombeva su di lei. «Kate ti ha detto di andartene.»

Tate le ha sorriso, come un'adulta con una bambina prepotente. «Sei come una zanzara che non vuole morire. Fa' un passo indietro altrimenti ti schiaccio.»

Jasmine si è infuriata. «Non parlarmi così.»

Tate ha guardato me e Heather prima di fissare la leader delle Tomboy Princesses. «Sono tornata da una settimana e so già che state perdendo potere. Vi illudete se pensate di potervi imporre con la forza. Lascia perdere, Kate. Eravamo amiche e questo è un consiglio disinteressato. Cambia strada, leccati le ferite e trovati un altro ragazzo da accalappiare.»

Heather è indietreggiata, rifiutandosi di incrociare lo sguardo della sua ex migliore amica. Ho sospirato e mi sono appoggiata all'armadietto.

Kate ha sollevato il labbro superiore scoprendo i denti. «Noi non siamo mai state amiche.»

«Però lo stavamo diventando.»

«Sì, quando hai scaricato Jax.» Kate ha rivolto uno sguardo compiaciuto a Heather. «Ricordi, Jax, quando la tua migliore amica ti ha pugnalato nella schiena?»

Tate si è irrigidita.

«O non le hai raccontato quello che hai fatto, Sullivan?»

«Taci.»

«Oh.» Sul volto di Kate è apparso un sorriso di trionfo. «Non glielo hai detto, vero, che sei andata a letto con il suo ragazzo?»

«Sta' zitta.»

«Cosa?» La voce di Heather si era affievolita.

«Sei stata tu a cominciare. Hai voluto metterti in mezzo. Adesso sei sulla lista, Tate. Stavo dando a Jax un'occasione per farsi da parte, ma ormai è troppo tardi per entrambe. Vi faremo fuori insieme all'ultima troietta di Mason.»

Dalle labbra mi è uscita una risatina caustica che ha avuto l'effetto di un richiamo: si sono voltate tutte insieme verso di me. Mi sono allontanata dagli armadietti.

Ho colto un movimento con la coda dell'occhio e ho guardato in quella direzione. Ho notato Logan che seguiva da lontano la scena con aria preoccupata. Ethan era con lui e sembravano incerti sul da farsi. Gli ho rivolto un cenno mandandogli un tacito messaggio: "Ci penso io".

La sua tensione è aumentata.

«Hai qualcosa da dire, troietta? Finalmente!»

«Finalmente?» ho replicato avvicinandomi e prendendo il posto di Heather. Kate era alta quanto me, perciò potevo guardarla negli occhi. L'ho fatto senza battere le palpebre. «Perché dovrei rovinare lo spettacolo? Sei più divertente della TV. Ti prego, continua. Minaccia ancora Tate. Non sono una sua fan. Ancor meglio, prova a prendere ancora di mira Heather. Dai.» Ho scoperto i denti. «Solo un piccolo avvertimento: lei reagisce.»

Kate si è rabbuiata.

Stavo perdendo la pazienza. «Dovrei spaventarmi perché voi quattro vi siete alleate contro di me? O perché minacciate la mia amica? Avete fatto una lista, e questo dovrebbe gettarmi nel panico? Be', anch'io ne ho una. Vi stanno tremando le gambe?»

Ho sentito un fischio seguito da un'esclamazione. «Troppo forte!»

Un altro ragazzo ha urlato: «Una lite fra donne!».

Kate voleva spaventarmi. Non ci era riuscita. Avevo affrontato la peggiore delle bestie: mia madre. Mentre Jasmine faceva un altro passo avanti e alzava una mano, mi sono spostata in modo da averla di fronte. Lei si è bloccata su due piedi con aria sorpresa e ha abbassato la mano.

«Pensi che la soluzione sia la violenza fisica?»

Tate si è messa a ridere.

L'ho ignorata. «Fa' pure. Non ho paura di essere colpita, ma tu finirai nei guai. Un solo livido e vado dal preside. Non mancano certo i testimoni.»

Appena quelle parole mi sono uscite di bocca, Kate l'ha afferrata per un braccio per tirarla indietro.

«Kate», ha protestato lei.

«Non ancora», ha abbaiato la loro leader. «Andate in classe. Tutte quante.»

Parker ha grugnito: «Gliela dai vinta?».

«No.» Kate mi ha voltato le spalle ma ho colto l'ammonimento nella sua voce. «Non è il momento.»

«Ma...»

«Va', Parker. Non lo dirò un'altra volta.»

Nessuna delle tre ha fatto nulla per nascondere il disappunto. Parker mi ha guardata in cagnesco per alcuni secondi prima di essere trascinata via da Natalie, l'unica che non aveva detto una parola.

Il mio sguardo si è soffermato su di lei e mi sono chiesta che tipo fosse. Parker e Jasmine sembravano le teste calde del gruppo. Erano le più veloci a reagire, ma doveva esserci una ragione se Kate era il capo.

Lei si è voltata verso di me e ha fatto un respiro profondo, scuotendo la testa. «Non sei quella che mi aspettavo, Strattan.»

Tate ha sbuffato alle sue spalle. «Non hai neanche grattato la superficie, Kate.»

Lei l'ha guardata. «E tu invece sì?»

«So che Mason Kade non si sarebbe innamorato di lei se fosse una sprovveduta.»

«Forse.»

A quel punto Heather è sbottata. «Andatevene.»

«Cercavo di dare una mano.» Tate si è rabbuiata mentre Kate seguiva il suo gruppo.

«Non è vero.»

Le due ex migliori amiche si sono fissate per un istante prima che Tate distogliesse gli occhi. Ha chinato leggermente la testa, sollevando sconsolata una spalla. «Bene.» Poi è stata inghiottita dalla folla. Ho provato una specie di déjà-vu. Era come l'ultimo semestre nella vecchia scuola, anche se non conoscevo ancora questi studenti. Non li frequentavo più dall'asilo. Non sapevo i retroscena imbarazzanti dei tempi delle medie o quali fossero le varie compagnie.

Quello per me era un territorio sconosciuto. Avrei dovuto essere sconvolta, invece no. Avevo tenuto testa ad Analise. Avrei resistito anche a questo.

Heather si è buttata contro l'armadietto. «Non me lo aspettavo.»

«Io sì. A dire il vero pensavo anche peggio.»

Lei mi ha squadrata. «Credevo che ti avrebbero rubato i vestiti durante l'ora di ginnastica o magari che avrebbero scritto "puttana" sul tuo armadietto.»

Le ho sorriso. «A proposito, devo andare in segreteria a farmi dare la combinazione.»

Heather si è sforzata di ricambiare il sorriso, ma gli angoli della bocca le si sono piegati verso il basso. Ha guardato nella direzione in cui Tate si era allontanata. «Perché credi che lo abbia fatto?»

"Perché vuole essere di nuovo tua amica." Però non l'ho detto. «Di che ragazzo stavano parlando?» ho chiesto invece.

Sul viso le è comparsa un'espressione addolorata. «Di Channing.»

«Mi dispiace.»

Lei si è stretta nelle spalle guardando altrove. «Non importa. Ci siamo lasciati da un anno...»

«Non poteva trattarsi di qualcun altro?»

«No. Stavo con lui quando frequentavo Tate. Adesso capisco...»

Uno a zero per Kate.

«Mi dispiace», ho ripetuto, anche se sapevo che non sarebbe servito.

Kate aveva vinto quel round. Era riuscita a ferire la mia amica.

5.

La prima campanella è suonata mentre entravo in segreteria, l'ultima quando mi hanno dato la combinazione dell'armadietto. Sarei ufficialmente arrivata in ritardo alla prima ora di lezione del mio primo giorno di scuola. Fantastico! Ho chiesto dove fosse l'ufficio dell'allenatore Grath, e la segretaria mi ha informata che sarebbe stato assente per tutta la settimana. Problema risolto. Sono uscita e ho iniziato la mia giornata.

Quando sono entrata in classe, l'insegnante non ha fatto caso al mio ritardo. Mi ha consegnato il foglio degli esercizi, e il resto dell'ora è passata velocemente. Le Tomboy Princesses non c'erano, ma le avrei incontrate alle altre lezioni: Jasmine e Natalie alla seconda ora, Kate alla terza e Parker alla quarta. Mi aspettavano delle splendide mattinate. L'unica cosa positiva era che all'intervallo del pranzo nessuno aveva toccato il mio armadietto. Non ancora.

In mensa non c'era traccia di Mason e Logan. Heather mi ha chiamata al suo tavolo.

C'erano altri studenti seduti con lei. I ragazzi parevano cordiali, mentre le due ragazze mi hanno accolta con freddezza. Una, vestita tutta di nero, ha sfoderato un ghigno e mi ha girato le spalle.

Gentile.

L'altra, con una felpa bianca con sopra disegnato un grande arcobaleno, mi ha rivolto un sorrisetto. Aveva gli occhi azzurri più chiari e la pelle più pallida che avessi mai visto. Finito di mangiare, mentre tornavamo agli armadietti, Heather mi ha spiegato che era albina. Mi ha avvertita di non aspettarmi da lei nulla più di un semplice saluto. Era timida. L'altra ragazza detestava i Kade e i loro amici. Entrambe erano bersagli delle Tomboy Princesses e a nessuna importava che il gruppo di Kate non avesse più il sostegno di Mason e Logan.

Solo alla fine della quinta ora Logan è comparso davanti al mio armadietto. «Cos'è successo stamattina con quelle?»

Era incredibile. Ci stavano guardando tutti. Ho sospirato mentre facevo il cambio dei libri. Avrei dovuto abituarmi al fascino che Logan esercitava su chiunque.

Ho scrollato le spalle. «Niente.»

«Non mi è sembrato.»

«Basta, Logan», l'ho avvertito. «Devo cavarmela da sola.»

Lui si è spazientito e ha imprecato tra sé. «Tanto prima o poi dovremo intervenire. Kate è una stronza.»

«Logan.»

«Sam, lascia che ti aiutiamo. A un certo punto sarà inevitabile.» Mi ha lanciato un ultimo avvertimento con lo sguardo prima di andarsene.

Tutte le teste si sono voltate. Mentre si allontanava, ha incrociato Mason che stava venendo da me. Le teste si sono girate di nuovo, e a quel punto hanno seguito lui.

L'ho osservato camminare mentre la folla si divideva. Pareva non accorgersene. Aveva lo sguardo fisso su di me. Io però non riuscivo a distogliere gli occhi dalla gente davanti a lui. Era come se tutti sentissero quando i fratelli Kade si trovavano nei paraggi. Anche se non li vedevano, si toglievano di mezzo. Stavo cominciando a rendermi conto che in quella scuola erano delle celebrità. Gli altri studenti sapevano tutto quello che facevano e pendevano dalle loro labbra. Non mi sarei dovuta sorprendere, eppure non potevo farne a meno.

Quand'è stato più vicino, Mason mi ha rivolto un sorriso. L'amore che ho visto nei suoi occhi mi ha scaldata. Cavolo, stava diventando vitale come l'ossigeno. Avevo bisogno di lui.

«Ehi.»

«Ehi tu», ha mormorato chinandosi per baciarmi con dolcezza.

Ho chiuso gli occhi mentre sentivo rinascere il desiderio.

Gli altri hanno preso a mormorare. Ho fatto per girarmi, ma lui mi ha afferrato il mento. Vedevo di nuovo solo i suoi occhi. Si è avvicinato ancora, la mano sul mio viso, il pollice che mi accarezzava la guancia. «Cos'è successo con Kate prima?»

«Niente.» I due fratelli Kade facevano fronte comune. «È la mia battaglia, Mason. Lascia che la combatta io.»

«E dai, Sam.»

Adesso le sue braccia sfioravano il mio corpo, e percepivo il suo ventre piatto e muscoloso attraverso la maglietta, il suo calore familiare che cominciava a risucchiarmi. Anche se non mi aveva abbracciata, mi sentivo protetta.

Il suo carisma era inebriante, e non potevo biasimare chi desiderava avere quello che mi apparteneva. Gli ho sfiorato il viso. Non riuscivo a distogliere lo sguardo. Le mie dita volevano esplorarlo, toccare la sua bocca.

«Ehi», ha mormorato lui avvicinandosi ancora. Era quasi premuto contro di me. Gli ho posato la mano sul petto sodo, poi sono scesa fino alla cintura dei jeans. Sentendo il desiderio esplodermi dentro, mi sono morsa il labbro.

Qualsiasi cosa stesse per dirmi non aveva più importanza.

«Sam.» Gli è sfuggito un gemito e mi ha fatta voltare. Mi sono ritrovata con la schiena contro l'armadietto e l'ho sentito eccitarsi. Il potere che avevo su di lui era come una droga. Ho appoggiato la testa all'anta di metallo e tutto il resto è svanito. Eravamo solo io e lui. Non contava nient'altro.

Lo volevo e dovevo lottare per evitare che il mio desiderio prendesse il sopravvento.

Ho chiuso gli occhi, con le palpebre tremolanti, e l'ho sentito chinarsi. Mi ha sfiorato il seno con il petto, poi le sue labbra hanno trovato le mie. Mi ha succhiato delicatamente il labbro mentre con una mano mi attirava a sé.

«Solo a guardarvi ho paura di restare incinta.»

Ci siamo scostati. Heather era lì, con le braccia incrociate e una smorfia disgustata sulla faccia. Sembrava sul punto di vomitare. «Ogni tanto fate una pausa per respirare. Le masse sembrano pronte alla rivolta.» Ha indicato con un cenno il corridoio, dove si trovavano Kate e le altre Tomboy Princesses.

Ho sospirato scostando Mason. «Quello è il suo armadietto?»

«No, è di Natalie. Quel gruppo di armadietti è delle studentesse del terzo anno, come lei e Jasmine. Kate e Parker sono in quarta. Non vedo l'ora che levino le tende. Che liberazione!»

Mentre osservavo l'aria torva di Kate, ho scosso la testa. «Dalla faccia, sembra che abbia intenzione di uccidermi.»

«Vale anche per me: non faccio quello che dice.»

Mason si è irritato e ha girato le spalle per frapporsi tra noi e Kate. «Che cosa vuole da te?»

«Che smetta di frequentare Sam.» Heather ha fatto finta di non dare peso alla cosa, ma ho notato il timore nei suoi occhi, anche se solo per un istante. «Mi ha informata stamattina, e Tate è intervenuta in mio soccorso.»

Mason si è scostato dall'armadietto e ha ribattuto: «Non credere a niente di quello che dice».

«Be', a Kate ho intenzione di credere.» Heather ha sbirciato dietro di lui, studiandola con circospezione. «Mi chiedo cos'abbia in mente.»

«Niente.» Non avevo un piano preciso, però la ex di Mason mi infastidiva sempre di più. In realtà non erano nemmeno stati fidanzati. Lui l'aveva usata solo per togliersi un prurito. «La terrò a bada.»

Mason, cupo, si è girato per l'ennesima volta.

Ho trattenuto il fiato. Nel suo sguardo c'era un tacito messaggio e sapevo che glielo stava inviando. Kate ha sbuffato esasperata mentre chiudeva l'armadietto di Natalie, e ho immaginato che lo avesse ricevuto e che non le fosse piaciuto. Poi Mason si è mosso. Kate e il suo gruppo stavano venendo verso di noi. L'ho guardato: aveva un'aria indifferente. Quando ci ha superato, lei si è limitata a sibilare: «Ve ne pentirete».

Le sue amiche ci hanno sorriso, seguendola.

Heather è rabbrividita. «Sono tutte cattive.»

Ero d'accordo con lei. «Come hanno preso la messa al bando?» ho chiesto a Mason.

Il suo sguardo indugiava su Kate, che si era voltata indietro. «Cosa?»

«La messa al bando. Che reazione hanno avuto?»

«Oh, l'hanno accettata. Non avevano scelta.»

«Dev'essere bello», ha commentato Heather strascicando le parole. «Tu decidi, e gli altri devono obbedire, che lo vogliano o no.» Ha sbuffato stringendo la borsa.

Lui le ha lanciato un'occhiataccia. «Non è andata così.» Mi ha toccato di nuovo il braccio. «Abbiamo un allenamento di basket. Cos'hai intenzione di fare dopo la scuola?»

Non avevo la macchina e l'allenatore Grath non c'era per tutta la settimana. Ho guardato Heather. Fino a venerdì non lavoravo, quindi cos'altro restava? «Vado a correre.»

«Vuoi prendere la mia macchina per tornare a casa?»

Ho allungato la mano. «Sì, grazie.» Appena fossi arrivata a casa, sarei andata a correre.

Mason ha sorriso mettendomi le chiavi nel palmo. «Però non scomparire per ore, ti prego.» Mi ha attirata a sé per stamparmi un bacio sulla fronte, mormorando: «E sta' attenta. Guardati in giro mentre corri».

Il suo tono preoccupato mi ha fatto venire un groppo in gola. Ho annuito, allungandomi di nuovo verso di lui per afferrarlo per il colletto. «Andrà tutto bene.»

«Perfetto.» Mi ha dato un bacio sulle labbra prima di scostarsi.

Mentre Mason si allontanava lungo il corridoio, Heather ha fatto un verso schifato. «Confermo quello che ho detto. Siete disgustosi.»

6.

Correre era il mio modo per evadere. Fuggivo dalla realtà, senza fermarmi mai. Per me era come una droga. C'erano sfide e ostacoli, ma a patto di andare sempre avanti, li superavo tutti. Mentre sfrecciavo lungo un sentiero tra gli alberi, l'adrenalina pulsava in me allo stesso ritmo dei bassi che rimbombavano nelle cuffiette. Il mio cuore pompava mentre sollevavo le ginocchia, staccandomi da terra, e l'energia risaliva lungo le gambe. A testa bassa, continuavo a lanciarmi in avanti.

Non mi stancavo mai.

Con quel pensiero ho affrontato una curva di un sentiero che non avevo mai percorso prima. Ho sgranato gli occhi per la sorpresa quando in mezzo a una radura è spuntato l'edificio di Quickie. Allora non ero lontana dalla casa di Nate. Mentre attraversavo velocemente il parcheggio semideserto, ho notato che il dipendente mi stava osservando. I nostri sguardi si sono incrociati per un attimo, poi lui ha sollevato la mano e io ho ricambiato con un cenno. Un istante dopo ero già scomparsa. Il sentiero conduceva alla collina dietro la stazione di servizio. Facendo un bel respiro, ho affrontato la salita.

Avevo la mente sgombra. Non provavo né preoccupazione né paura. Quando correvo, esistevo e basta. Le mie narici si dilatavano mentre sfrecciavo su per la collina. Poi gli alberi si sono diradati e ho inchiodato. Il mio petto si sollevava e si abbassava.

Stavo guardando Fallen Crest dall'alto.

Non mi ero resa conto di avere percorso così tanta strada.

Non riuscivo a distogliere gli occhi da quella vista mozzafiato. Il campus della mia vecchia scuola spiccava su un'altra collina, di fronte a quella su cui mi trovavo. La Fallen Crest Public era nella valle sottostante, l'enorme campo da football una chiazza verde in mezzo alla città. Ho guardato verso sud cercando di scorgere il locale di Manny. Ma era circondato da piante, perciò non si vedeva. Senza pensarci ho indirizzato lo sguardo verso il quartiere dove abitava David, cercando la mia vecchia casa.

Non ho provato il familiare dolore. Confusa, ho ripreso a correre con nuovo slancio.

Arrivata a casa mi sono fatta una doccia, ho mangiato e mi sono addormentata guardando la televisione nel seminterrato. Quando i ragazzi sono rientrati, era tardi. Ho sentito dei passi precipitosi sopra di me, la porta che si richiudeva e Logan gridare: «Sam! Dove sei?».

«Ehi, Logan!»

«Cosa?»

«Non c'è bisogno che urli come un matto.»

«E dai, Nate. Sei forse incazzato perché adesso devi darti da fare per trovarti la gnocca? Non puoi più far venire qui Parker.»

«Taci.»

Quando la porta che conduceva al seminterrato si è spalancata, la risata di Logan si è fatta più nitida. «Non incolpare me se le ragazze ti temono. Sei ambiguo, brutto figlio di puttana.» È sceso di corsa. «Sam? Sei qui sotto?»

L'ho guardato imbronciata, poi mi sono girata e ho tirato la coperta fin sopra la testa. «Fai un gran casino. Sta' zitto.»

Lui ha sogghignato, gridando verso le scale: «Sam è qui, Mason».

Si è buttato sul divano facendomi sobbalzare. Adesso sì che ero completamente sveglia. Ho scostato la coperta e gli ho lanciato un'occhiataccia. «Grazie per la delicatezza.»

Logan mi ha rivolto un ampio sorriso mentre azionava la leva del poggiapiedi accanto a sé. «Figurati.» Si è steso, mettendosi comodo. «Cosa fai qua sotto? Non ci vieni mai.»

«Riposo. E tu invece?»

Logan ha afferrato il telecomando vicino ai miei piedi e ha premuto un pulsante indicando lo schermo. «C'è la partita.»

Naturalmente. Che stupida!

Mi sono messa a sedere avvicinando le ginocchia al petto. Un attimo ed ecco la telecronaca di un incontro di basket. La scuola era appena cominciata, quindi non avevo compiti da fare, e non dovevo neanche andare al lavoro. Inoltre sapevo che presto Mason ci avrebbe raggiunto. Quando Logan ha preso da terra il sacchetto di un fast food per metterselo sulle ginocchia, gli ho chiesto: «Avete comprato da mangiare?».

Lui aveva estratto un hamburger e se lo stava portando alla bocca. Si è bloccato, voltandosi verso di me. «Ne vuoi un po'?»

Il profumo mi ha investita come un'onda e il mio stomaco ha protestato. Merda. Il piccolo sandwich che avevo mangiato dopo la corsa non mi bastava.

Logan ha sentito il brontolio e ha fatto un mezzo sorriso allungandomi l'hamburger. «Da' un morso.»

Ho scosso la testa. «No, grazie. Vado su a prendere qualcosa.» Il mio stomaco ha emesso un gorgoglio ancora più forte.

«Sam.» Logan ha soffocato un sorriso. «Puoi prenderlo, tanto per me è il secondo.»

«Ma avrai fame...»

«Posso sempre rubare un hamburger a Nate», ha replicato lui sogghignando. «Ne ha tre, e so che non li ha ancora toccati. Voleva aspettare di essere a casa.» Ha sbuffato. «Non so perché, cazzo.»

«Perché volevo chiedere a Sam se ne volesse uno», ha affermato Nate mentre scendeva le scale. Ha guardato infastidito Logan e si è seduto all'altra estremità del divano. Aveva due sacchetti e ne teneva uno sollevato. «Qui c'è un sandwich al pollo. Che ne pensi, Sam?»

Il mio stomaco ha risposto per me.

Logan ha riso e si è girato verso Nate. «Leccaculo.»

«Fottiti. È stato Mason a comprarle il sandwich.»

«Oh.» Logan era perplesso. «Pensavo che volessi prenderti tu il merito.»

«Che cosa ti succede?» Nate ha lanciato il sacchetto, che è atterrato sul divano vicino a me. «È tutto il giorno che mi stai addosso.»

«È perché di recente ti sei comportato come un coglione», ha risposto Logan strizzandomi l'occhio. Poi, rivolgendosi all'amico, ha aggiunto: «Non capita tutti i giorni di poterti fare abbassare un po' la cresta. Me la godo finché posso».

L'espressione di Nate era sempre più contrariata. «Be', stai diventando noioso.»

Logan ha scrollato le spalle. «Non è un problema mio. Sei stato tu a fare l'ambiguo figlio di puttana.»

«Ragazzi», ho mormorato scartando il sandwich. Il mio stomaco non la smetteva di brontolare. Non mi ero resa conto di essere tanto affamata.

Nate ha lanciato un'occhiata verso le scale. «Tuo fratello sta facendo lo scemo.»

Non c'è stata risposta, ma sapevo chi stava per arrivare e ne ero ben felice. Ho affondato i denti nel pane e mi sono sentita in paradiso. Mai assaggiato un sandwich al pollo così squisito! Un attimo dopo ho fatto un altro salto sul divano. Quando Mason mi ha sollevata per mettermi sulle sue ginocchia, gli ho appoggiato la testa sul petto. Lui mi teneva una mano sulla coscia mentre continuavo a masticare.

«Non avevi ancora mangiato?»

Con la bocca piena ho farfugliato: «Non abbastanza».

Lui ha sorriso e si è appoggiato allo schienale.

Logan ha fatto una risata.

«Che c'è di tanto divertente, testa di cavolo?»

In risposta Mason ha ottenuto solo un'alzata di spalle.

Ha iniziato a massaggiarmi con movimenti circolari delle dita. Era rilassante e sensuale nello stesso tempo. Mi sentivo eccitata ma mi stava anche venendo sonno. Alla fine la stanchezza ha preso il sopravvento e mi sono appisolata. Poi il suo telefono ha vibrato, e lui si è spostato per prenderlo. Era un SMS di suo padre.

Vorremmo invitarvi a cena. Quando tornerete a casa?

«Ehm.» Logan aveva ricevuto lo stesso messaggio. Ha posato il cellulare sul tavolino e ha aggrottato la fronte dicendo: «So che ci avevi convinto a tornare, ma non esiste. Non posso farlo, Sam».

«Cosa?» Mi sono chinata in avanti. «Avevi accettato.»

Logan ha scambiato un'occhiata con Mason. Mi sono girata. «Tu sei d'accordo?»

Lui non ha detto niente. Non ce n'era bisogno.

«Avete preso questa decisione senza di me?»

«No.» Logan dapprima ha scosso la testa, poi ha annuito. «Sì.»

Mi sentivo come se avessi ingoiato un pezzo di piombo. Era colpa mia. Avevo fatto una promessa a James e adesso loro non intendevano rispettarla. «Dovreste vivere con vostro padre per l'ultimo semestre. Mason, mancano solo pochi mesi alla tua partenza.»

«Sam.»

Il pezzo di piombo era sempre là. Mi sono agitata sulle sue ginocchia.

Nate ha preso di mano a Logan il telecomando per togliere l'audio alla partita.

Lui ha sbuffato. «Perché è così maledettamente importante che stiamo con nostro padre? Non dovresti scaricarci addosso i problemi che hai con i tuoi, di padri.»

Ho socchiuso gli occhi e incrociato le braccia al petto. «Non puoi dire una cosa del genere. Tu non hai idea...»

«Non ho idea?» ha replicato Logan in tono di scherno. «Altro che se ce l'ho. Nostro padre è un imbecille.»

«Logan.»

Mi ha ignorata. «Niente da fare.» Poi si è interrotto e ha guardato Nate.

«Che c'è?»

Logan si è voltato verso le scale.

Nate ha lanciato un'imprecazione. «Sul serio vuoi che me ne vada?»

«Sono questioni di famiglia.»

«E io non ne faccio parte forse?»

«Tu appartieni alla famiglia allargata. Sei un lontano cugino.»

Nate ha guardato Mason.

«Va'.» Logan gli ha rivolto un'occhiata dura. «Così la prossima volta ci pensi due volte a fare l'idiota.»

Nate ha digrignato i denti e si è girato verso il suo migliore amico. «Mason?»

Lui ha sospirato. «Non conta quello che dico io. Dobbiamo fidarci tutti di te, e purtroppo non è così.»

Nate si è tirato su dal divano per poi allontanarsi a grandi passi. Nessuno ha detto una parola. La tensione nella stanza si tagliava con il coltello. Non ho neanche osato respirare finché non l'ho sentito arrivare di sopra e chiudere la porta. Mason si è lasciato ricadere contro lo schienale del divano. «Spero che ti renda conto di quello che hai fatto.»

Il fratello l'ha guardato male. «Fottiti.»

«Stamattina gliene avevo già dette quattro...»

«Non bastava», lo ha interrotto Logan. È scattato in avanti, con lo sguardo furioso e le labbra strette. «Sei così rincoglionito da Nate che non so come fai ad accorgerti di noi altri.» Mason mi ha guardata, e in quel momento Logan ha aggiunto: «Fatta eccezione per Sam. Così non devi rinunciare alla tua dose quotidiana di scopate».

Dopo è accaduto tutto molto in fretta.

Mason mi ha depositata sul divano e si è alzato come un fulmine. Ha tirato su Logan per poi sbatterlo contro la parete. Con una mano lo ha afferrato per la maglietta e con l'altra gli ha bloccato il braccio in alto. «Vuoi rompermi le palle?»

Logan si è dimenato, ha spinto con il fianco per spostare il fratello e si è liberato il braccio.

Il cuore mi rimbombava così forte nelle orecchie che faticavo a sentire quello che si dicevano. Ero in preda al panico. Stavo impazzendo.

Erano a pochi centimetri l'uno dall'altro e si guardavano in cagnesco.

«Non voglio romperti le palle.»

«Ne sei sicuro?» ha replicato Mason, aggressivo. Ogni muscolo del suo corpo era in tensione. Aveva chiuso le mani a pugno e le teneva contro le gambe. Si stava trattenendo.

Logan lo ha studiato con circospezione prima di lanciarmi un'occhiata furtiva. La sua mascella era contratta quando ha risposto: «Sì, ma mi sto stufando di questa storia. Nate ti rincoglionisce ventiquattr'ore su ventiquattro, sette giorni su sette».

«*Stiamo* a casa sua.»

«Allora andiamocene.»

«E dove?» Dalla gola di Mason è uscita una risata roca. Si è girato verso di me. «Torniamo dal papà? Sam, non esiste che io viva sotto lo stesso tetto di tua madre.»

Mi sono stretta le braccia intorno al corpo mentre mi alzavo dal divano. «Non ho nulla contro Nate, ma in questo periodo, Mason, dovresti stare con la tua famiglia.» Il mio cuore continuava a martellare contro la gabbia toracica. «E questo vale anche per Logan. Per quanto mi riguarda, io una famiglia non ce l'ho più.»

Mason e Logan si stavano ancora scrutando, ma adesso al centro dell'attenzione c'ero io.

A volte esageravano, e questo era uno di quei casi. Mi sono sentita vulnerabile quando ho aggiunto: «La mia vita è andata a rotoli cinque mesi fa, quando mia madre ha lasciato David. Poi ho scoperto che lui non era mio papà. Il mio vero padre è entrato come un fulmine nella mia vita per poi sparire anche lui, e mia madre è impazzita. Ho voi due, certo, e vi invidio così tanto! Voi avete un padre. Lui è ancora qui e vi vuole bene...».

Mason si è mosso. «Lui sta insieme a tua mamma, Sam», ha detto con dolcezza.

A quelle parole ho sussultato come se mi avesse dato uno schiaffo.

«Io ti amo, e lei ti ha fatto del male. Se torniamo a vivere là, continuerà a fartene.» Adesso Mason era davanti a me. Mi ha sfiorato il viso con la mano. «È escluso che io stia a guardare senza far niente.»

Logan è intervenuto. «Ormai tua madre è troppo fuori

di testa per lasciarsi spaventare da noi. Perciò essere là e vederla infierire su di te...» Ha indicato suo fratello. «Io sto con Mason. Stavolta ci andremmo giù pesanti.»

«È meglio che stiamo lontani da casa. Nostro padre sa che, finché ci sarà lei nella sua vita, non ci riavrà con sé.» Mason ha fatto un respiro profondo. Il suo tocco era così affettuoso! «L'ha voluto lui, non noi.»

Qualcosa in me si è spezzato. Mi sono sentita invadere da una grande tristezza. «Non posso essere responsabile della rottura con vostro padre.»

«Non lo sei.» Logan si è rabbuiato. Ho percepito tutta la sua preoccupazione. «Nostro padre si è rincoglionito.»

«Logan...»

«Cosa?» Logan ha rivolto a Mason un sorriso storto. La tensione di poco prima era scomparsa. «Sai che è vero. Be', forse un po' coglione lo è sempre stato. Quante amanti ha avuto? Almeno una ventina.» Ha emesso un fischio in segno di apprezzamento. «Bisogna riconoscere ad Analise il merito di averlo accalappiato. Lui dev'essere completamente matto per stare con lei dopo tutte le porcherie che ha fatto a Sam.» Ha incurvato verso l'alto anche l'altro angolo della bocca. «Forse dovrebbe farsi curare.»

«Non è divertente.»

Lui ha alzato le spalle senza smettere di sorridere. «Ha lasciato la mamma dopo averla tradita per anni e adesso sta con Analise. È lei la donna della sua vita? È la cosa più esilarante che io abbia mai sentito.» Ha dato una pacca sulla spalla al fratello. «Dai, so che lo pensi anche tu.»

Quando Mason ha fatto un sogghigno, sono rimasta allibita. «Piantatela!» ho strillato. Mi sono allontanata scuotendo la testa. «Non posso credere che ci scherziate sopra.»

Mason mi ha rivolto uno sguardo affettuoso. «Logan ha ragione. Abbiamo sopportato il divorzio e i tradimenti del papà. L'unica cosa buona che abbiamo avuto da lui sei stata tu.»

«Concordo.»

Mi sono spazientita. Non vedevano il punto fondamentale della questione.

«Sam.» Mason mi ha preso la mano attirandomi a sé. «Non ridiamo per fare gli stupidi ma perché conosciamo nostro padre. Non puoi giudicarci perché non vogliamo accettare le briciole che ci dà.»

Logan ha sbuffato. «Non è mai stato un gran padre.»

«Capiamo quello che cerchi di dirci, credimi.» Mason mi ha avvicinata di più a sé, ma non l'ho guardato. Non ci riuscivo. Mi ha messo un dito sotto il mento per sollevarmi la testa. I suoi occhi verdi hanno incrociato i miei e il muro che di solito lo circondava è scomparso. Mi ha permesso di vedere tutto: l'amarezza, il male, il dolore, la rabbia, mescolati all'amore. Ha bisbigliato: «Gli sono grato per te, ma non posso accettare tua madre. Non esiste. Tu vivresti con qualcuno che continua a ferirmi?».

Ho fatto un respiro tremolante. «No, lo ucciderei.»

Logan è scoppiato a ridere. «Noi ci limitiamo a parlare, lei invece è un'assassina. Sei intransigente, Sam.» Mi ha dato una pacca sulla spalla. «Per questo sei la nostra piccola Kade. A proposito, ti voglio bene. Mi dispiace per prima, ma so come finirà questa storia. Che mi crediate o no, non mi eccito a guardarvi.» Mi ha posato un bacio sulla tempia e si è incamminato su per le scale. Quando è arrivato in cima, ha esclamato: «Via libera. Potete fornicare».

Mason lo ha ignorato. «Stai bene?»

Ho annuito. Provavo troppe emozioni per parlare.

«Non possiamo tornare a casa per vederla farti del male. E lui non la lascerà.» Mi ha stretto a sé e gli ho posato la testa sul petto. Se fossi stata nei suoi panni, mi sarei comportata allo stesso modo. Non scherzavo. Se qualcuno avesse ferito Mason e Logan, avrei fatto di tutto per fermarlo.

Mason si è chinato per darmi un bacio sulla testa.

7.

«Quindi non gliel'hai ancora detto?» Heather è riemersa dall'armadietto e mi ha guardata con la bocca aperta. «Non ci posso credere. È successo una settimana fa. Non pensi di doverli informare?»

«Perché? Sanno che Budd e Brett stanno cercando di scoprire chi sono. Glielo hanno detto in faccia.»

Lei ha richiuso energicamente l'anta e mi ha dato il suo quaderno. «Tienilo.»

L'ho preso. «Che cosa vuoi che faccia?»

Heather ha smesso di sfogliare il libro e mi ha guardato torva. Una ciocca di capelli le è scivolata davanti nascondendole la faccia, ma percepivo ugualmente il suo sguardo di fuoco. «Non sei un'imbecille, Samantha. Piantala di comportarti come se lo fossi.»

«Sono fottuta.»

«Già.» I suoi occhi si sono illuminati quando ha trovato la pagina che cercava e ne ha ripiegato l'angolo. Poi mi ha preso il quaderno di mano scuotendo la testa. «I Kade hanno avuto uno "scambio di idee" con Budd e Brett. Sanno che Budd sta cercando la ragazza di Mason, ma tu li hai visti da Manny. Lavori là. Potrebbero tornarci in qualsiasi momento. Questo glielo devi dire.»

In fondo al corridoio c'è stato uno scoppio di risate e urla. Ho guardato da quella parte. Logan era davanti al suo armadietto insieme a Ethan e Strauss. Avevano tutti un sorriso furbo sulla faccia mentre si godevano la vista delle cheerleader. Tette a volontà e, se le loro gonne si fossero sollevate di un paio di centimetri, anche gnocche a volontà.

Ho sbuffato appoggiandomi contro l'armadietto alle mie spalle.

Heather si è bloccata mentre stava infilando la mano nella borsa. «Che c'è?»

«Niente.»

«Dimmelo.» Si è voltata, e ho capito quando ha notato la scena perché ha raddrizzato la schiena e la borsa le è caduta per terra. «Oh.»

«Comincio ad abituarmi a questa scuola.»

«Ohi-ohi.»

«Cosa?»

«Chi dice una cosa del genere di solito finisce KO.» Ha scosso la testa tremando in modo esagerato. «Non posso permettere che ti succeda.»

Ho riso. «No, non in quel senso. Insomma, comincio a capire come funziona. Al posto dell'Elite qui avete le cheerleader.»

«E la squadra delle parate.»

«La squadra delle parate?»

«Sì.» Heather ha indicato un gruppo di ragazze di fronte all'armadietto di Logan. Indossavano tutte una maglia e pantaloni eleganti, come se stessero andando a un colloquio di lavoro. Ho osservato le loro acconciature: portavano i capelli dietro una spalla, ed erano l'immagine della perfezione. Capivo cosa intendesse Heather. Le Tomboy Princesses potevano anche comandare tutte a bacchetta con i loro modi da dure, ma quelle ragazze avevano classe. Mi ricordavano Miranda e Cass dell'Elite.

«Fanno la pubblicità per qualche prodotto di bellezza?»

Heather ha riso sotto i baffi. Mentre andavamo verso di loro, ha aggiunto: «Sono in cerca di un fidanzato. Alcune tentano di accalappiarsi qualcuno della compagnia dei Kade, ma i loro veri obiettivi sono Mason e Logan. Kate e la sua banda di stronze erano dei miti per loro. Kate aveva Mason. Parker, Nate. Jasmine, Ethan. E Logan a volte usciva con Natalie, anche se sappiamo tutt'e due che non era la sua ragazza».

«A proposito di...»

Mi sono interrotta quando Tate ha svoltato l'angolo. Non ci ha dato neanche un'occhiata puntando dritta verso Logan e spalmandoglisi addosso. Gli ha messo un braccio attorno al collo, posandogli l'altra mano sul petto. Lui, che stava parlando con Ethan, ha smesso e ha chinato la testa, come se Tate gli stesse sussurrando qualcosa all'orecchio. In faccia gli è comparso un sorrisetto.

«Okay.» Heather ha annuito. «Adesso capisco perché tu e Mason siete preoccupati.»

Ho sgranato gli occhi quando Logan le ha messo una mano sul fianco. Era lo stesso modo in cui mi toccava Mason, un gesto intimo per attirarmi a sé. Logan non lo ha fatto, ma la sua mano si è spostata sul fondoschiena di Tate. Oh sì. Lei si stava godendo ogni attimo della sua attenzione. Poi però ha alzato lo sguardo e ci ha sorpreso a fissarlo. Ho sentito la faccia in fiamme. Sapevo di essere arrossita. Ma cosa stava combinando? Ho socchiuso gli occhi, cercando di chiederglielo con lo sguardo.

Lui mi ha scoccato un sorriso malizioso.

«Che cos'è?» Mi sono irritata.

Logan si è stretto nelle spalle, facendomi il verso. «Che cos'è?»

Tate si è voltata con un ghigno da Stregatto. La mano di Logan è scivolata sul suo fianco. Adesso erano praticamente abbracciati.

Heather li stava osservando perplessa. Io non sono riuscita a trattenermi. «Mi sono persa l'annuncio? Adesso siete una coppia?» C'era acredine nella mia voce, non potevo nasconderla. Tate era una sciagura. Un tipo subdolo. Gli aveva fatto del male in passato e lo avrebbe rifatto.

«Non puoi essere gelosa, Samantha», mi ha provocata Tate. «Tu sei felice con Mason, no? Non puoi avere tutti e due i Kade.»

«E tu non puoi ferirlo di nuovo», ho urlato.

«Ehm, ragazze!» ha esclamato Heather.

Logan ha scosso la testa. «Sam, rilassati.»

«No», ho ribattuto.

Tate ha rivolto un'occhiata astiosa a Heather. «Che problema hai? Non sapevo che fossimo nemiche. Non devi prendere le sue parti ogni volta.»

Mi sono sentita fremere di rabbia ma, guardandomi attorno, ho notato che si era formato un assembramento di gente. Le snob della squadra delle parate si stavano mescolando alle cheerleader. Ethan e Strauss avevano preso posto in prima fila, appoggiati all'armadietto di Logan, con un sorriso che andava da un orecchio all'altro. Ai margini della folla c'era Kate. Aveva la faccia inespressiva ma, quando ha incrociato il mio sguardo, mi ha scrutata con sospetto. Ho sentito un leggero brivido. Qualsiasi cosa stesse pensando, non era nulla di buono. L'ho indicata a Logan, che è diventato improvvisamente serio e si è incamminato verso di me.

Tate si è bloccata a metà frase. «Che fai?»

Ignorandola, lui ha preso me e Heather per un braccio trascinandoci verso la folla.

«Logan!»

«La tua ragazza ti sta chiamando», ha osservato Heather.

Lui ha fatto una smorfia. «Okay, era uno scherzo. Non posso credere che vi siate agitate tanto.» Ci ha portate nel corridoio e ha abbassato la voce avvicinandosi a me. «Non sono più innamorato di Tate. Non c'è bisogno che ti preoccupi. Dovrei rimettermi con lei perché possa farmi ancora del male? I sentimenti che provavo sono morti da tempo.»

Heather si è bloccata su due piedi. È impallidita mentre un gruppo si allontanava dall'atrio. «Oh cavolo.»

Ho riconosciuto due ragazze. «Sono tue amiche, giusto?»

«Lo spero.» Nei suoi occhi è passato un lampo di mortificazione. «Devo andare. Scusa, Sam. Se non ti vedo a pranzo, vieni da Manny stasera?»

Ho annuito mentre lei si affrettava a raggiungerle. La ragazza vestita di nero non l'ha degnata di uno sguardo. Quella minuta le ha rivolto un mezzo sorriso triste. L'altra infine si è rivolta a Heather in modo brusco per poi piantarla in asso, sdegnata. L'amica l'ha seguita senza dire una parola. Nel gruppo c'erano alcuni ragazzi; uno, con i capelli scuri e un tatuaggio sulla mascella, le ha gettato un braccio sulle spalle. Voleva rassicurarla, ma lei lo ha allontanato ed è corsa dietro alle due ragazze. «Non preoccuparti, Jax», ha gridato lui.

«Chi è quello?»

Logan ha inclinato la testa di lato. «Max Monroe. Non lo conosco molto bene. Mason forse sì. È amico di quelli della Roussou, quindi sta' alla larga.» Mi ha trascinata verso l'armadietto di Mason. «Non temere, piccola Kade. Quelli come lui non piacciono a nessuno. Nessuno ti spodesterà dal trono.»

«Sai che sei fastidioso, Logan? È per caso un effetto collaterale del sesso che hai fatto stanotte?»

Lui ha riso sotto i baffi, abbracciandomi. «Non avevo intenzione di irritarti. Cos'è, vuoi sapere chi mi sono scopato?»

«No. A patto che non sia Tate, non mi importa.»

Mi ha stretto con forza ridendo mentre superavamo un altro assembramento. L'armadietto di Mason era nell'angolo in fondo, insieme ad altri quattro. C'erano Nate e alcuni amici dei Kade. Quando Mason ci ha visti arrivare, si è staccato dalla parete. Nate ha guardato nella nostra direzione ma non si è mostrato affatto caloroso. Ha chiuso l'armadietto e se ne è andato.

«Immagino che nemmeno a lui interessi con chi ho fatto sesso.»

«Logan.» Gli ho dato una spinta.

«Cosa c'è?» Mi ha scoccato un sorriso, sfregandosi il punto in cui lo avevo colpito. «Nate non ha ancora digerito la nostra riunione di famiglia?» ha chiesto a suo fratello.

«Tu come ti sentiresti se fossi stato cacciato dal seminterrato di casa tua?» Mason ha fatto una smorfia fissando il braccio di Logan sulla mia spalla. «Perché devi sempre toccare la mia ragazza?»

Logan ha ridacchiato accarezzandomi il fianco. «Non sei felice che io non stia toccando Tate? Sam mi ha appena salvato dalle sue grinfie.»

«La tua ex sta creando altri problemi?»

Il sorriso gli è svanito dal volto. «Stavo solo scherzando.»

Si è staccato da me e ha fatto un passo indietro. «Potete rilassarvi tutti e due. Non c'è da preoccuparsi.»

«Logan?»

Lui si è allontanato, facendo un vago gesto con la mano.

«Lascialo andare.» Mason ha aperto l'armadietto, ha preso un libro e mi ha squadrata. «Sei venuta a scuola presto stamattina.»

«Prima sono andata a correre.»

Si è incupito. «Allora devi avere qualche problema. Cosa succede?»

Mi sono appoggiata all'armadietto di Nate. Anche se eravamo nell'angolo in fondo, stavamo attirando l'attenzione. Mi dava fastidio. «Siete degli dei qui.»

Mason ha sorriso. «È forse una tecnica per eludere la domanda?»

«No.» Ho scosso la testa. «Non volevo. Io...» Ho indicato il corridoio. C'era una marea di gente che ci guardava. Un paio di ragazze si sono avvicinate. Quando si sono accorte che le osservavo, hanno chinato la testa infilandosi in corridoio. Una si è voltata, e ho visto che era rossa come un peperone.

«Sam?»

«È tutto a posto», ho mentito.

«Ehi.» Il tono di Mason si è addolcito, producendo il solito effetto su di me. Ha sciolto il nodo che mi si era formato in gola. Non ho potuto impedirmi di sorridere. Quando lui mi attirava a sé, tutte le mie ansie e le mie preoccupazioni svanivano. «Che cosa c'è che non va?» ha insistito.

«Niente.» Poi mi sono corretta. «Niente di importante. Che ne pensi di Tate e Logan?»

Mason ha inarcato un sopracciglio «Alludi al fatto che ci ha appena detto di rilassarci?»

«Lei gli si è buttata addosso, e sembrava che gli piacesse.»

«Ah.»

Ho inclinato la testa e l'ho scrutato con sospetto. «Tutto qui?»

Lui ha sorriso, stampandomi un bacio sulla fronte. «Non sono più preoccupato per Tate.»

Avevo l'impressione che fosse arrivata l'apocalisse. L'ho fissato sconvolta mentre si appoggiava al muro e mi attirava fra le sue gambe. Mi ha cinto la vita e mi sono ritrovata stretta nel suo abbraccio, ma non sono riuscita a godermelo. Avvertivo un rimescolio nello stomaco.

Mason ha sospirato. «Problemi?»

«Puoi ripetere quello che hai detto?»

«Non sono più preoccupato per Tate.»

«E da quando?»

Lui ha socchiuso leggermente gli occhi prima di rimettersi la maschera che indossava sempre in pubblico. È stato come se mi avesse sferrato un calcio nello stomaco. La rabbia ha cominciato a ribollirmi dentro.

«Il mio ragazzo è uscito dal suo corpo e qualcun altro se n'è impossessato. Chi sei e cos'hai fatto a Mason?»

«Adesso fai la spiritosa?» ha replicato lui allontanandosi dal muro.

Ha lasciato cadere le braccia e io sono indietreggiata. Provavo sempre un brivido quando mi staccavo da lui, ma non stavolta. Via via che la conversazione continuava, mi scaldavo sempre più. «Scusa, il ruolo del buffone è già stato preso? Solo Logan può fare battute? Ricordami il mio.»

«E dai, Sam.»

«No, dai tu.» Ho alzato la voce.

Mason si è guardato attorno e mi ha presa per un braccio. «Gli altri ci stanno ascoltando.»

«Non m'importa.» Ho fatto ancora un passo indietro. «Voglio sapere quando hai deciso che Tate non è più un problema.»

«Le cose non stanno così. Io...» Mason ha scosso la testa. «Possiamo parlarne più tardi?»

«Voglio saperlo adesso. Dev'esserci una ragione se hai deciso di lasciarla perdere.»

«Viene a scuola qui...»

«Questo non aiuta.»

Lui ha incurvato le spalle.

«La odiavi da prima di conoscere me. Andavi alle feste solo per umiliarla. Il primo giorno di scuola le hai detto parole velenose, e adesso non t'importa più di lei? A Logan piace, lo vedo. Lei gli farà di nuovo del male. Questo mi fa impazzire.» Sentivo un'oppressione al petto e sapevo di essere infuriata. Mason non reagiva nemmeno. «Sarà meglio che tu mi dica subito cosa sta succedendo.» Il cuore mi batteva forte. Avevo fatto una delle mie migliori sfuriate e stavo aspettando la sua risposta.

«Be', penso semplicemente che lui non la ami più, quindi non sono tanto preoccupato.» Poi Mason si è staccato dal muro e se n'è andato.

Be'... cosa diavolo gli era preso?

8.

MASON

Allontanarmi da Sam mi era costato. Le avevo mentito. Mi aveva fatto una domanda a cui non potevo rispondere. Logan mi aveva detto di voler giocare con Tate, farsela con lei, usarla. Mi stava bene. Non avrei più interferito. Non che l'idea mi piacesse, ma era quello che voleva Logan, e una parte di me non riusciva a biasimarlo. Era stato con lei per due anni. Tate era l'unica ragazza di cui si fosse mai innamorato, e lei ci aveva provato con suo fratello. Logan voleva vendicarsi, e Sam non sarebbe stata d'accordo. Non avrebbe capito. Lei era terribilmente protettiva.

Sam era buona. Io e Logan no.

Ho schivato un gruppo di ragazze, ignorando le due che avevano allungato la mano, e mi sono avviato lungo il corridoio. Una di loro ha tentato di trattenermi. Mi ha affondato le dita nel braccio, ma me ne sono liberato spingendola verso le sue amiche. Mentre proseguivo, mi ha gridato qualcosa in tono seccato e mi sono girato.

Pensavano di potermi mettere le mani addosso ma c'erano dei limiti. «Riprovaci e renderò la tua vita un inferno.»

Hanno sgranato gli occhi alzando di scatto la testa. Quella che aveva gridato ha fatto un gesto di impazienza. Doveva essere la leader del gruppo. Mi era bastata un'occhiata per capire che si trattava di matricole. Sarebbero state le future Tomboy Princesses: erano toste, popolari e già trasudavano sesso.

«Mase!» ha esclamato Nate agitando un braccio per fermarmi.

Era davanti all'armadietto di Strauss. Avevano tutti e due un'aria rilassata e stavano osservando le ragazze. Accanto a loro c'era un gruppo di cheerleader, cosa che non mi stupiva. La notizia della messa al bando era circolata. Kate e le altre non erano più nostre amiche, perciò avevano lasciato il campo libero. Eravamo sempre stati oggetto delle attenzioni delle ragazze, ma adesso c'era più competizione. Lo sguardo mi è caduto su quelle della squadra delle parate. Un paio sfoderavano un sorriso seducente mentre le loro amiche guardavano in cagnesco le cheerleader.

Con Kate al comando, il vantaggio era che lei sapeva tenere tutte al loro posto.

«Ehi.» Ho fatto un cenno a Nate. Stavo per tirare un pugno sulla spalla a Strauss, ma alla fine mi sono limitato a dargli una pacchetta affettuosa.

Lui mi ha rivolto un sorriso poco convinto, lo sguardo fisso sulle chiappe che ci erano appena passate accanto.

«Com'è andata la riunione di famiglia? Avete chiarito tutto?»

"Merda."

Anche Strauss lo ha guardato. L'ostilità di Nate era più che evidente.

«Non è stato niente del genere, Nate.»

«Ho pensato che fosse meglio ritirarmi. Non volevo creare imbarazzo.» Mi ha lanciato uno sguardo penetrante.

Mi sono passato una mano tra i capelli. Non mi andava di parlare di certe cose lì.

«Logan!»

Voltandomi ho visto che mio fratello aveva bloccato una ragazza contro un armadietto. Le stava sorridendo e lei aveva le guance rosse. Si è illuminata e ha fatto un respiro profondo. Lui ha puntato gli occhi sul suo seno. «Logan, smettila.»

Strauss ha fatto un verso. La ragazza non voleva affatto che Logan smettesse. Ridacchiava, si premeva contro di lui, spingeva il seno sempre più in fuori.

«Kade!» ha tuonato una voce in fondo al corridoio.

Logan è indietreggiato lasciando andare la ragazza. Lei ha strillato, stavolta però non di gioia.

«I fratelli Kade sono tutti e due qui. Paghi uno, prendi due. Sono fortunato», ha aggiunto la voce. Poi una mano si è posata pesantemente sulla mia spalla.

Logan ha alzato cupo lo sguardo incontrando il mio prima che ci muovessimo simultaneamente. Mi sono girato per scrollarmi di dosso la mano mentre mio fratello si metteva al mio fianco.

«Preside Green», ho detto.

Indossava un completo grigio con una cravatta verde. Era un uomo di una quarantina d'anni, alto più di un metro e ottanta, e aveva i capelli brizzolati. Ha sollevato un labbro nell'imitazione di un sorriso, che però non si sposava bene con la rassegnazione che aveva nello sguardo.

Logan ha sbuffato.

Green ha inclinato la testa. «Cosa c'è, Kade?»

Logan ha ruotato le spalle mentre un sorriso arrogante gli si dipingeva sulle labbra. «Niente, preside Green, è solo che sembra un po' stanco. Notte impegnativa?»

Green ha assunto un'espressione di biasimo. «Sono qui per dare a entrambi un avvertimento.»

«Un avvertimento?» Logan ha incrociato il mio sguardo. «Non abbiamo fatto niente.»

«Non ancora», ha osservato qualcuno tossendo.

Nate, Strauss e altri hanno riso al commento. Una ragazza ha aggiunto sospirando: «Loro possono farmi tutto ciò che vogliono». Le sue amiche hanno iniziato a sogghignare e a bisbigliare tra loro.

Qualcuno le ha riprese. «Zitte. Piantatela di scocciare.»

Era stata Kate.

Loro sono ammutolite.

Il preside Green ha scrutato gli studenti in corridoio scuotendo la testa. «Com'è che voi due suscitate tanta attenzione in questa scuola? È la prima volta che mi capita una cosa simile.»

Logan si è stretto nelle spalle. «Siamo una fonte d'ispirazione.»

Tutti hanno ricominciato a ridere.

«Ne dubito molto», ha replicato il preside, strascicando le parole.

«Siamo come quelle cartoline piene di versetti biblici. Diamo alla gente la sensazione di essere stata toccata da un angelo.»

«Oh cazzo», ha commentato qualcuno sghignazzando.

Qualcun altro ha osservato: «Eccome, se date quella sensazione».

Mi sono schiarito la voce e tutti sono ammutoliti. «Cosa voleva dirci?»

«Ho ricevuto una telefonata dalla polizia locale.»

Ho guardato Logan, poi ho fissato con sospetto il preside.

«Sono fottuti», ha commentato un ragazzo.

Il preside Green si è girato di scatto. «Voi non avete lezione?»

Alcuni se ne sono andati, ma la maggior parte è rimasta.

Lui ha sospirato. «Preferirei non fare questo discorso in pubblico. Mason, Logan, potete venire nel mio ufficio?»

Il suo non era un semplice invito. Lo abbiamo seguito. Mentre stavamo per entrare, Sam ha girato l'angolo. L'abbiamo vista entrambi e lei si è bloccata. Ha abbassato il braccio con cui teneva i libri e ha spalancato la bocca. Aveva uno sguardo interrogativo, ma vi ho colto anche del risentimento. Ho serrato la mascella e mi sono girato dall'altra parte.

Logan ha fatto un fischio di apprezzamento.

Lei non ha reagito. Ho sentito i suoi occhi trapassarmi la nuca. Ho irrigidito le spalle stringendo la maniglia della porta dell'ufficio con più forza del dovuto. Sapevo che Logan aveva notato il nostro scambio e anche che non avrebbe capito.

Bene. Toccava a lui dare delle spiegazioni a Sam.

Mentre ci sedevamo davanti alla scrivania del preside, Logan ha sbattuto il ginocchio contro il mio.

L'ho ignorato.

«Cos'era quello sguardo?» ha sibilato.

«Niente.»

«Mase...»

«Okay, ragazzi», ha detto Green.

Ho ignorato anche lui. «Ricordi quello di cui mi hai parlato ieri sera?»

«Oh.» Logan si è lasciato andare contro lo schienale e ha fatto un lungo sospiro. «Lei lo sa.»

«Se n'è accorta. Devi spiegarglielo tu.»

«Eh? Non esiste...»

«Signori.» Il preside ha battuto le mani e si è allungato sul tavolo. «Sto forse interrompendo un piccolo alterco?»

Logan ha alzato gli occhi al cielo ed è sprofondato nella sedia. Mi sono proteso in avanti. Green non ci aveva mai fatto niente, ma era un adulto, quindi non ci si poteva fidare di lui. «Cosa vuole da noi? La storia della polizia non ci riguarda.»

Il preside ha sorriso. «Vai sempre al sodo, Mason. Lo apprezzo. Come ho detto, ho ricevuto una chiamata. Prima o poi ve ne avrei parlato, ma quando vi ho visti in corridoio ho pensato di affrontare subito la questione.»

«Accetti un consiglio, preside Green», ha detto Logan, spazientito. «Non dia il suo numero alle puttane, così se finiscono dentro non potranno chiamarla per chiederle di pagare la cauzione.»

«Stavo dicendo che stamattina ha telefonato la polizia.»

«Per una battona che è stata arrestata?»

«Logan.»

«Altro consiglio: se si fa un'amante, prenda un telefono prepagato. Sua moglie non la beccherà e la sua amichetta potrà chiamarla tutte le volte che vorrà.»

«Kade, esca dal mio ufficio prima che la metta in punizione.»

«E non usi neanche Facebook. Un infedele professionista non deve aprire un account.»

«Se ne vada. Non sono in vena.»

Logan ha sbuffato alzandosi. «Se mi mette in punizione, cosa dirà il coach? Perderò l'allenamento.»

«Fuori.»

«Vado, preside Green.» Logan mi ha rivolto un sorriso e ha sollevato due dita facendo il segno di pace. «Ricordi il consiglio: non dia il suo numero alle puttane e niente Facebook. Le eviterà un sacco di guai.»

Appena la porta si è chiusa, ho detto: «Non abbiamo fatto niente».

«Lo so. Ma qualcun altro sì. Budd e Brett Broudou sono andati da Quickie e hanno picchiato un dipendente. Quando lo hanno interrogato, ha parlato di un episodio precedente successo questa settimana. Ha detto che per poco non siete venuti alle mani.»

«Hanno pestato quel ragazzo?»

«Sì.» Green si è schiarito la voce. «Sanno tutti dei rapporti tesi fra le due scuole. Ci sono stati precedenti. Vi avverto, Mason, smettetela. Questa rivalità deve finire. È una faccenda tra voi e loro ma avete coinvolto le scuole. Altri studenti si faranno del male. Avete preso in considerazione le conseguenze?»

«Ne sono perfettamente consapevole», ho risposto in tono freddo.

Un attimo dopo me ne sono andato. Il preside non mi ha fermato. Meglio così: non mi interessava sentire altri consigli. Mi rendevo conto della situazione meglio di chiunque altro.

SAMANTHA

Per il resto della settimana ho vissuto in un universo parallelo. Logan era scontroso perché disapprovavo il suo comportamento con Tate, che si fermava davanti al suo armadietto ogni volta che poteva. Anche Nate era brusco... Be', ce lo meritavamo. Lo avevamo cacciato dalla nostra riunione. Io ce l'avevo con Mason perché non si preoccupava più di Tate e non voleva spiegarmi le sue ragioni. Doveva esserci qualcosa di più di un'improvvisa «presa di coscienza» grazie alla quale aveva capito che Logan non era più innamorato di lei. Quando Mason cambiava atteggiamento, c'era sempre un motivo, e con il passare della settimana mi ero resa conto che non me lo avrebbe detto.

Evitavamo il discorso, e quando lo toccavo cambiava argomento. Ovviamente nella maggior parte delle circostanze ci riusciva, soprattutto a letto o sotto la doccia, ma in caso contrario prendeva e se andava.

Non ero per niente contenta.

Venerdì mi sono ritrovata in una casa vuota ed ero ormai pronta ad ammettere la sconfitta. Non avevo idea di dove fossero tutti, ma avevo il turno da Manny. La serata sarebbe trascorsa velocemente, o almeno così speravo.

Quando sono arrivata al locale, non c'era nessuno. Caspita.

La porta si è chiusa alle mie spalle creando un'eco in tutta la sala. Brandon ha smesso di pulire il banco e ha sollevato la mano. «Buonasera, Strattan.»

«Fai lo spiritoso?»

«Anche tu no.» Il suo sorriso è scomparso.

«Anche io no cosa?»

«Sei di cattivo umore.» Ha indicato la cucina con il bicchiere che stava asciugando. «Tu e mia sorella. Cosa bolle in pentola a scuola? Da una settimana è intrattabile.»

«Zitto, Brandon!» l'ho sentita esclamare al di là della porta. «Riticniti fortunato se trovi ancora qualche ragazza con cui uscire.» Poi è apparsa sulla soglia, con una mano tra i capelli. «Hai l'aria di un perdente, lì a servire al bar per guadagnarti da vivere.»

«Va' a farti fottere. Sono comproprietario di questo posto, ricordi?»

Heather ha alzato gli occhi al cielo, lo ha superato a grandi passi e ha spalancato la zanzariera. Fuori, si è buttata su una sdraio. Ben presto si è sentito odore di fumo.

Il consueto cameratismo tra fratelli era scomparso. L'ho seguita fuori e mi sono seduta anch'io. «Cos'è che non va?»

Lei ha scrollato la cenere, si è alzata e ha chiuso la porta di legno massiccio. Si è riseduta e ha fatto un lungo tiro prima di scuotere la testa. La voce le tremava. «Le Tomboy Princesses ti hanno fatto qualcosa questa settimana?»

Sono rimasta perplessa. «Eh? No.» In realtà era strano. Avevano ringhiato e minacciato, perciò mi aspettavo qualche mossa. «Perché?»

Heather ha aspirato una boccata di fumo, ha messo la mano in tasca e mi ha dato il suo telefono. «È una settimana che mandano messaggi.»

«Di che genere?»

Lei ha sbuffato. «Non riesci a immaginarlo?»

Ci riuscivo. Avevano cominciato a tormentare la mia amica. Sapevo che quello era solo l'inizio. Mi sono messa a scorrere i messaggi.

Primo avvertimento, stronza.

Originale. Ho cliccato sul successivo.

Secondo avvertimento, stronza.

Il terzo e quarto erano identici: minacce seguite da insulti. Poi si sono fatti più interessanti. Il quinto diceva:

Scarica la troia o te ne pentirai.

Il sesto era diverso.

Avevi l'abitudine di tagliarti. Le voci circolano. Vuoi sapere chi ce l'ha detto?

Mi sono fermata e l'ho guardata. Heather era già alla seconda sigaretta. Ho frenato la lingua mentre continuavo a leggere.

Sappiamo di tua madre. Mettiamo in giro la voce?

Heather mi aveva detto che sua mamma se ne era andata quando lei e suo fratello erano piccoli. Mi sono chiesta cos'altro fosse successo, ma sono passata al messaggio seguente.

Licenzia Strattan. Se non lo farai, distruggeremo la vita di tuo padre.

Non ho potuto continuare, in preda alla nausea. «Mi dispiace.»

Heather ha spento la sigaretta e se n'è accesa subito una terza. Appoggiandosi allo schienale, ha scosso la testa. «Brad gioca con il cugino di Natalie. Non ho mai pensato di avvertire mio fratello maggiore di tenere la bocca chiusa. Immagino che lo abbia saputo così.» La voce le tremava.

«Ti tagliavi?»

«In seconda media, sempre per il fatto che mia madre se n'era andata... Mi sono comportata da stupida. Lei era una persona orribile, ma la rivolevo con me. Incolpavo di tutto mio padre, anche se era stata mia mamma a tradirlo e a mollarci. Lui invece era rimasto.»

C'era dell'altro. Percepivo la sofferenza nella sua voce. «Tua madre lo tradiva?» Era una cosa che avevamo in comune.

Heather ha annuito con aria cupa. Una folata di vento le ha gettato indietro i capelli, appiccicandole la maglietta al corpo esile. Era così magra che vedevo le costole attraverso il cotone sottile.

«Mi dispiace», ho ripetuto.

«Per cosa?» Aveva quasi finito la terza sigaretta. «Non mi va che mi dicano come comportarmi. Mia madre lo faceva. Kate e la sua banda di stronze sono come lei.» Ha inspirato una boccata di fumo. «Vogliono che io molli l'amica più cara che abbia mai avuto? Comincio davvero a odiarle, Sam. Vorrei tagliuzzarle come una volta facevo con il mio corpo.»

Non sapevo cosa dire. Heather era rimasta al mio fianco, ma per tutta la settimana l'avevo sentita distante. «Non mi hai spiegato cos'è successo con le tue amiche. Non sembravano contente l'altro giorno.»

«È vero.» Lei ha piegato le gambe e se le è strette al petto. Sembravano due stecchi. Ha fatto un respiro profondo. L'ho vista deglutire con una smorfia. «In realtà non posso biasimare Cory e Rain.»

«Rain?»

«Rainbow.»

«È il suo vero nome?»

«No», mi ha risposto buttando fuori uno sbuffo di fumo. «Si chiama Ginnie ma per tutti è Rain. Indossa sempre qualcosa con un arcobaleno. Ora che ci penso, lo fa dalla prima media, quando si è trasferita qui.»

«Hai detto che è albina.»

«Sì.» La sua voce si è addolcita ma aveva la fronte aggrottata. Pareva ancora più pensierosa. «Kate, da stronza qual è, la prendeva in giro. Cory l'ha difesa e da allora sono molto legate. Kate la tormenta dalla terza elementare, credo.»

«Non mi trovano simpatica.»

«Non sei tu il problema.» Heather ha scosso la testa sollevando la sigaretta. «Sono Mason e Logan. E solo perché hanno frequentato a lungo Kate e le Tomboy Princesses. Se non fosse stato per loro, non sarebbero mai diventate così potenti. Nessuno può rompere le scatole alle "amiche" dei ragazzi più popolari.»

«Ehi!» Brandon ha picchiato sulla porta e ci ha raggiunte. «Tra un'ora finisce la partita.»

Heather ha sospirato spegnendo l'ultima sigaretta.

«Che partita?» ho chiesto.

Mi hanno guardata perplessi. «Di basket.»

«La scuola pubblica...» Ho avuto un presentimento inquietante. Non avevo bisogno di vedere la loro reazione.

«Mason e Logan non ti hanno detto niente?»

«No...»

«Be', loro amano di più il football.»

Comunque fosse, ci ero rimasta male. «Allora, adesso che cosa dobbiamo aspettarci?»

«Prima che i tuoi amici trasformassero questo locale in un punto di ritrovo, niente. Avremmo avuto solo un po' più di movimento. Invece stasera saremo pieni zeppi. I nostri clienti abituali non verranno. Nemmeno Gus, e sai quanto ami questo posto. Alcune ragazze della scuola mi hanno mandato dei messaggi per avvisarmi che pensano di ritrovarsi tutti qui. Ci sarà da impazzire.»

Al diavolo Mason. Al diavolo Logan. Avevo un lavoro da fare. «Vuoi che stia davanti o nel retro?»

«Ti direi davanti, ma Frank è malato.»

«Quindi nel retro per forza.»

«Ti sta bene?»

Vedere lo sguardo di compassione nei suoi occhi è stato come ricevere un altro calcio, però ho fatto finta di niente. Nessuno mi aveva detto una parola della partita. Non avevo amici a scuola, e Heather ultimamente si era tenuta sulle sue. L'avevo vista giusto nei corridoi, negli intervalli tra le lezioni. Durante la pausa pranzo Mason aveva preso ad aspettarmi vicino al mio armadietto, e ne approfittavamo per uscire a mangiare un boccone. Gran parte del tempo lo impiegavamo per andare e prendere il cibo, poi lo consumavamo in macchina sulla via del ritorno. Trascorrevamo qualche minuto di intimità nel parcheggio. Lasciava l'auto lontano dalla scuola, in mezzo a quelle dei suoi amici, in modo che nessuno potesse spiarci.

«Nessuno in realtà pareva eccitato per la partita. Alla Academy avremmo fatto una festa. Ci sarebbero stati manifesti e striscioni dappertutto. Non ricordo di averne visti in giro questa settimana», ho detto.

Heather ha aperto la porta e si è girata per rispondermi: «C'era qualche volantino. Tutti sanno della partita e basta. Se ne hanno voglia, ci vanno. Il basket non è come il football».

«Stai scherzando?» è intervenuto Brandon da dietro il banco. «Le partite di basket sono uno sballo.»

«Lo so, ma Sam chiedeva perché non se ne è parlato a scuola.»

«Perché lo sanno tutti. Così almeno andava ai miei tempi. Ricordo con piacere quei giorni. Bei ricordi.»

Heather ha alzato gli occhi al cielo e si è messa il grembiule. «Vorrai dire belle gnocche.»

«Ah.» Il sorriso di Brandon ora era tutto denti. «Gnocche

facili. Non dovevo andarle a cercare. Le ragazze venivano da me. Chissà i Kade... Rispetto a loro non ero niente. Quei due sono come dei.»

È stato come ricevere una pugnalata nel petto.

Heather ha fatto un verso d'esasperazione. «Sei un idiota.» Mi ha indicata con il pollice.

Lui è parso imbarazzato e ha fatto una flebile risata. «Scusa, Sam. Sai cosa intendo, no? E poi Mason non è interessato alla gnocca come Logan...»

«Sta' zitto, Brandon. Facci un favore.»

Ho sollevato una mano scuotendo la testa. «Non c'è problema. So che sono delle celebrità. Non è niente di nuovo per me. Vivo con loro, ricordate? Logan ha una nuova ragazza quasi ogni giorno.» Ultimamente però lui non c'era quasi mai. Durante la settimana avevamo tutti abitudini diverse. Logan di solito era il primo a uscire, ma a volte dormiva fuori. Doveva tenere metà del suo guardaroba in macchina, perché si cambiava spesso. Nate schizzava fuori pochi minuti prima di me e Mason. Mentre mangiucchiavo un pezzo di pane tostato in cucina aspettando Mason, passava veloce, mi salutava e correva alla macchina.

Per quanto riguardava noi due, di solito andavamo a scuola insieme. Finite le lezioni, non avevamo molto tempo per parlare perché lui aveva gli allenamenti e di solito io smaniavo dalla voglia di farmi una lunga corsa.

«La partita è finita», ha esclamato Brandon in quel momento. Stava guardando il telefono. «Abbiamo vinto: trentadue a diciannove.»

«Si comincia.» Heather ha preso posto dietro il banco e io sono andata nel retro. Solo ore dopo mi sono ricordata di aver lasciato il cellulare in macchina.

9.

MASON

Quando sono uscito dalla palestra, molti se n'erano già andati, la maggior parte per cenare e poi presentarsi alla festa di Fischer. Io però dovevo passare prima da Manny. Forse Sam non sarebbe venuta alla festa, e dopo aver evitato le sue domande per tutta la settimana dovevo farmi perdonare. Qualsiasi cosa mi chiedesse, l'avrebbe ottenuta. Ho contratto la mascella ricordando il dolore nei suoi occhi quando aveva capito che non le avrei risposto. Cavolo. Non potevo. Se avessi... No, non potevo, punto e basta.

Ho stretto la mano sulla borsa mentre attraversavo il parcheggio. L'Escalade di Logan era posteggiato vicino al mio. Cosa ci faceva ancora qui mio fratello? C'era anche l'auto di Nate. Tra i due i rapporti si erano molto raffreddati, però scherzavano ancora. Comunque fosse, non li avevo visti negli spogliatoi. Il coach doveva parlarmi e quando avevo lasciato la palestra erano spariti quasi tutti.

«Ehi», ha esclamato Logan scostandosi dal suo Escalade.

Sono rimasto confuso. Il mio fratellino aveva un'aria stanca. «Devi smetterla con le maratone di sesso.» Ho aperto l'auto per gettare dentro la borsa.

Lui si è spazientito. «Be', tu e Sam lo fate in continuazione. Non vi prendete mai una fottuta pausa?»

«Io posso andare a letto con lei quando voglio, e sai perché? Perché è la mia ragazza e la amo. So che posso fare l'amore con lei senza preoccupazioni. Sam si protegge. Non ci ritroveremo intorno qualche piccolo Kade. E tu invece?»

«Sei un gran coglione.»

«Un coglione che tiene a te. Smettila di scopare in giro. Ti prenderai qualcosa o ti ritroverai con un figlio.»

«Che problema hai?» Logan si è passato una mano tra i capelli.

«Sei tu il mio problema. Dico sul serio, Logan. Trovati una ragazza, innamorati e dateci dentro come ricci.» Era incavolato, lo sapevamo tutti e due, ma non gli avrei chiesto niente. «In questa città ci sarà pure qualcuna a parte Tate che puoi frequentare.»

Mi ha lanciato un'occhiataccia. «Falla finita. Non la amo più, e tu lo sai.»

Ho socchiuso le palpebre per scrutarlo prima di cedere. «Fa' un po' come ti pare. La mamma sarà felice di diventare nonna.»

Mio fratello a quel punto mi ha rivolto uno sguardo sarcastico. «Te la immagini Helen che cuce scarpine per il piccolo? Darebbe di matto.»

«Se pensavamo che fosse uscita di testa dopo il divorzio...» Ho sogghignato. «Forse non abbiamo visto ancora niente. Diventerebbe una bestia.»

«Mi sentirei male per la ragazza, chiunque fosse.» Logan ha avuto un brivido. «Cosa farai con Sam?» Ogni allegria era svanita. Negli occhi gli è apparso uno scintillio crudele mentre aggiungeva: «La mamma tornerà a Fallen Crest. Sam dove andrà quando partirai per il college?».

«Lo decideremo io e lei. Tu non devi preoccupartene.»

«Fottiti, Mason. Anch'io tengo a lei. Sappiamo tutti e due che la mamma vorrà che io vada a vivere con lei. Ed è sicuro come l'oro che non metterò piede a casa di papà finché si terrà la Barbie psicopatica. E neanche Sam.»

Ho piegato le labbra in un sorriso beffardo. «Eccoti pronto ad assumere un ruolo che non è il tuo.»

«Be', e allora?»

Sono scattato in avanti. Logan ha sussultato, reagendo istintivamente alla minaccia, ma ho cercato di controllarmi. Ero stanco di tutto questo. «Escogiterò una soluzione per Sam.» Se fosse stato necessario, avrei fatto avanti e indietro dal college. Certo, Nate si sarebbe incavolato. Era così eccitato all'idea di vivere pienamente quell'esperienza. Io però avevo il football e Sam di cui preoccuparmi.

«Mase.» Logan mi ha schioccato le dita davanti alla faccia.

«Cosa?»

«Dov'eri?»

«Da nessuna parte.» Ci avrei pensato in un altro momento. «Che programmi hai? Pensavo che fossi già uscito.»

Logan ha scrollato le spalle, infilando le mani in tasca e appoggiandosi di nuovo all'auto. Ha fatto uno sbadiglio mentre osservava il parcheggio ormai vuoto. «Gli altri hanno deciso di andare a mangiare una pizza invece che da Manny. Sam lavora, vero?»

«Sì. Voglio capire cos'ha intenzione di fare dopo.» E anche quanto fosse incavolata.

«Mangi là?»

«Forse. Tu?»

«Mi piacerebbe. Probabilmente più tardi uscirò con qualcuna, ma questa settimana non abbiamo trascorso molto tempo in famiglia.»

«È vero.» Un movimento in fondo al parcheggio ha attirato la mia attenzione. Ho socchiuso gli occhi e mi sono spostato per vedere meglio. Una persona stava svoltando l'angolo, e dall'andatura... Ma sì, era Nate.

«Cosa c'è?» mi ha chiesto Logan.

Ho scosso la testa. Nate stava venendo verso di noi, le mani infilate nelle tasche della felpa, il cappuccio sulla testa e le spalle curve. Ho notato che si tirava su la cerniera lampo. A voce bassa ho detto a Logan: «Puoi sparire? Fa' in modo che non ti veda».

Lui, perplesso, ha sussurrato: «Certo. Ma perché?».

«Nate era andato a scopare laggiù.»

«Non dire altro.» Logan è scomparso nel buio dall'altra parte della macchina.

Ho aspettato che Nate fosse quasi arrivato prima di parlare, proprio come aveva fatto mio fratello con me. «Credevo che te ne fossi già andato.»

Lui ha sollevato di scatto la testa, incespicando. «Cazzo,

Mason! Mi hai fatto venire un colpo, stronzo.» Poi è scoppiato a ridere mentre tirava fuori le chiavi. «Che ci fai ancora qui?»

«Il coach voleva parlarmi della partita.»

«Perché? Li abbiamo stesi come sempre.» Ha aperto l'auto e si è chinato per raggiungere la borsa. Ci ha frugato dentro, ha recuperato il telefono e si è raddrizzato mentre passava in rassegna i messaggi. Ha inveito. Si è girato e ho capito che qualcosa non andava. Mi ha allungato il cellulare. «Ho appena ricevuto un messaggio di Kate.»

Ho un video di te e Parker che scopate. Fa' quello che dico e non finirà in rete.

«Davvero ha un video?» Ho guardato preoccupato il telefono cercando altri messaggi.

Nate ha sospirato e si è appoggiato all'auto di Logan. «Non lo so. Sto cercando di scoprirlo. Parker pensa di sì e non so più cosa fare.»

Mi sono irrigidito. «Per questo di recente ti sei comportato da figlio di puttana?»

Lui ha annuito. «Avevo paura. Tu e Logan mi stavate addosso, rimproverandomi di non essere un buon amico. Avrei voluto parlarvene, ma avete serrato i ranghi. Mi avete cacciato, perciò ho pensato: "'Fanculo. Sistemerò questa storia da solo". Ho mantenuto i rapporti con Parker perché spero che scopra qualcosa sul video. Non ho idea di dove Kate possa tenerlo, sempreché ce l'abbia.»

«Scrive "fa' quello che dico". Che cosa significa?»

«Ti incazzerai.»

«Sono già incazzato.» Ed era così.

«Volevano che io drogassi Sam e che le facessi delle foto», ha detto Nate senza battere ciglio. «Nuda, in posizioni imbarazzanti.» Ha esitato per qualche istante. «Sai che non potrei mai farlo. Ho preso tempo mentre cercavo di risolvere la faccenda per conto mio.»

Il destino di Kate era segnato. L'avrei fatta a pezzi. «Di' a

Parker di scoprire quando è stato fatto quel video. Cerchiamo di capire se esiste prima di smascherarla.»

Nate ha sussultato. «Smascherarla?»

«Dobbiamo perquisire casa sua.»

«Oppure potresti fingere di riavvicinarti a lei e fartelo consegnare.»

«No.»

«L'unica cosa che vuole sei tu. Ha un'ossessione per te. Farebbe di tutto, persino consegnarti il video che le serve per ricattare il tuo migliore amico.»

«Kate è ossessionata solo dal potere. Userebbe chiunque per averlo, compresi i miei amici.» Nate ha distolto lo sguardo e io sono rimasto in silenzio. «O lo ha già fatto?»

«Cosa?»

«Non raccontarmi palle.»

Lui ha annuito. «È venuta da me un paio di volte. Parker non lo sa. Non gliel'ho ancora detto.»

Se lo aveva fatto con lui, ci avrebbe provato anche con gli altri. Un nuovo piano stava prendendo forma nella mia mente. «Tieni la bocca chiusa. Se Kate ti chiama, registra la telefonata. Potremmo usarla contro di lei.»

«Ehi.» Logan è spuntato da dietro la macchina. «Che cosa succede?»

«Niente.»

Mio fratello mi ha lanciato un'occhiata interrogativa.

«Ti spiego dopo.» Ho dato un pugno sulla spalla a Nate. «Va' dalla tua donna. Continua a prendere tempo per noi.»

«A dire il vero», ha replicato Nate spostando lo sguardo su Logan, «ci vedremo domani mattina. Stasera le ho detto che sarei andato a mangiare una pizza e poi alla festa.»

Logan ha socchiuso gli occhi serrando la mascella, ma è rimasto zitto.

L'ho guardato con sospetto. Mio fratello non era famoso per il suo autocontrollo, perciò ho detto a Nate: «Comunque va'. Ci vediamo dopo».

Mentre si avvicinava alla sua macchina, ho capito che Logan stava per esplodere. Ho abbassato la voce. «Rilassati, okay? Tra un attimo ti spiego il piano.»

«D'accordo», ha borbottato lui, aspettando che Nate facesse retromarcia. Poi ha aggiunto: «Era con Parker poco fa, ma sembra che tu questo lo sappia già...».

Uno stridio di gomme lo ha interrotto. Abbiamo sentito un tonfo, seguito da un rumore metallico.

Tutto ha rallentato.

Porca miseria.

Biiiiiiiiiiiiiiip.

«Oddio», ha mormorato Logan al mio fianco.

L'auto di Nate era al centro dell'incrocio. Un'altra macchina gli era andata addosso, e adesso erano entrambe accartocciate.

Sono rimasto pietrificato. Non riuscivo né a pensare né a respirare. Poi il momento di shock è passato. Il clacson di Nate continuava a suonare. A quel punto sono partito di corsa diretto al luogo dell'incidente. Avevo il cuore in gola mentre i miei piedi pestavano con forza l'asfalto.

SAMANTHA

Il locale è stato affollato per tutta la serata. Heather ha fatto capolino nel retro una volta per avvertirmi che erano arrivate Kate e la sua banda di stronze. Non avendomi vista, però, se ne erano andate subito. Mentre mi riferiva il messaggio, il suo viso ha lasciato trasparire un'emozione che non riuscivo a decifrare. Paura forse? Ma no. Heather sembrava piuttosto arrabbiata con loro. Non le temeva. Ho sentito un brivido. Speravo che non si lasciasse spaventare dalle Tomboy Princesses, perché avrebbe significato dargliela vinta.

Mi sono resa conto che non mi aveva avvertita dell'arrivo di Mason e Logan. È tornata qualche temo dopo per chiedermi se volessi vedere qualcuno dei miei amici dell'Academy. Non mi interessava. Adam e Becky ci tenevano a essermi amici, ma si portavano dietro troppa slealtà e troppo dolore.

Quando la cucina ha chiuso, sono andata dal fratello di Heather. «Brandon?»

Lui ha alzato lo sguardo mentre versava da bere. «Un secondo.» Dopo avere allungato il drink sul banco al cliente mi ha raggiunta. Ha inarcato le sopracciglia pulendosi le mani su un canovaccio. «Cosa c'è?»

Mi sono sentita stupida. «Hai visto Mason e Logan?»

Lui è rimasto perplesso. «No, ora che me lo dici. È strano. Sei preoccupata?»

Ho sospirato. «Di sicuro va tutto bene. Sono solo sorpresa.»

Stavo per tornare ad asciugare i piatti quando lui mi ha toccato il braccio. Si è avvicinato e ha abbassato la voce. «Senti, so cosa stai pensando e non è il caso. Una volta ero una testa di cavolo, ma è escluso che Mason ti tradisca.»

"Grazie, Brandon, di avermi messo la pulce nell'orecchio."

Lui ha scrutato la sala prima di aggiungere: «Stasera non è venuto nessuno del loro gruppo».

Ho inarcato un sopracciglio. «E allora?»

«So come vanno queste cose. Se nessuno si fa vedere, significa che è saltato fuori qualcosa.»

«Di cosa parli?»

«Be', della gente giusta.» Ha annuito e mi ha dato un colpetto sulla spalla. «È saltato fuori qualcosa. Ne sono certo.»

«Continuo a non capire.»

Brandon si è raddrizzato e mi ha sorriso. «Mia sorella non frequentava la gente giusta. Non sa come fosse. Tu e io invece sì.» Ha sollevato un bicchiere vuoto per indicare prima me e poi sé stesso.

Come no? Era tutto perfettamente logico. Ho scosso la testa.

«Non preoccuparti, Sam. Se non si è fatto vedere, dev'essere saltato fuori qualcosa.»

«Che cavolo sta dicendo mio fratello?» Heather ha gettato il blocco degli ordini sul banco e si è allungata verso di noi, stirandosi.

«Niente.» Dovevo sapere cosa fosse «saltato fuori», per usare le parole di Brandon. Mi sono tastata le tasche e ho imprecato sottovoce.

«Che c'è?»
«Ho lasciato il telefono in macchina.»
«Vai.» Heather mi ha fatto cenno di uscire. Aveva uno strano sorriso.
Mi sono fermata a guardarla con sospetto. «Cosa ti è successo?»
Lei non si è mossa. «Eh?»
«Cosa ti è capitato stasera?»
«Niente.»
Aveva risposto in modo troppo precipitoso. «Balle.»
Lei è scoppiata a ridere. «Questo sì che è parlare da amica!» Poi ha indicato un punto dietro di me e, quando mi sono voltata, ho visto Channing seduto a un tavolo in fondo. Ci stava osservando.
«Ah.» Adesso capivo. «Così il tuo non-fidanzato è qui, eppure tra voi non c'è nessun ritorno di fiamma.»
«Più o meno.» Heather ha sogghignato prima di darmi una pacca affettuosa sul braccio. «Vai. Dico sul serio. Gli chiederò di finire di asciugare i pochi piatti rimasti.»
Mi sono incamminata verso la porta dopo aver verificato di avere le chiavi dell'auto in tasca. Mentre le passavo accanto, ho mormorato: «Uno di questi giorni dovrai spiegarmi la tua situazione».
«Sì», ha risposto lei sospirando, e il suo tono è diventato triste. «Forse un giorno la capirò anch'io.»
Che strano atteggiamento. Uscendo mi sono voltata a guardarla. La felicità sul suo viso era inconfondibile. Si era girata verso Channing e aveva assunto una posa provocante. Mi è venuto da sorridere al ricordo della prima volta che avevo messo piede in quel locale.
Il parcheggio era circondato da alberi e quasi sempre tranquillo. Di giorno era splendido, ma la notte assumeva un'aria inquietante. Dava i brividi soprattutto quando era semideserto come in quel momento. Mentre mi avvicinavo alla macchina, vedevo lampeggiare la luce del mio cellulare. Avevo messaggi...
«Tu sei la cameriera della settimana scorsa.»
Ho cacciato un urlo sentendo quella voce fonda e mi so-

no girata con un balzo. Il cuore mi batteva forte nel petto. Una sagoma scura è apparsa dietro la mia macchina, ma non riuscivo a distinguerne i lineamenti. Era un tipo muscoloso con il cappuccio calato sul viso.

Se solo avessi avuto lo spray antiaggressione! Perché non avevo ascoltato il consiglio di Logan? «Chi sei?» ho chiesto mentre facevo respiri profondi per controllare il batticuore.

La figura ha sollevato le mani in aria e con una si è abbassata il cappuccio. «Scusa se ti ho spaventata. Non sono qui per farti del male. Volevo solo...» Ha sospirato e ho sentito la sua voce tremare.

Era Brett Broudou.

Ho sgranato gli occhi e il cuore ha ripreso a galoppare all'impazzata. Le sue parole non erano servite a rassicurarmi. Ho cominciato a indietreggiare. «Cosa vuoi?»

«Niente.» Ha allungato una mano. «Fermati, per favore. Sul serio, non ho cattive intenzioni.»

«Be', però mi hai terrorizzata.»

«Scusami.»

«Sei bello grosso.»

«Lo so», ha ammesso lui con una smorfia, facendo qualche passo indietro. Ha ingobbito le spalle come se tentasse di farsi più piccolo. «Davvero, non volevo spaventarti. Non sono mica mio fratello. Lui sì che è fatto in quel modo.»

La settimana prima, da Manny, non avevo prestato attenzione al suo aspetto perché ero troppo impegnata a nascondermi, e alla stazione di servizio i ragazzi mi avevano fatto scudo con i loro corpi. Ora che potevo vederlo, notai che aveva la faccia squadrata piuttosto paffuta, il naso storto e una cicatrice che gli correva da una narice al labbro inferiore. Mi stava sorridendo. Avrei voluto guardarlo negli occhi. Mason diceva sempre che vi si potevano leggere le intenzioni di una persona, ma io non riuscivo a scorgere quelli di Brett. Era troppo buio. Quel parcheggio aveva soltanto un lampione funzionante. Non era certo il luogo ideale per un incontro.

Brett non pareva intenzionato ad aggredirmi, ma a volte le apparenze ingannano. «Dimmi cosa vuoi o me ne vado», gli ho detto in tono freddo. «E la prossima volta che vuoi parlarmi, se proprio devi, scegli un luogo affollato.» Però non mi sentivo più minacciata da lui. Il mio cuore ha rallentato un po' e l'oppressione al petto è leggermente diminuita.

«Hai ragione.» Ha chinato la testa facendo un altro passo indietro. «Io... ehm. Accidenti, questa faccenda non sta affatto andando come pensavo.»

Mi sono insospettita. A che faccenda alludeva?

Si è schiarito la voce e ha abbozzato un altro sorriso. «Allora... sei amica di Jax?»

«Di Jax?»

«Sì, Heather.» Ha indicato il locale. «Channing, il ragazzo con cui a volte si vede, frequenta la mia scuola. È un tipo in gamba. E anche lei.»

«Heather vi ha minacciati.»

«Be'», Brett ha scrollato le spalle spostando il peso da un piede all'altro, «insomma, posso capirlo. A volte mio fratello può essere crudele...» Si è interrotto per guardarsi attorno.

Stava cercando eventuali testimoni?

Tuttavia non sembrava intenzionato ad aggredirmi.

«Allora...»

«Sì?» Il cuore aveva ripreso a battermi forte. *Bum. Bum. Bum.*

«Mi chiedevo...» Si è bloccato lanciando qualche altra occhiata in giro.

Prima o poi quel ragazzo mi avrebbe fatto decisamente venire un colpo. «Me ne vado.»

«No, aspetta.» Brett ha abbassato le mani e poi anche la testa. «Heather non vuole che veniamo da Manny, quindi sono stato alla larga. Immagino che tu non frequenti la nostra scuola. Ti ho cercato la settimana scorsa.» Gli è uscita una risata imbarazzata. «Non so neanche il tuo nome. Forse Jax lo aveva detto, ma prestavo attenzione solo a mio fratello. A volte Budd è una testa di cazzo... e anche Shannon.» Ha fatto un mezzo sorriso. «Dunque...» Adesso il suo nervosismo era più che evidente.

Mi sono sentita male. Iniziavo a capire dove volesse andare a parare.

«Io volevo solo... insomma, tu... no, non è giusto. Ehm...» Brett ha fatto un bel respiro trapassandomi con lo sguardo. «Ti andrebbe di uscire uno di questi giorni?»

Ecco, l'aveva detto. Anche se me lo aspettavo, sono rimasta a bocca aperta. Mi aveva appena invitata a uscire con lui. Uno dei fratelli Broudou. Ora tutto tornava. Non aveva idea di chi io fossi. Ero semplicemente «quella cameriera» che lavorava da Manny. Sono rimasta in silenzio.

«Oh.» Brett si è allontanato ancora di più da me. «Sì, capisco.»

«No», ho iniziato a dire. Che diavolo stavo facendo? «Sai... ho un fidanzato.»

Lui si è raddrizzato, con un'aria meno abbacchiata. «Chi è?» mi ha chiesto a voce più alta.

«Come?»

Brett si è dato una pacca sulla fronte. «Mi dispiace. Non sono affari miei. Comunque non ho intenzione di picchiarlo. È Budd a fare quel genere di cose. Io no, anche se a volte mette nei guai anche me. Sei molto bella. Il tuo ragazzo, chiunque sia, è fortunato. Non voglio sapere chi è. Non aver paura di me. So che circolano voci sul nostro conto.»

Stava sproloquiando. Lo avevo respinto e iniziavo a provare pietà per lui. Era come se il mondo si fosse capovolto.

«Ora vado.» Brett ha fatto per voltarsi.

«Aspetta.» L'ho bloccato.

Lui si è fermato.

Perché mi stavo comportando così? Ho abbassato la mano che non mi ero neanche accorta di aver sollevato. «Niente. Scusa.»

«Be', ciao, allora.»

«Ciao.»

Che vergogna! Tutta la scena era stata imbarazzante, ma in fondo potevo considerarmi fortunata. Brett se n'era andato così come era apparso: in un attimo. Non avevo idea di dove fosse sparito.

Mi aveva chiesto di uscire. C'era qualcosa di assurdo in

tutto ciò. D'un tratto mi sono ricordata di Mason... Mi sono precipitata in macchina e ho afferrato il telefono. Leggendo il primo messaggio mi sono impietrita.

Sono in ospedale. Incidente d'auto.

Il cellulare mi è caduto di mano.

10.

Quasi non mi sono resa conto di aver guidato fino all'ospedale e in qualche modo mi sono ritrovata a spingere la porta del pronto soccorso. Ho fatto qualche passo con il cuore in gola e mi sono bloccata appena ho visto Logan in un angolo. Aveva la testa china, le braccia conserte ed era appoggiato alla parete, circondato dai suoi amici; Mason però non c'era.

Poi ha sollevato la testa. La scena si è svolta come al rallentatore: ha scrutato la stanza e infine mi ha notata. Per un istante è parso confuso, poi ha capito. Io mi sono avviata nella sua direzione. Lui ha scosso la testa e si è staccato dal muro. Il suo movimento ha attirato l'attenzione e tutti l'hanno osservato mentre mi veniva incontro

«No, no, Sam. Non è come credi.»

Avevo troppa paura per parlare. Per una frazione di secondo ho pensato di scappare. Però dovevo sapere. «È grave?» ho chiesto. "Dimmi che è vivo", l'ho implorato mentalmente.

«Sta bene. Qualcuno deve avergli manomesso i freni, perciò è stato preso in pieno da un'auto mentre usciva da un parcheggio.» Logan mi ha messo un braccio sulla spalla e mi ha attirato energicamente a sé. «È un idiota, ma per fortuna a volte guida come un nonno.»

Ho chiuso gli occhi e mi sono abbandonata contro il suo braccio. "Mason se la caverà. Mason se la caverà. Mason se la caverà. Posso respirare", continuavo a ripetermi, ma il mio cervello e il mio corpo non comunicavano. In preda al panico, avvertivo un'oppressione al petto.

«Sam?» Logan mi ha scrollata leggermente. «Stai bene?»
"Mason se la caverà." Ho aperto la bocca per respirare. Niente.
«Sam?»
Ho sentito la voce e i miei occhi si sono spalancati di colpo. Mason era in fondo al corridoio e ci guardava perplesso. Mi ha travolta un'ondata di sollievo. Adesso lui stava venendo verso di me. Mentre si avvicinava, ha chiesto: «Come ti senti?».
Avevo un ronzio in testa. Un attimo dopo la sua mano si è posata sul mio braccio; mi ha allontanata da Logan. L'ho stretto forte.
Mason mi ha portata in una stanza. Mi sono guardata attorno e ho visto una branda con sopra alcuni abiti. C'erano anche un computer e un televisore. Poteva essere una di quelle stanze dove i medici dormivano quando erano di turno. Quando lui ha chinato la testa, ho chiuso gli occhi avvertendo il suo respiro sul collo. Era una sensazione rassicurante. Mi sono aggrappata a lui con forza, poi l'ho sentito dire: «Tranquilla. Nate se la caverà».
Mi sono scostata. «Nate?» La voce mi tremava.
Mason mi ha guardata perplesso. «Sì, Nate.»
«È stato lui a fare l'incidente?»
«Sì.»
Mi stava scrutando. L'ho allontanato con una spinta. «Credevo che fosse successo a te! Ero convinta che tu fossi ferito e che ti avrei perso.» Ho indicato l'atrio con il braccio. «Logan mi stava spiegando dell'incidente, ma poi...»
«Calma.» Mi ha ripresa tra le braccia. «Stai gridando.»
Non mi importava. «Pensavo che fossi tu!»
«Ma non è così!» ha urlato Mason per sovrastare la mia voce. «Adesso cerca di tranquillizzarti...»
Mi sono cacciata una mano in tasca e ho preso il telefono per ricontrollare il messaggio. Era di Logan. Gliel'ho messo davanti alla faccia. «È stato Logan a scrivermi, per questo ho pensato che fosse successo qualcosa a te. Comunque avreste potuto chiamarmi, no? Non sapevo neanche della partita di basket.»

«Mi dispiace.» Mason mi ha attirata contro il suo petto, mi ha preso il telefono e me lo ha rimesso in tasca.

Ero rigida come un palo e in preda a una forte rabbia ho sollevato un pugno, puntandoglielo contro lo stomaco.

«Sapevo che stasera dovevi lavorare. Non ti ho detto della partita perché immaginavo che ti sarebbe dispiaciuto perderla. Perdonami, Sam. Sul serio. Avevo detto a Logan di chiamarti per avvertirti dell'incidente, perché io stavo guidando, ma eravamo proprio dietro l'ambulanza, perciò lui ti ha mandato un messaggio.»

«Mason...» A quel punto la rabbia è svanita, sostituita da un senso di vuoto. Dentro di me c'era un abisso profondo. Per qualche tempo avevo pensato di poterlo perdere.

«Scusami, Sam.»

«Mason...» Non riuscivo a parlare. Ero così sollevata che non fosse capitato a lui! Mi hanno ceduto le ginocchia per l'emozione. «Nate sta bene?»

Lui ha annuito mentre mi scrutava dentro. «Fortunatamente sì.»

«Logan ha detto che gli hanno manomesso i freni.»

«Sì.» Ha contratto la mascella. «Suppongo che siano stati Budd e Brett Broudou.»

Ho sgranato gli occhi. «Per la miseria. Ne hai le prove?»

«A chi interessano? Tanto lo sappiamo già.»

«Oh.» Il cuore ha preso a battermi forte. Sarebbe stato un buon momento per vuotare il sacco... Ho fatto un profondo respiro e mi sono allontanata da lui. «Mason?»

«Sì?»

«Ehi.» La porta si è spalancata e ha fatto capolino Logan. «Il dottore vuole vederti. Ti sta aspettando alla postazione delle infermiere.»

Mason lo ha superato ed è uscito, sparendo dietro l'angolo.

«Tutto a posto?»

Ho annuito. «Mai stata meglio.»

«Ti ho sentita urlare.» Logan ha appoggiato la spalla allo stipite continuando a studiarmi. «Mi dispiace per l'equivoco. Avrei dovuto dirti che Mason stava bene. Non ci ho pensato.»

«Okay.»

«Sam?»

Nello stomaco avevo un nodo di preoccupazione e rimorso. Dovevo dire loro di Budd e Brett. Anche se l'episodio era successo da tempo, ora che Brett mi aveva chiesto di uscire Mason e Logan dovevano saperlo. «Logan?»

«Sì?»

«Cosa farete?»

Lui si è rabbuiato ed è entrato, lasciando che la porta si chiudesse alle sue spalle. Stessa stanza, un altro Kade. «In che senso?»

«Avete intenzione di pareggiare i conti.» La mia non era una domanda. Questo lo sapevano tutti. «In che modo pensate di agire?»

«Non lo so. Probabilmente sarà Nate a decidere. È stato lui ad andarci di mezzo. Ha urtato Budd con la macchina.» Il suo sguardo è diventato feroce. «Vorrei che lo avesse colpito con più forza, che lo avesse mandato in ospedale.»

Ho trattenuto il fiato. «Avete intenzione di far loro del male?» Non volevo che si mettessero nei guai. Forse avrei potuto parlare con Brett... No. Avrei solo peggiorato le cose. «Scatenerete un'altra reazione.»

«Oh.» Nei suoi occhi è comparso uno sguardo di comprensione. Quando mi ha messo una mano sul braccio per confortarmi, mi sono buttata contro il suo petto e lui mi ha abbracciata con forza. Logan era come un fratello. Non potevo perdere nessuno dei due.

Ho borbottato: «Non fate loro del male. Si vendicheranno. Non riuscirei a sopportarlo».

«Oh, Sam.»

«Logan, promettimelo.»

Lui si è irrigidito e mi ha allontanata. «Non posso farlo.»

Lo sapevo. Era come se una mano mi avesse strappato il cuore.

«Mi dispiace, ma ormai ti stanno cercando.»

Ha sospirato scuotendo la testa. Mentre si mordicchiava

un angolo del labbro, mi sono voltata perché non sopportavo di vedere la compassione sulla sua faccia. Avrebbero agito comunque, a dispetto delle conseguenze. Uno di loro era già ferito. Quando sarebbe toccato agli altri due? Sapevo che era solo questione di tempo.

Dovevo ritentare. «Ti prego, Logan. Andate alla polizia. Questa storia finirà male.»

«Loro se la prenderanno con te perché sei la ragazza di Mason. Tutti sanno quanto siamo protettivi nei tuoi confronti. Sei il nostro punto debole, Sam. Dobbiamo chiudere questa faccenda prima che arrivino a te.»

«Logan», ha chiamato Mason dal corridoio.

«Devo andare.» Logan mi ha stampato un bacio sulla fronte. «È tutto okay?»

Ho annuito, anche se non riuscivo a scrollarmi di dosso la brutta sensazione che uno di loro due presto sarebbe finito in un letto d'ospedale, in condizioni peggiori di Nate.

«Ehm.» Una voce mi ha distolto dalle mie preoccupazioni. Girando di scatto la testa ho visto una ragazza sulla soglia. Aveva un ghigno sulle labbra e mi stava squadrando da capo a piedi. Indossava una felpa oversize e un paio di jeans aderenti che le fasciavano il corpo minuscolo. Con il glitter sulle guance, doveva essere una cheerleader. Si è sistemata una ciocca di capelli dietro le orecchie e con l'altra mano mi ha indicato. «La tua gamba sta suonando.»

«Oh. Il telefono.»

Era James Kade. Ho chiuso gli occhi per un istante mentre facevo un sospiro profondo. Ero ai limiti della sopportazione. Uscendo dalla stanza ho risposto. «Pronto?»

«Sam.» Il sollievo di James era palese. «Grazie per avermi risposto. Non riesco a parlare né con Mason né con Logan.»

«In questo momento sono occupati.»

«Lo so. Nate sta bene?»

Sono rimasta sorpresa. «Come l'hai saputo?»

«Dell'incidente? Hanno avvertito i suoi genitori, ma sono in Nuova Zelanda perciò mi hanno chiamato subito.»

A volte mi scordavo che Nate avesse una madre e un padre. «Penso che stia bene. In questo momento Mason e Logan stanno parlando con il medico.»

«Sì, i suoi lo hanno autorizzato a dar loro tutte le informazioni. Come l'hanno presa?»

Ho scrollato le spalle. «Non lo so. Immagino che siano preoccupati.»

James è rimasto in silenzio qualche istante, poi ha spiegato: «Mi riferivo ai miei figli. Stanno bene?».

«Oh sì.»

«Magnifico.» Me lo sono figurata mentre annuiva con il telefono premuto contro l'orecchio. «Pensi che dovrei venire in ospedale?»

Oh, santo cielo! «Credo di no.» Non potevo affrontare Analise ora.

Lui ha addolcito il tono. «Non la porterò con me, Sam. Non in una circostanza simile. So che è stata avvisata anche Helen. Sono sicuro che sia già in viaggio.»

Il cuore ha ripreso a battermi all'impazzata. Non ce l'avrei fatta ad affrontare nemmeno lei. «Davvero?» Ho stretto con forza il telefono.

«Sì, per questo sto cercando di contattare i miei figli. Puoi chiedere se hanno bisogno di me? Non rispondono più ai miei messaggi da quando li ho invitati a cena.»

«Ehm...»

«Suppongo che Helen vorrà che stiano con lei», ha commentato James. «E sono sicuro che loro preferiscano andarsene da casa di Nate, dato che stanno arrivando i suoi genitori.»

Non l'aveva detto. O forse me lo ero perso?

«Ti serve un posto dove stare? Non credo che Helen ti inviterà a stare in albergo con loro.»

«Cosa?» ho squittito al telefono. Era possibile avere un infarto alla mia età? Sentivo una morsa nel petto. Sudavo e avevo i brividi lungo la schiena.

«Sam?»

Sentendo la voce di Mason ho fatto un salto e mi sono girata. Appena ha visto la mia faccia, ha spalancato gli occhi e mi ha raggiunta, prendendomi il telefono dalla mano. «Chi è?» ha abbaiato nel microfono.

Ogni aggressività è svanita non appena ha sentito la voce di suo padre.

MASON

Mentre andavamo a casa di Nate, ho visto Sam raggomitolarsi sul sedile, anche se la cintura di sicurezza le impediva di mettersi in posizione fetale. A procurarmi una fitta di dolore, però, è stata l'espressione sul suo viso. Era persa. Ho riconosciuto quello sguardo e l'ho sentita tirare su con il naso cercando di nascondere la lacrima solitaria che le era sfuggita da un angolo dell'occhio. Ho pensato che fosse turbata dalla rivoluzione in atto. I genitori di Nate sarebbero tornati. A quanto ne sapevo, si trovavano in Nuova Zelanda, perciò sarebbero arrivati il giorno dopo. A quel punto saremmo stati sbattuti fuori. James aveva detto che anche mia madre era intenzionata a venire. Avrebbe prenotato una suite nell'albergo migliore, invitando me e Logan a stare da lei.

Avrebbe dovuto accettare che con noi ci sarebbe stata anche Sam.

Le ho posato una mano sulla coscia. Lei ha sollevato lo sguardo, gli occhi scuri pieni di infelicità. «Si sistemerà tutto», ho cercato di rassicurarla con un sorriso.

Ha strizzato le palpebre. Avevo trovato una finestra per la sua anima e lei l'aveva chiusa. Non capiva che avevo bisogno di sentirmi in sintonia con lei. A volte era come l'aria: dovevo respirarla. Quando si allontanava da me, restavo spiazzato.

Ho ripetuto: «Si sistemerà tutto, Sam».

Ha riaperto gli occhi, mettendosi a nudo, e io ho sentito i polmoni riempirsi di ossigeno.

«Credevo che fossi tu», ha mormorato.

Mi sono rabbuiato.

«Quando Logan ha mandato quel messaggio, pensavo che fosse tutto finito.»

Ho provato un forte senso di colpa. «Avrei dovuto chiedergli cosa ti avesse scritto. Anzi, avrei dovuto chiamare io. Perdonami», mi sono scusato per l'ennesima volta.

Sam ha fatto una smorfia. Se avessi ricevuto un messaggio del genere, sarei impazzito. La mia reazione sarebbe stata molto peggiore della sua. Al solo pensiero la rabbia ha cominciato a ribollirmi dentro. Non sapevo cos'avrei fatto se le fosse capitato qualcosa...

Mi ha procurato un'altra fitta di dolore quando ha detto: «Non posso tornare da mia mamma. Prima pensavo di sì, ero disposta a farlo per te e Logan, in modo che viveste con vostro padre». La voce le si è rotta.

«Non possiamo. Sam...»

«Lo so.» Si è messa a sedere voltandosi verso di me.

Adesso era in ombra, ma i lampioni a tratti la illuminavano per brevi istanti. Quando la osservavo, i suoi occhi non cambiavano mai. Esprimevano sempre sincerità mista a tristezza. Mi sono sentito male. Il dolore che per un po' l'aveva abbandonata ora era tornato, ancora più intenso. Ho aggrottato la fronte. Era a causa di mio padre?

«Hai detto che andrete in albergo con vostra madre», ha bisbigliato lei mordendosi il labbro. «Io dove andrò?»

Il mio tono si è fatto brusco. «Starai con noi.»

«E se tua mamma...»

«Non m'importa. Se pensa di poterti sbattere fuori... si sbaglia. Tu stai con noi.»

«Ma...»

«Sam.» Le ho stretto con forza la coscia affondando le dita nei jeans. «Me ne frego di quello che dice mia madre. Io e Logan abbiamo i soldi per prenderci una stanza. E in ogni caso mio fratello sarebbe perfino disposto a nasconderti nella sua valigia pur di tenerti con noi.» Le ho sorriso. «Sei al sicuro, qualunque cosa accada.»

Sam ha sostenuto il mio sguardo, afflitta e vulnerabile.

Ho cercato di non crollare. Questa cosa mi stava uccidendo. Sam era forte, lo sapevo, ed era una delle cose che mi avevano attratto subito in lei, ma allo stesso tempo poteva essere molto fragile. Capivo che stava arrivando al limite.

Lo scontro con sua madre l'aveva quasi piegata. Non potevo combattere per lei quella battaglia interiore. Stava ancora facendo i conti con il terremoto emotivo provocato da Analise.

'Fanculo ad Analise. Sapevo che Sam non si era ancora gettata quella storia alle spalle. Se non lo avesse fatto al più presto, quella donna avrebbe avuto ancora molto potere su di lei.

Analise Strattan era tossica. Rovinava tutto quello che toccava, eppure mio padre restava con lei, anche se teneva gli occhi bene aperti. Sapeva in che guaio si stava cacciando. Non provavo compassione per James. Si rifiutava di lasciarla, quindi 'fanculo anche a lui.

Ho sentito la mano di Sam infilarsi sotto la mia e ho scacciato quei pensieri.

Lei mi ha sorriso, ma la tristezza nei suoi occhi mi angosciava. Le ho sollevato la mano e gliel'ho baciata.

«Quello per cos'era?»

Ho scrollato le spalle riappoggiando le nostre mani sulle sue ginocchia. Ero scosso. Avevo temuto per la vita del mio migliore amico. Quando i suoi genitori fossero tornati, gli avrebbero impedito di vedermi. Restavano un sacco di problemi da risolvere. Parker. Kate e i suoi progetti. Inoltre, avevo la netta sensazione che mia madre si sarebbe installata qua.

La situazione si stava facendo sempre più complicata.

Mi era sembrato di impiegarci una vita ad arrivare a casa. Finalmente sono sceso dalla macchina e ho aperto la portiera a Sam. Quando mi ha sfiorato il braccio, sono stato travolto da un'ondata di desiderio. La volevo subito. La mano mi tremava mentre mi costringevo a stenderla lungo il fianco. Sulla soglia si è alzata in punta di piedi e mi ha dato un bacio sulle labbra prima di entrare.

Ho fatto un respiro affannoso. Cazzo. Il bisogno di Sam si era trasformato in bramosia dopo il primo assaggio. Lei non aveva idea dell'effetto che mi faceva. A essere onesto, avevo paura di dirglielo. Tante unioni finivano per questo. Se uno dei due aveva più potere, talvolta lo usava per manipolare l'altro. Era successo anche a Tate e Logan. Lui la adorava e lei aveva usato il suo potere per calpestarlo.

Una parte di me era sicura che Sam fosse diversa, ma ero spaventato dai sentimenti che provavo per lei. Sapeva che la amavo. Solo non quanto.

«Stai bene?» mi ha chiesto.

Dovevo schiarirmi le idee. «Sì.»

Quando sono entrato in cucina, Sam aveva aperto il freezer per prendere una confezione di gelato. Ero felice che mangiasse. Non mi aveva detto niente, ma sapevo che non si nutriva a sufficienza. «Hai voglia di qualcos'altro?»

«Cosa?» Lei ha affondato un grosso cucchiaio nel gelato.

Mi sono appoggiato al banco, osservandola mentre versava due cucchiaiate abbondanti in una ciotola. Nessuno dei due si era curato di accendere la luce. I raggi della luna entravano dalle finestre e non avevamo difficoltà a vedere. Mi piacevano le sere come questa. A volte aiutavano a nascondere le emozioni. «Niente», ho risposto.

«Sei sicuro che sia tutto a posto?» Si è girata con la ciotola in mano.

Sembrava perplessa e aveva lo sguardo preoccupato. Ma anche pieno d'amore. Mi sono eccitato di nuovo. Ho cercato di rassicurarla con un sorriso. «Sì. Vuoi un hamburger?»

«Oh.» Sam ha guardato la ciotola. «No, va bene il gelato. È stata una lunga giornata.»

Non c'erano dubbi. Dalla gola mi è scappato un grugnito.

«Stai bene davvero?»

Era la terza volta che me lo chiedeva. «Sì.»

«Mason.»

«Sam?» Le ho sorriso mentre fantasticavo di afferrarla, bloccarla contro il banco e spingermi dentro di lei. Ma ne aveva passate troppe quella sera perché mi comportassi in modo così rude. Si meritava di meglio.

«Puoi parlarmi, sai?»

«Di cosa?»

«Di Nate. Dell'incidente. È il tuo migliore amico. Devi essere scosso.» Mentre finiva la frase, si è seduta su una sedia e ha avvicinato un ginocchio al petto. Si è infilata in bocca una cucchiaiata di gelato.

L'ho guardata assaporarlo. Il mio pene si è risvegliato alla grande. Basta. Scostandomi dal banco, mi sono avvicinato. Non mi sono fermato neanche quando ha sgranato gli occhi e la ciotola le è caduta di mano. Avevo bisogno di lei ora.

«Mason?» ha strillato quando l'ho presa in braccio.

Guardandomi negli occhi ha visto la bramosia... non la stavo nascondendo. Quel sentimento, il desiderio di perdermi in lei, non doveva essere represso ma condiviso. Quando ha aperto la bocca, le è uscito un flebile sospiro, e ho capito che anche lei provava le stesse cose. Mi ha accarezzato il viso con la mano.

Era esattamente una delle sue carezze che stavo assaporando.

Portandola di sopra non ho emesso un suono. Mi sono limitato a guardarla. In camera l'ho posata per terra per poi chiudere la porta con un calcio. Chinandomi, ho inalato il suo odore. Sapeva d'aria fresca e di vaniglia. Non usava mai profumi stravaganti o costosi. La mattina si metteva solo il deodorante. Il suo odore era impresso in me.

Sam non mi bastava mai.

«Mason?» ha mormorato di nuovo, con voce gutturale.

Ho aperto gli occhi. Mi stava guardando, tenendomi le mani sul petto.

Le ho preso il viso tra le mani. Senza rendermene conto le ho chiesto: «Sai quanto ti amo?».

Sam ha tremato e gli occhi le si sono illuminati di meraviglia.

Non conosceva la profondità dei miei sentimenti, ma anche questo faceva parte della magia. Era una delle ragioni per cui l'amavo. Sam non aveva idea di cosa la rendesse così speciale. Non era il suo corpo tonico, i suoi seni che stavano perfettamente nei miei palmi. Non era nemmeno il modo in cui i suoi occhi scuri si riempivano di lacrime quando le bisbigliavo il mio amore per lei o in cui le sue labbra perfette si schiudevano. Samantha era splendida ma non lo sapeva. Non si curava affatto dell'aspetto fisico.

Quella settimana a scuola l'avevo osservata. Non si rendeva conto di attirare gli sguardi di tutti. Pensava fosse a causa mia, invece la guardavano perché era bella, buona e premurosa. I ragazzi lo capivano con una sola occhiata. E la volevano. Però lei era mia. Alle ragazze a posto piaceva, le altre ne erano invidiose. Sam possedeva qualcosa che loro non avrebbero mai avuto: la bellezza interiore.

Lei non immaginava quanto fosse rara.

E io non trovavo le parole per dirglielo. Anche se ci fossi riuscito, l'avrei messa a disagio. Samantha non sapeva cosa significasse essere amata.

Ho spostato la mano dalla sua guancia alla coscia. L'ho afferrata saldamente affondandole le dita nella carne e l'ho presa in braccio.

Lei ha emesso un gemito e mi ha gettato le braccia al collo. Sorridendo ha sussurrato: «Cosa sta succedendo?».

«Non sarò delicato.» Mi sentivo troppo su di giri per esserlo. «Non sarò rapido.» Mi sarei goduto la sensazione del suo corpo sotto di me, le sue morbide curve, i gemiti che faceva quando ero dentro di lei, le sue mani che mi sfioravano il corpo. L'avrei fatto durare. «E quando avrò finito, sarai stata scopata in modo magistrale.»

L'ho deposta sul letto. Mentre si inginocchiava sul materasso davanti a me, ha fatto un sospiro. Mi ha posato le mani sul torace e ha gettato indietro la testa. I capelli scuri le sono ricaduti sulle spalle e un attimo dopo ha sorriso. Vedendola così il mio cuore ha saltato un battito prima di riprendere a martellare con rinnovato vigore.

In tono dolce e rauco ha mormorato: «Perché ci metti tanto?».

Era l'unica cosa che volevo sentire.

Le mie labbra hanno catturato le sue. L'ho reclamata, costringendola a schiuderle per me, e le ho infilato la lingua in bocca assaporandone ogni centimetro. Con un altro sospiro languido si è arresa a me. Mi ha cinto il collo con le braccia per tirarmi giù, poi si è premuta contro il mio corpo. Allora ho capito che avrei potuto fare tutto ciò che volevo. E l'ho fatto.

11.

SAMANTHA

Il fine settimana è volato via. Nate aveva una commozione cerebrale, tre costole incrinate e una lesione da stiramento alla schiena. Quando sono arrivati i suoi genitori, hanno subito impedito a Mason di andarlo a trovare in ospedale. Più tardi, quella sera, Mason mi ha spiegato che i Monson non avevano mai approvato la loro amicizia. Per questo avevano allontanato il figlio da Fallen Crest. Era potuto tornare solo per frequentare l'ultimo semestre delle superiori perché ormai aveva diciott'anni. Quando ho obiettato che Nate, in quanto maggiorenne, poteva accogliere chi voleva nella sua stanza, si è limitato a scrollare le spalle. «Immagino che l'ospedale abbia un occhio di riguardo per una coppia di ricchi produttori cinematografici. Sono sicuro che sperino di ottenere una donazione.»

Mason è andato ugualmente da Nate la sera seguente, dopo che avevamo fatto i bagagli per trasferirci in albergo. Logan lo ha sentito uscire e, quando la porta si è chiusa alle sue spalle, ha commentato: «Sta cercando di evitare anche nostra madre».

Quelle parole mi hanno gettata nel panico. Non era l'unico. Un'ora dopo sono uscita per andare da Manny. Ho appreso dal padre che Heather aveva la serata libera, perciò ho provato a casa sua. Mason era con il suo migliore amico, e io avevo voglia di vedere la mia migliore amica. Ho passato gran parte della serata sul suo divano. Abbiamo guardato un film e mi ha ragguagliato sulle ultime voci che circolavano sull'incidente di Nate. C'erano due teorie: una secondo la quale i fratelli Broudou avevano manomesso i freni dell'auto sbagliata. Il loro bersaglio infatti era Mason. L'altra per cui la responsabile sarebbe stata Kate, che aveva colpito Nate per far soffrire Mason.

Altre supposizioni erano assurde, come quella che i genitori di Nate dovessero dei soldi alla mafia o che Nate avesse manomesso i freni da solo, per attirare l'attenzione, e che la polizia lo stesse coprendo.

Ho smesso di farle domande al riguardo e abbiamo ripreso a guardare il film. Volevo chiederle se avesse ricevuto altri messaggi da Kate o dalle sue amiche ma non l'ho fatto. Una parte di me preferiva non saperlo. Non volevo angosciarmi all'idea di perdere la mia unica amica.

Era tardi quando sono tornata in albergo. Infilandomi nella suite, non mi sono stupita di trovarla vuota. Logan mi ha mandato un messaggio dicendomi che Ethan dava una festa per celebrare il fatto che Nate se la fosse cavata. Un'ora dopo mi ha scritto Mason per informarmi che stava uscendo dall'ospedale per andare alla festa. Mi ha chiesto se volessi andarci, ma ho rifiutato. Avevo già vissuto un po' troppe emozioni per i miei gusti, perciò quella notte mi sono goduta la tranquillità della stanza.

Mi sono svegliata che era mattina.

Helen era arrivata ma si trovava a un altro piano.

Per me è stato un sollievo quando Logan e Mason me lo hanno detto. Poi mi hanno comunicato che avrebbero trascorso la giornata con la madre. Nessuno dei due mi ha chiesto se volessi unirmi a loro. Sapevano che piuttosto sarei uscita con Kate e le Tomboy Princesses.

Poco dopo sono andata a correre, ma invece di partire dall'albergo ho raggiunto in macchina il mio vecchio quartiere, dove un sentiero si collegava con quello che passava dietro Quickie. Il paesaggio era meraviglioso. Prima ancora di parcheggiare smaniavo già all'idea di volare sulle colline dietro la stazione di servizio. Forse è stato per quello che ho corso più veloce del solito. Era corroborante, e quando due ore dopo sono tornata indietro, mi è venuta voglia di continuare, ma dovevo conservare le energie per fare i compiti. Mentre superavo in macchina la mia vecchia casa, mi sono fermata. Non so perché l'ho fatto. Non avevo nostalgia di quel posto, dove c'erano tanti brutti ricordi, eppure sono rimasta seduta in auto a fissare l'edificio. Forse stavo solo temporeggiando per evitare di fare i compiti, o forse mi mancava quella vaga parvenza di normalità che quella casa una volta mi aveva dato; comunque fosse, sono rimasta lì per un'ora a fissarla. Quando è arrivata una macchina simile a quella di mio padre, ho acceso il motore e mi sono allontanata.

Chissà perché non ho detto niente a Mason. Al suo rientro, mentre eravamo a letto, gli ho chiesto della giornata trascorsa con la madre. Lui ha iniziato a raccontarmi, ma io continuavo a domandarmi se l'auto che avevo visto fosse davvero quella di David. Forse mi aveva sorpresa a spiare la casa.

«Sam?»

«Mmh?»

Mason ha sorriso, sollevandomi la testa in modo che incrociassi il suo sguardo. «Cosa c'è? Per un attimo te ne sei andata da un'altra parte.»

«Oh.» Ho riabbassato il capo. «Niente.»

Ho sentito il suo sguardo su di me e ho capito che gli ingranaggi nella sua mente stavano girando. «Ho parlato con mia madre. Non verrà qui. Sa che ci sei e ha accettato di girare al largo. Era questo che ti preoccupava?»

«Ah.» C'era mio padre in quella macchina? Perché mai stavo pensando a lui? «No, sono stanca, tutto qui.»

Mason ha capito che gli stavo mentendo ma non ha insistito. Gliene sono stata grata.

Il giorno dopo, a scuola, mi ha fatto comodo perfino la mia condizione di emarginata sociale. Le prime ore sono trascorse tranquille, ma quando sono andata a ginnastica non ero preparata all'incontro con Kate. Da quando aveva preso di mira Heather con le sue minacce, non mi aveva più degnata della sua attenzione. Anche se dovevo sapere che era solo una tregua momentanea.

L'ha rotta mentre mi facevo la doccia. Quando ho finito, tutti i miei vestiti erano spariti. Non ci voleva un genio per capire cosa fosse successo.

Lo spogliatoio si era già svuotato. Dietro di me, però, c'era una ragazza con una felpa oversize e un paio di jeans larghi. Le sue sneaker, un tempo bianche, ormai erano lerce e avevano le suole consumate. Si è messa una ciocca di capelli rossi dietro l'orecchio. Erano ricci e sapevo che sarebbero stati splendidi se avesse usato un po' di gel. I suoi occhi hanno attirato la mia curiosità: erano privi di solidarietà e di calore. Ha indicato con la mano al di sopra della sua spalla dicendo con indifferenza: «Se hai bisogno di vestiti, forse ho qualcosa per te».

«Non ti metterai nei guai se mi aiuti?»

Lei ha scrollato le spalle mantenendo tuttavia quell'aria inespressiva. «In realtà non m'importa. Non sapranno chi ti ha aiutata. Non sono abiti miei.»

«Fai la raccolta della roba dimenticata?»

«No.»

Mentre raggiungeva l'armadietto, ho colto l'accenno di un sorriso. Mi ha passato una maglia da uomo e il nome scritto dietro mi ha lasciata di sasso: Kade.

Ha tirato fuori un paio di jeans stropicciati che puzzavano di muffa. Poi mi ha passato un costume da bagno che sembrava nuovo.

«La maglia e i jeans erano di una mia amica. Nessuno li vede da un bel po', dato che si è trasferita due anni fa, invece il costume è mio. È pulito. Volevo andare a nuotare dopo la scuola, ma posso chiederne uno in prestito a un'amica.»

Nell'emergenza sarebbero andati bene. «Hanno lasciato almeno le scarpe?»

«Sì.» Me le ha indicate. Erano infilate sotto una panca. «Penso che non sapessero quali erano le tue.»

Le ho rivolto un sorriso, ma la sua espressione non è cambiata. Era sempre fredda e indifferente. Poi ha fatto per superarmi. «Aspetta. Chi era la tua amica?»

«Una che non conosci.» Non si è fermata e ha proseguito verso la porta.

Ho sollevato la maglia. «Scommetto di sì, invece. Questa era di Mason, vero?»

«Sì, ma lei non era la sua ragazza.» Si è bloccata. «E non era nemmeno una stalker. Erano solo amici.»

A quel punto ho capito. «Marissa.»

Finalmente lei ha reagito. Le sue palpebre hanno tremolato mentre faceva una faccia perplessa. «Ti ha parlato di lei?»

«Un po'. So che erano amici.»

«Oh.»

«Anche tu eri amica di Marissa?»

«Lasciava sempre quei vestiti nel mio armadietto perché Kate e la sua cricca facevano lo stesso scherzo a lei. Le piaceva mettersi la maglia di Mason perché le lasciava a bocca aperta. A ogni modo, sei a posto. Non devi ridarglieli.»

Ha aperto la porta, ma io le ho chiesto: «Mi parleresti di Marissa?».

«Perché?»

Ho scrollato le spalle stringendomi gli abiti al petto. Ero là in piedi, ancora bagnata dopo la doccia, e l'asciugamano cominciava a scivolarmi di dosso. «Vorrei sapere qualcosa di più di lei. Mason non ne parla molto.»

La ragazza ha sbuffato. «Non mi sorprende.» La piccola breccia si era chiusa. Lei aveva rialzato un muro. «Buona fortuna con le principesse stronze. Ci vediamo.»

Per un po', dopo che se n'era andata, non mi sono mossa. Mason non parlava mai della sua amica, diceva solo che era stata vittima del bullismo di Tate e del gruppo di Kate. Non avevo mai insistito per avere altre informazioni. Se lo avessi fatto, me le avrebbe date, ma volevo sentire la storia da qualcun altro. Quella ragazza era amica di Marissa e nei pochi minuti in cui le avevo parlato avevo intuito che ne sentiva ancora la mancanza.

Era stata gentile con me e non le avevo neanche chiesto il suo nome.

Mentre rimuginavo su quello, ho sentito delle voci fuori dalla porta e ho capito che la classe seguente stava per entrare, perciò sono schizzata in bagno e mi sono cambiata.

La maglia era abbondante e i jeans un po' larghi, ma sarebbero andati bene.

Quando ho messo piede in corridoio, ho visto le bocche spalancarsi e varie ragazze mettersi a bisbigliare. Kate era davanti all'armadietto di Natalie, in fondo al corridoio. Furiosa, mi stava venendo incontro a grandi passi, ma Mason è spuntato alle mie spalle. Mi ha messo un braccio attorno alla vita e mi ha spinta contro la parete, premendosi contro di me.

Ha chinato la testa e mi ha baciata sul collo. Accarezzandomi con le labbra ha chiesto: «Dove l'hai presa? Era la maglia di quand'ero al primo anno».

Notando alcune ragazze a portata d'udito, ho scrollato le spalle. «L'ho trovata nello spogliatoio.»

Una ha fatto un verso disgustato prima di scostarsi dal suo armadietto. Si è precipitata come una furia in corridoio, superando Kate prima di sparire.

«Chi era quella?»

«Mmh?» Mason ha sollevato la testa e si è guardato attorno. «Chi?»

«Oh, nessuno.»

«Ehilà, disgustosi piccioncini.» Heather è comparsa davanti al mio armadietto. Ha rivolto a Mason un sorriso radioso e si è messa le mani sui fianchi. Ho notato un lampo di tensione nel suo sguardo. «Devo rubarti la tua ragazza, Kade. Ho bisogno che mi accompagni in classe.»

Lui ha lasciato cadere le mani ed è indietreggiato, rabbuiandosi. «Continui a interrompere. Quand'è che mi presenti il tuo ragazzo? Mi piacerebbe ricambiare tutti questi favori.»

«Ah-ah. Sappiamo tutti e due che sei fiero che la tua ragazza si sia trovata un'amica come me.» Si è puntata un dito contro il petto camminando all'indietro e prendendomi a braccetto. «Sono merce preziosa. C'è solo una Heather Jax in città.»

«Questo non ti rende merce preziosa. Ti rende solo sacrificabile. Nessuno sentirebbe la tua mancanza.»

Lei gli ha scoccato un sorriso. «Le tue parole fanno male, Kade. Pensavo che tra noi ci fosse qualcosa.»

«Il fidanzato e la migliore amica di una ragazza non si piacciono mai.»

Heather ha sgranato gli occhi e si è bloccata per un istante, poi ha portato le dita alla fronte e gli ha fatto il saluto militare. «Hai vinto, Mason Kade. Come sempre.»

Non ha ottenuto risposta. Mason si era già voltato per incamminarsi nella direzione opposta. Anche durante quel breve scambio, parecchi studenti avevano ascoltato attentamente ogni battuta. Mentre lui passava accanto ai vari gruppi in corridoio, le ragazze lo seguivano con sguardo bramoso. I ragazzi hanno interrotto quello che stavano facendo gonfiando il petto e raddrizzando le spalle, in una posa arrogante, mentre lui li superava ignorandoli. Quand'è scomparso alla vista, tutto è tornato alla normalità.

Non mi ci sarei mai abituata. Non sapevo come facesse a suscitare quelle reazioni.

«Ho sentito cos'è successo.» Heather mi ha strappata ai miei pensieri. Mi ha stretto il braccio per avvicinarmi a sé e ha abbassato la voce. «Stai bene?»

«Sì.» Adesso la rabbia si era mescolata alla curiosità. «Conosci un'amica di Marissa, la ragazza che se n'è andata due anni fa?»

«Oh.» Heather ha fatto una smorfia. «Capelli rossi ricci? Corporatura media?»

«Sì. Chi è?»

«Si chiama Paige. Se fossi in te, girerei al largo.»

«Perché?»

Ci siamo fermate al suo armadietto e mi sono appoggiata a quello accanto aspettando che inserisse la combinazione. «Perché non sarà mai tua amica. Molte desiderano i fratelli Kade, ma qualcuna li odia. Paige è una di queste. Dà la colpa a Mason di tutto quello che è successo a Marissa.»

«E per "tutto quello che è successo a Marissa" intendi...» Ho indicato i vestiti. «Che le rubavano gli abiti?»

Dopo aver preso un libro Heather ha chiuso l'armadietto

appoggiando la schiena contro l'anta. «Rubare gli abiti è solo il primo passo. Per questo ti ho cercata subito.»

«Come lo hai saputo?»

«La mia amica Cory è nella tua classe di ginnastica.»

«Quella...» Ho aggrottato la fronte cercando di ricordarmi chi fosse. «Quella arrabbiata? Che si veste di nero e mi ha detestato appena mi ha visto?»

«Esattamente.»

«Anche lei odia Mason e Logan?»

«No, almeno non come Paige. Lei detesta Kate e le sue amiche. Mason e Logan non le piacciono perché non l'hanno mai fermata. Finora è stata tranquilla, ma il semestre è appena iniziato e hanno capito tutti che sta architettando qualcosa. C'è tensione nell'aria. Non la senti? Non sei arrivata in questa scuola in un buon momento.»

In realtà era per causa mia... lo sapevano tutti e cominciavo a capire perché non avessi avuto nessun comitato di benvenuto. Anzi, molti aspettavano solo l'occasione di farmi fuori.

Il peggio era che non avevo modo di cambiare le cose. «Come sei riuscita a sfuggire alla loro ira?»

Heather ha riso sotto i baffi. «Non lo so, ma se devo tirare a indovinare, direi grazie a Channing della Roussou. Ci frequentiamo, e sanno tutti che mi protegge. Se mi facessero qualcosa, non resterebbe a guardare. E penso che una di quelle quattro abbia sempre avuto una cotta per lui.»

«Per uno della Roussou?»

«È figo. Gli studenti delle due scuole possono frequentarsi. Non è proibito.» Heather ha riso di nuovo squadrandomi da capo a piedi. «Ma questo non ha più importanza. Adesso sappiamo che sono sulla lista nera di Kate.»

In quel momento ha suonato la prima campanella e tutti si sono dispersi.

Davanti a quel caos ho scosso la testa. «Ho la sensazione di andare a scuola con un branco di lupi. Ognuno per sé.»

Lei ha sorriso. «Qui sopravvivono solo i più forti.»

«Sì, be', non mi piace tirare fuori gli artigli. Lo faccio

quando non posso evitarlo, ma comincio a capire che qui è l'unica soluzione.»

«Ehi.» Mi ha afferrata per un braccio per trattenermi prima che entrassi in classe. Il suo sguardo si è indurito. «Per questo ti ho cercata. Rubarti i vestiti è il primo passo. Kate e la sua banda di stronze non fanno i soliti scherzi. Non butteranno i tuoi abiti nel water. A Marissa un paio di volte li hanno presi per poi metterli su un manichino. La zia di Natalie ha un negozio di abbigliamento. Scattano alcune foto del manichino con i tuoi vestiti e le modificano con Photoshop per farlo assomigliare a te. Dà i brividi vedere quanto sembri vero. Poi postano le foto in rete.»

«E allora? È solo una bambola gigante che mi assomiglia.»

Heather mi ha guardata come per dire: "E dai, Sam, pensaci".

Mi sono sentita male. «Cosa fanno fare al manichino?»

«Cose molto brutte. Alla gente non importa che sia tu o no. Con Marissa è stato orribile. I ragazzi parlavano di violentare il manichino, ma era come se volessero violentare lei. C'è un gruppo di ragazze oltre a Kate e alla sua banda a cui non piaci. Parecchie della squadra delle parate. Gran parte delle cheerleader. Saranno crudeli.»

Stavo sempre peggio. «Come posso impedirlo?»

«So che volevi affrontare Kate da sola, ma questo è troppo. Dillo a Mason o almeno a Logan. Loro potrebbero fermarle.»

«Non ora, dopo l'incidente di Nate. Mason andrà a trovarlo finito l'allenamento di basket.»

«Allora parlane con Logan.»

«Lo dirà a suo fratello. Ho paura delle sue reazioni.»

«Davvero vuoi proteggere Kate? Lei non se ne starà buona. Adesso mi manda messaggi tutti i giorni e sta minacciando me, mio padre e mio fratello. E ora questo.» Heather si è interrotta e ha fatto un respiro profondo. Ha sostenuto il mio sguardo, e nei suoi occhi c'era una supplica. «Ti prego, Sam. Se non a Mason, dillo a Logan.»

«Ci penserò.»

«Non pensarci. Fallo e basta.»

Mi sono rabbuiata cogliendo l'agitazione nella sua voce.

«Se no lo farò io», ha concluso.

«Heather.»

«No.» Ha scosso la testa. «Kate è andata troppo oltre. Marissa a causa sua si è trasferita. Quando le Tomboy Princesses iniziano, non si fermano. So che per te sarà peggio. E lo sanno anche tutti gli altri. Nessuno vuole essere coinvolto, perciò ti lasceranno sola. Ti prego, Sam. Hai dalla tua parte i ragazzi più popolari. Sfruttali. Loro possono fermare Kate.»

Si è allontanata di corsa per andare a lezione, io invece non riuscivo a muovermi. È suonata l'ultima campanella. Sarei arrivata in ritardo, ma i miei piedi erano inchiodati al pavimento. L'ultimo avvertimento di Heather continuava a risuonarmi nelle orecchie. A spaventarmi non era l'idea che Logan e Mason fermassero Kate, bensì il modo in cui lo avrebbero fatto.

Avevano costretto mia madre a tracannare vino per dimostrarle di cosa erano capaci, però alla fine non era servito a niente. Lo stesso sarebbe accaduto con Kate. Lo sapevo d'istinto e questo mi spaventava Se li avessi sguinzagliati, temevo che avrebbero superato il limite. Non potevo mettere a repentaglio il loro futuro, com'era successo con Analise. Non avrei rivissuto quel terrore, però Heather aveva ragione. Dovevo fare qualcosa. Era solo che non avevo idea di cosa.

12.

Quando ho visto Mason dopo la scuola, non sono riuscita a dirgli niente. Stava andando all'allenamento di basket e io nell'ufficio del coach Grath. Le parole di Heather mi avevano tormentata per tutto il giorno scatenando crisi di panico, ed ero sempre più preoccupata. Essere amata e protetta dai fratelli Kade era come avere in pugno una pistola carica. Potevo premere il grilletto in qualsiasi momento, ma le conseguenze sarebbero state disastrose. Mason mi ha chiesto se stessi bene e gli ho mentito. Sapevo che lo aveva capito. Mi ha dato un dolce bacio sulle labbra e se n'è andato. Gli avevo raccontato due bugie in tre giorni. Cosa mi sarei inventata l'indomani?

Grath mi ha detto di correre per conto mio. C'era un gruppo scelto di ragazze con cui voleva che mi allenassi, tuttavia gli era giunta voce che non sarei stata benaccetta. Voleva che registrassi i tempi per verificare i miglioramenti. Non era una cosa difficile, ma dentro mi sentivo esplodere. Ho superato Quickie, sono schizzata oltre le auto nel parcheggio e ho affrontato le colline in piena velocità. Una volta in cima ho scorso Fallen Crest sotto di me, continuando verso la collina seguente e verso quella dopo ancora. Quando mi sono fermata, la temperatura dell'aria era calata notevolmente.

Il cuore mi batteva all'impazzata e il mio petto si sollevava mentre incameravo ossigeno.

Non mi ero mai sentita così viva.

Poi tutto mi è tornato in mente. Era come se un vento freddo avesse cambiato d'un tratto direzione e mi avesse investita. Ho barcollato.

Kate. I miei vestiti. Un manichino. Qualsiasi cosa avesse intenzione di fare, sarebbe finita in rete, probabilmente quella sera stessa. E le bugie. Non avevo detto una parola a Mason dell'incontro con i fratelli Broudou. Non avevo idea di come spiegargli che Brett mi aveva chiesto di uscire. Non sapeva che ero rimasta un'ora davanti alla casa di David né che Kate mi aveva rubato i vestiti. Mentre ci pensavo, il cuore ha ripreso a martellarmi nel petto. Mi rimbombava nelle orecchie.

Non volevo sentirmi così. In colpa. Confusa. Disorientata. Mi sono girata e ho ripreso a correre, puntando verso l'albergo. L'adrenalina scacciava sempre le angosce, ma stavolta non stava funzionando. Ero sfinita, sconfitta.

Più tardi, quella sera, Mason mi ha scritto un messaggio.

Nate è a casa. Passo da lui.

Pensavo che non potessi.

Mi hanno bandito dall'ospedale, non da casa sua. Devo parlargli di alcune cose. Stai bene?

Sì. Stasera anche noi dobbiamo parlare.

Ho aspettato, trattenendo il fiato. Poi il telefono ha ronzato di nuovo.

Okay. Non mi fermerò molto. Ti amo.

Ho chiuso gli occhi, facendo un respiro profondo, e ho risposto:

Anch'io ti amo.

«Era Mason?»

Ho alzato lo sguardo gettando il telefono sul letto, invaso dai libri e dal computer. Logan era sulla porta della stanza. Aveva i capelli bagnati e il giubbotto della squadra di atletica della Fallen Crest Public. «Ti sei fatto la doccia in albergo?»

«No, a scuola. Ma ho fatto una scappata qui per prendere un po' di soldi.» Ha dato un'occhiata al mio telefono. «Dov'è Mason?»

«È andato a trovare Nate.»

«Oh.» Lui si è fatto pensieroso e mi ha scrutata. «E tu cosa fai?»

«Studio.»

Stavo per dirgli che ero sfinita per la corsa ma mi sono trattenuta. Logan aveva uno strano sguardo. Doveva frullargli qualcosa in mente. Sono rimasta in silenzio finché ha annuito tra sé. Aveva preso una decisione. «Mi trovo con i ragazzi per mangiare una pizza. Vuoi venire?»

«Perché ho la sensazione di non avere altra scelta?»

Si è incamminato verso di me ruotando all'indietro le spalle, un'espressione arrogante sul volto. «Perché tutto quello che fai è andare a scuola, studiare, correre e scopare con mio fratello. Devi uscire con gli amici e divertirti.»

«Lo faccio.» Adesso lui era accanto al letto e non ho potuto trattenere un sorriso. «Sabato ho guardato un film con Heather.»

Logan ha sbuffato chinandosi per afferrarmi una caviglia e tirarmi verso di sé. «Questo non è divertimento. È solo un modo per nasconderti da mia madre, cioè lavoro. Dai.» Con un brusco strattone mi sono ritrovata sul bordo del letto. Poi mi ha caricato in spalla.

«Logan!»

«Stai bene, Sam. Sei sempre sexy. Non devi preoccuparti per questo.» Mi ha dato una pacca affettuosa sulla schiena e si è diretto verso la porta.

Ridevo troppo per reagire. Lui si è chinato e mi ha passato le scarpe, poi ha preso la giacca e la borsa. Siamo usciti così. C'erano altre persone in ascensore, e Logan ha detto, dandomi dei colpetti sul sedere: «Si è scordata come si fa a camminare». Una coppia anziana è rimasta scandalizzata, qualcun altro ha sogghignato.

Un bambino piccolo ci ha girato attorno e mi ha guardata. Indicandomi ha esclamato: «Sei strana».

Il corpo di Logan si è contratto e ha preso a tremare, scosso da una risata silenziosa. Quando la porta si è aperta al pianterreno, ci hanno lasciato scendere per primi. Logan mi ha trasportata fino all'Escalade. Mi ha depositata sul sedile del passeggero e ha preso posto dietro il volante.

Quando è entrato nel parcheggio di Manny, l'ho guardato. «Credevo che avessi parlato di una pizza.»

Lui si è stretto nelle spalle spegnendo il motore. «Qui la fanno, la pizza.»

«E questo non ha niente a che fare con la mia unica buona amica che ci lavora?»

Non ho avuto risposta.

Gli amici di Logan erano radunati attorno a due tavoli in fondo. Al secondo, ho riconosciuto alcune ragazze della squadra delle parate, con le loro espressioni ostili. Brandon ha sollevato la testa in segno di saluto e Heather ha alzato gli occhi dal banco. Il suo sguardo è guizzato palesemente da me a Logan, ma ho scosso il capo. "Quando?" ha mimato lei con le labbra.

Le ho intimato di stare zitta con un'occhiataccia. Ne avrei parlato con Mason. Era quello il piano.

Ma è andata in modo diverso. Il primo giro di pizze era già stato divorato quando alcune ragazze hanno accostato le sedie al nostro tavolo. Hanno messo in mostra le tette, assumendo un atteggiamento misterioso. Un paio si erano persino abbassate i jeans per esibire il tanga. Ero sicura che un'altra fosse andata in bagno a togliersi il reggiseno. La maglietta lasciava intravedere i capezzoli. Quella che era chiaramente la leader del gruppo si è messa a parlare con Strauss. Da quello che ho sentito, stavano discutendo di un compito assegnato in classe. Poi ho udito la parola «ginnastica».

Era come se mi avesse investita una folata d'aria gelida. Mi sono voltata lentamente verso di loro.

La ragazza mi stava sorridendo e ha fatto un cenno nella mia direzione. Tutti gli altri sono ammutoliti, e a quel punto lei ha chiesto, alzando la voce per sovrastare il rumore: «Hai riavuto i tuoi vestiti, Samantha?».

"Samantha", è stato il mio primo pensiero. "Io non la conosco nemmeno e lei mi chiama con il mio nome per esteso."

Logan si è bloccato e ha posato sul piatto la fetta di pizza che aveva in mano. Ha guardato perplesso prima lei e poi me. «Che cavolo dice?»

Qualcuno in fondo ha borbottato: «La faccenda si sta facendo *seeeria*».

Ero piuttosto sicura che fosse stata Heather, ma quando mi sono girata lei ha mosso la mano in cerchio. Ho afferrato il messaggio: "Lasciala andare avanti".

«Parliamone fuori.»

Non avevo ancora finito di dirlo che Logan si era già alzato. Mi ha messo una mano sul braccio e mi sono sentita trascinare via. Invece di attraversare il ristorante, è uscito dalla porta laterale. Ho fatto per avvicinarmi a una sdraio, ma lui ha scosso la testa stringendo la presa su di me. «No. Andiamo dove nessuno ci possa sentire.»

Mi ha portata oltre il vicolo, verso la casa di Heather. Stavamo per salire i gradini del portico quando la porta si è chiusa sbattendo dietro di noi. Heather aveva la mascella contratta e il labbro superiore incurvato in segno di ammonimento mentre si avvicinava. «Oh no. Io resto. È anche amica mia, Kade.»

«D'accordo.»

Poco dopo si sono mossi tutti e due come se fossero una sola persona. Ero al centro dell'attenzione. Fantastico! «Okay...»

«Kate, o qualcuna delle sue tirapiedi, ha rubato i vestiti di Sam dopo l'ora di ginnastica, mentre lei era sotto la doccia.» Heather mi aveva battuto sul tempo. Ha inarcato le sopracciglia. «Sai cosa faranno. Fermale, Logan.»

Lui le ha rivolto un'occhiata feroce, poi si è girato e mi ha messa con le spalle al muro. «È vero, Sam?»

Ancora a bocca aperta ho confermato. Ecco, ora le avrebbe prese di mira e io sarei rimasta a casa a tormentarmi all'idea che venisse arrestato o peggio. Almeno Mason era da Nate. Logan non aveva bisogno del fratello per questo.

Lanciando un'imprecazione è balzato giù dal portico e ha preso il telefono. «Mase? Abbiamo un problema.»

Speranza infranta.

«Grazie», ho detto a Heather in tono sarcastico.

Lei ha alzato gli occhi al cielo. «Tu avresti tenuto la bocca chiusa. Non capisco perché non gli hai raccontato tutto subito. Adesso probabilmente è troppo tardi.»

«Perché ho paura per loro. Non so come reagiranno.»

«Oh, per favore.» Heather ha alzato gli occhi al cielo. «Non sono stupidi. Loro sono Mason e Logan Kade. Non so di cosa ti preoccupi. Smetti di prenderti in giro, Sam.»

Ho gettato la testa indietro di scatto. «È stato proprio un bello schiaffo in faccia.»

Lei mi ha scoccato un sorrisetto. «Be', è questo che fanno le vere amiche.»

«Sei davvero convinta che non avranno problemi?» Nonostante le sue parole, ero in pensiero per il futuro di Mason. Mia madre era arrivata così vicina a rovinarglielo.

«Sì.» Lei si è addolcita e mi ha abbracciata bisbigliandomi all'orecchio: «Ne sono sicura. Non li ho mai visti così protettivi nei confronti di qualcuno come lo sono con te. Per questo a scuola ti odiano tutti».

Mi sono irrigidita fra le sue braccia. «Sono più che consapevole della mia popolarità.»

«Le cose si sistemeranno.» Mi ha dato un colpetto sul braccio. «La metteranno al suo posto e gli altri studenti si rilasseranno. Cominceranno a conoscerti per quello che sei, ne sono certa.»

Lo speravo di cuore, però Heather si stava scordando di una cosa. La situazione era più complicata di così. Anche se Mason e Logan non lo avevano detto, sapevo che stavano preparando la loro vendetta contro i fratelli Broudou. A proposito... dovevo ancora raccontare a Mason di Brett. Prima o poi avrei dovuto farlo.

In quel momento Brandon è sbucato dall'ingresso laterale. Appena ci ha visti, la sua faccia si è piegata in una smorfia. Ha inveito un paio di volte prima di urlare: «Porta le chiappe qui, Heather! Siamo sommersi di lavoro».

«Sì, sì.»

«Datti una mossa!»

Lei ha alzato leggermente la voce. «Sì, arrivo tra un secondo.»

In risposta lui le ha fatto il dito medio ed è rientrato nel locale.

«Stupidi fratelli...» Heather mi ha guardata. «Sai cosa intendo.»

«Sì.»

Ha indicato Manny con il pollice. «Ti va di lavorare per il resto della serata? Lily e Anne ci hanno mollato lo scorso fine settimana. Il papà di Lily ha trovato un nuovo impiego e si sono trasferiti, e Anne senza Lily non viene. Questa è la scusa che mi ha propinato, ma Cory l'ha vista lavorare al Fallen Crest Country Club. Là le mance sono più alte.»

«Ti sorprenderebbe vedere quanto possano essere taccagni i ricchi.»

«Ci sei stata?»

«Purtroppo sì.»

«Quel posto è troppo chic per me. Io non parlo come una snob.»

«Buffo. Lo hai detto con un accento da perfetta aristocratica.»

«Heather!» Brandon ci stava di nuovo guardando in cagnesco dalla porta. «Dai! Ci stanno uccidendo.»

«Arrivo!» Ci siamo incamminate nel vicolo e lei ha borbottato sottovoce: «Qualcuno stasera finirà a pezzi, questo è certo».

MASON

Quel maledetto manichino era dove pensavo che fosse: nel garage di Kate. La ragazza non era poi così astuta. In testa gli aveva messo una parrucca scura, e gli abiti di Sam erano lì accanto, perciò ho immaginato che non avesse ancora fatto niente.

«'Fanculo», ha borbottato Logan. «Quello laggiù è un dildo?»

Il padre di Kate aveva un vecchio furgone, parcheggiato in fondo al garage. C'era poi un frigorifero altrettanto vecchio per la birra. A Harold piaceva bere mentre armeggiava con il motore. La «roba buona», invece, la teneva in casa. Vicino al frigorifero c'erano due divani scozzesi strappati, su cui il gatto si faceva le unghie; in mezzo, un tavolino con un barattolo di caffè pieno di mozziconi di sigaretta. Accanto ai divani c'erano varie bottiglie vuote in cui gli zii di Kate sputavano il tabacco.

«Dall'odore sembra che qui dentro ci sia un cadavere.»

«Attento», l'ho avvertito quando è saltato giù dai gradini che portavano in casa. «Potrebbe esserci un animale morto. È qui che Harold scuoia le sue prede.»

«Parli di animali, vero?» Logan ha arricciato il naso prima di coprirselo con la maglietta. «Cavolo, questo posto puzza da far schifo.»

Quello era il mondo di Kate. Un mondo di merda dove non volevo restare più a lungo del necessario. Ho recuperato tutti i vestiti di Sam, accertandomi che il gatto non ci avesse fatto la pipì sopra. Avevano un buon odore. Si sentiva ancora il suo deodorante alla vaniglia.

Logan nel frattempo aveva aperto il frigorifero. «Per la miseria. Perché non facciamo una festa?»

«Parli sul serio?»

«E dai, lo sai cosa intendo.» Con un sorriso malizioso ha afferrato una birra. L'ha aperta e ha bevuto una lunga sorsata, poi ha indicato il manichino. «Allora, qual è il piano per quell'affare?»

«Non ne ho idea, però so dove hanno preso tutto l'occorrente.»

«Cioè?»

«Da Fiocchi e Fusciacche.»

«Ripeti?» Logan aveva portato di nuovo la bottiglia alla bocca ma si è bloccato.

«Nel negozio di abbigliamento della zia di Natalie.»

«Oh.» Lui ha mosso su e giù la testa. «Adesso è chiaro.»

Ho controllato se c'era altro da prendere. Appena Kate si fosse accorta che eravamo stati là, la chiave di riserva sarebbe stata spostata. Non sapevo se avesse raccontato di me ai suoi genitori. Sua madre lavorava all'ospedale ottanta ore alla settimana e suo padre era sempre fuori con gli amici. Quando stava a casa, in genere era ubriaco. Kate però mi aveva detto dove sua mamma teneva la borsa all'ospedale. Stupida.

«Andiamo», ha detto Logan ma si è zittito sentendo il rumore di portiere che si chiudevano.

Avvicinandomi all'ingresso del garage, ho visto le auto di Kate e di Natalie.

«Vieni.» Ho afferrato il manichino e sono andato verso la porta laterale. Gliel'ho rifilato indicando la strada. Kate viveva in campagna. La casa era circondata da alberi e c'era un viale che portava ai granai e al retro della proprietà, dove avevamo parcheggiato l'Escalade prima di attraversare il bosco per intrufolarci nel garage. Logan ha annuito e si è allontanato con il manichino.

Io sono rimasto lì. Non volevo perdermi la reazione di Kate.

«...non è quello che stiamo facendo? Voglio dire, dai, non potrà restare indifferente... Oddio!»

All'improvviso Jasmine è ammutolita notando la porta laterale del garage che era rimasta aperta. Ho sorriso tra me e me.

«Oh cazzo!»

«Calmati, Kate», ha detto Natalie strascicando le parole. La sua voce mi giungeva attutita, come se si fosse allontanata. «Non devi gridare così. Mi sembri mia madre.»

Qualcuna ha ridacchiato. «Ti riferisci a ieri sera?»

«Piantala, Parker», ha replicato secca Natalie. «E a proposito, tu dov'eri ieri sera?»

«Ero con Nate, come mi aveva detto Kate.» Parker d'un tratto ha alzato la voce. «Kate, eri stata tu a chiedermi di andare da lui. Non dovevo?» Aveva un tono quasi isterico.

A quel punto si è fatto silenzio.

Una porta si è aperta e poi richiusa. Lo stesso le portiere

del furgone. Dopo c'è stato un tonfo, e Parker ha sussurrato: «Kate?».

«Merda merda *meeerda*!»

«Kate, perché stai dando di matto? Smettila di urlare. Non ho rinunciato a un turno da Str8t per assistere a questi numeri.»

«Taci, Natalie», ha ribattuto lei.

Qualcosa ha colpito la porta del garage. Kate stava lanciando della roba. Bene. Mi sono acquattato nell'ombra, anche se non potevano vedermi, mentre Kate continuava a tirare oggetti.

«Ehi», ha detto Jasmine, «dove sono gli abiti di quella troia?»

Natalie è scoppiata a ridere. «Hai i ratti qui, Kate? Sono sicura che siano attratti dal suo odore.»

«Per l'ultima volta», ha sibilato Kate in tono rabbioso, «chiudi quella fogna. Non capisci l'importanza di quei vestiti?»

«Be', sì. Ci servono per montare tutta la faccenda. A che sarebbe servito chiedere la videocamera in prestito a mio fratello? Non è una bella prospettiva sbrigare tutti i lavori noiosi per lui questa settimana. Maledetto teppistello», ha brontolato Natalie. Un altro oggetto ha colpito la porta del garage.

«Ragazze, mi state facendo incazzare.»

«Dicci qualcosa che non sappiamo», ha ribattuto Natalie.

«Cos'hai intenzione di fare?»

«Ucciderò qualcuno», ha risposto Kate con voce aspra.

Natalie l'ha ignorata. «Ho mandato a tutti i suoi amici un video che non aveva cancellato.»

«Davvero?» Jasmine sembrava curiosa. «Cos'era?»

«Lui che si masturba. Che idiota! Diventerà virale. Quell'imbecille verrà preso per il culo per anni.»

«Sei così crudele con il tuo fratellino! Dovresti essere più dolce con lui.»

«E tu dovresti essere più perfida con tua sorella. Ti tratta come uno straccio, Jaz.»

«Dai, ragazze!» ha urlato Kate. «Aiutatemi a trovare i vestiti, altrimenti siamo finite.»

«Ma di cosa stai parlando?» ha abbaiato Natalie.

«Gli abiti sono spariti.» Ho goduto nel sentire il veleno nella voce di Kate.

«E anche il manichino», ha detto Parker.

«Cosa?»

«Il manichino.»

«Che cazzo dici?» ha ribattuto aggressiva Kate.

«Era qui, insieme ai vestiti», ha urlato Parker di rimando.

«Lo hanno preso. Hanno preso tutto. Oddio. Oddio. Ucciderò qualcuno», ha strillato Kate.

Natalie ha chiesto allarmata: «Chi può essere stato? Pensi che quella troia sia venuta qui?».

«Ma no. Sono stati Mason e Logan. Sei stupida? Lei gliel'ha detto. 'Fanculo.» Kate ha lanciato una sfilza di imprecazioni.

«Oh merda.»

«Già.»

«Pensi che abbiano combinato qualcos'altro?» ha chiesto Parker con una vaga nota di paura nella voce.

Kate a quel punto è scoppiata a ridere. «Probabilmente sì», ha risposto con voce strozzata, come se la stessero strangolando. «Siamo fottute. Mason ci farà fuori.»

«Calmati», è intervenuta Natalie. «Facciamo un bel respiro e ragioniamo. Non siamo ancora fottute.»

«Invece sì. Alla *graaande*. Ci farà qualcosa di terribile, ne sono sicura.»

«Non è vero. Lui non può sapere del nostro piano...»

«Invece sì», ha gridato Kate. «Per questo è venuto qui. Non posso credere che quella stronza glielo abbia detto.»

«Be', l'avrei fatto anch'io se fossi stata al suo posto», ha commentato Jasmine. «Insomma, dai. Siamo perfide. Non puoi biasimarla.»

«Tu da che parte stai?» hanno protestato all'unisono Kate e Natalie.

C'è stato un attimo di silenzio prima che lei rispondesse: «Dalla vostra, ovvio. Siete le mie amiche».

«Allora comportati di conseguenza.»
«Ce la caveremo», ha affermato Natalie. «Hanno preso il manichino e i suoi vestiti, d'accordo. Ma abbiamo altro in programma.»
«Lo so.» Immaginavo la faccia di Kate in quel momento. Si stava mordendo l'interno della guancia, pensando ai danni che avremmo potuto fare in casa sua. Ha sospirato. «Merda. Andiamo subito da Tate, piazziamo la videocamera e poi facciamo un salto al garage di Cake per l'altra roba.»
«Aspetta.» Parker le ha bloccate. «Niente più foto online?»
«Secondo te?» ha ribattuto Kate in tono sarcastico. «Non abbiamo né il manichino né i vestiti.»
Nella stanza è calato il silenzio.
«Diamoci una mossa. Faremo questa settimana quello che avevamo in programma per la prossima.»
«Sei sicura che sia una mossa furba? Adesso Mason lo sa.»
Mi sono avvicinato alla porta, perché le loro voci si erano affievolite. Ho sentito Kate dire: «Non importa. In un modo o nell'altro le farò il culo».
Poi le portiere delle auto hanno sbattuto. Mi sono inoltrato nel bosco per raggiungere l'Escalade. Quando sono salito, Logan ha messo giù il telefono alzando lo sguardo. «Hai saputo qualcosa?»
«Niente di particolare, comunque dobbiamo toglierla di mezzo.»
Logan ha annuito avvicinando il pugno al mio.
«Puoi mandare un messaggio a Sam da parte mia?» gli ho chiesto mentre facevo retromarcia. «Dille che stiamo bene ma che torneremo tardi.»
«Già fatto.»
L'ho guardato confuso, ma lui non mi stava prestando attenzione. Aveva ripreso a digitare sulla tastiera.

13.

SAMANTHA

Non avevo idea di cos'avessero fatto, ma Mason puzzava di fumo quando ha attraversato la stanza per andare in bagno. Un attimo dopo ho sentito scorrere l'acqua della doccia. Sono scesa dal letto e mi sono avvicinata a piedi nudi senza far rumore: quando sono entrata era già sotto il getto. I suoi abiti erano ammucchiati per terra. Li ho messi nel cesto della biancheria sporca, mi sono appoggiata al piano del lavandino e ho incrociato il suo sguardo al di là della porta di vetro. Lui non ha sorriso. Si è limitato a fissarmi, e io ho fatto altrettanto mentre si lavava. Ha sollevato le braccia, con l'acqua che gli scendeva sulle spalle e sul petto. Vedevo ogni centimetro del suo corpo, e il desiderio si è risvegliato.

A quel punto Mason mi ha rivolto un sorriso malizioso continuando a guardarmi. Mi sono leccata le labbra.

L'attesa è stata infinita. Quando è uscito dal box doccia, ero in fiamme. Si è allungato per prendere un asciugamano, sfiorandomi. Ho chiuso gli occhi e inalato a fondo quando il suo respiro mi ha avvolto come una carezza. Un istante dopo mi è sfuggito un gemito. «Mason...»

Lui si è scostato e ha iniziato ad asciugarsi.

Ho aperto gli occhi e sono stata di nuovo catturata dal suo sguardo.

I miei capezzoli si sono inturgiditi sotto il top sottile. Volevano essere toccati da lui. Mason lo ha notato. Ha gettato l'asciugamano per terra e si è avvicinato.

Mi ha posato le mani sui fianchi.

Ho chiuso gli occhi chinando la testa.

Finalmente a casa.

«Sam», ha bisbigliato lui a un paio di centimetri da me. Le sue labbra erano lì, pronte perché le assaporassi.

Non riuscivo a parlare.

«Non ti farà del male», mi ha detto Mason sollevando la mano.

Quando mi ha sfiorato il collo, il cuore mi è balzato in gola.

Mi ha sorretto la nuca con il palmo. Adesso il mio petto si sollevava e si abbassava velocemente. Respiravo a fatica. Il nodo dentro di me ha cominciato a sciogliersi. Succedeva sempre quando lui mi faceva sentire al sicuro. Mi sono morsa il labbro. Ero sul punto di scoppiare a piangere.

Mason mi ha attirata contro il suo petto per stringermi tra le braccia. Ha chinato la testa appoggiando la fronte sulla mia spalla. Con un singhiozzo, gli ho messo le mani attorno alla vita.

Mi ero preoccupata così tanto, maledizione!

Adesso lui era al sicuro, e anch'io. Il cuore ha continuato a martellare mentre venivo travolta dal sollievo.

Mi sono scostata da lui per chiedere: «Cosa avete fatto?».

«Niente di male.»

«Mason.»

Lui mi ha sorriso e prendendomi per mano mi ha portata in camera. Ho controllato che la porta fosse chiusa a chiave e un attimo dopo mi sono sentita sollevare da terra e depositare sul letto. Mi ha afferrata per i fianchi e ha gettato la testa indietro mentre un dolce sorriso gli ingentiliva il volto.

Ho infilato una mano tra i suoi capelli bagnati. Lui ha chiuso gli occhi, e ho capito che si stava godendo le mie carezze. Gli ho preso una ciocca tra le dita e gliel'ho tirata. «Cosa avete fatto?» ho insistito.

Lui ha stretto le braccia attorno alle mie gambe. Mi ha fatto fare una capriola per poi afferrarmi di nuovo. Con un movimento fluido mi ha distesa sul letto e si è messo sopra di me.

Ha continuato a guardarmi mentre rispondeva: «Siamo andati da Kate». Mi ha dato un piccolo bacio sulla gola. «Era ancora tutto là, perciò l'abbiamo preso.» Altro bacio. «Dopo sono rimasto per assistere ai fuochi d'artificio.» Dal fianco la sua mano si è spostata sulla mia vita.

Il cuore ha ripreso a battermi forte e ho trattenuto il fiato. Le sue dita si sono infilate negli shorts elasticizzati. Poi sono scese più in basso, penetrandomi. Le sue labbra erano a contatto con le mie.

Lui ha sussurrato: «Kate stava per spiattellare i suoi piani, ma alla fine non l'ha fatto».

«E poi?»

Le sue dita hanno preso a muoversi dentro di me. Oddio. Mi ha dato un altro bacio sotto il mento.

Mi sono sentita attraversare da un'ondata di piacere. Avrei voluto dimenticare tutta quella storia e attirarlo a me, ma non potevo. Era una cosa importante. «E poi?» ho insistito, ormai quasi ansimando.

«E poi...» Mason mi ha preso una mano, intrecciando le dita con le mie. Un attimo dopo si è abbassato lentamente, centimetro dopo centimetro, fino a sistemarsi tra le mie cosce, nel punto giusto, mentre le sue dita continuavano a entrare e uscire da me.

Mi sono morsa il labbro e ho socchiuso la bocca. Il cuore mi batteva così forte ora. «Mason», ho mormorato. «Dimmelo e basta.»

«Che cosa?»

«Ti piace torturarmi.»

Lui ha fatto un mezzo sorriso. Era perfido. «Forse.» Aveva lo sguardo cupo per il desiderio. «Forse anche a te.»

Mi sono imposta di avere pazienza. «Inizi a farmi incavolare.»

«Davvero?» Ha spinto i fianchi contro di me allo stesso ritmo delle dita.

Mi è sfuggito un gemito. Ero scossa ondate di piacere che si susseguivano all'infinito, come la risacca. Gli ho affondato le dita nelle spalle. Mi sentivo sempre più distaccata dalla mia coscienza. Il desiderio mi accecava. Ho sollevato le palpebre pesanti e l'ho guardato. Aveva gli occhi fissi sulla mia bocca mentre continuava a darmi piacere con le dita.

«Mason.»

Ho percepito la sua risata silenziosa. Ha contratto i muscoli del petto per sollevarsi un po'.

«Mason, dimmelo.»

«Avevano pianificato qualcosa per la prossima settimana, ma intendono anticiparlo.»

Il calore che sentivo mi ha abbandonata, lasciando il posto a un brivido. «Di cosa pensi si tratti?»

«Onestamente?» Mason ha estratto le dita.

Ho annuito. Adesso avevo un nodo in gola.

«Credo che vogliano farti del male.»

«Oh.»

Si è accigliato e ha avvicinato il pollice alla mia bocca per sfiorarmi il labbro inferiore prima di allontanare la mano. «Non sei sorpresa?»

«Non proprio. Voglio dire, era prevedibile. Però non credevo che Kate fosse una molto sveglia.»

«Invece lo è.» La brama nei suoi occhi si è trasformata in dolcezza. «Non hai idea di quello che può fare. Picchiarti è solo una delle tante.»

«Sta mandando un sacco di messaggi a Heather.»

Lui si è irrigidito. «Di che genere?»

«Le intima di lasciarmi perdere. Minaccia lei e anche la sua famiglia.»

«Quando è iniziato tutto questo?»

«Il primo giorno di scuola ha fatto una scenata e l'ha avvertita di stare alla larga da me. È stato allora che Tate è intervenuta.»

«Ha preso le sue parti?»

«No, le mie. Ha detto che non era il caso di mettersi contro di te.» Ogni eccitazione sessuale era svanita, e Mason sembrava profondamente assorto nei suoi pensieri. L'ho toccato, seguendo la curva della sua spalla fino alla mascella. Aveva lo sguardo assente. Gli ho sfiorato il viso. «Ehi, cosa ti passa in testa?»

«Sto cercando di capire che cos'altro ha in mente di fare Kate.»

«Che intendi?»

«Con Tate.» È balzato in piedi e si è messo i pantaloni della tuta. È uscito dalla stanza gridando: «Logan!».

«Cosa succede?» Ho afferrato una sua felpa e me la sono infilata.

Logan mi ha lanciato un'occhiata maliziosa quando sono apparsa sulla soglia. «Hai freddo, Sam?»

«Sta' zitto, Logan.»

«Dove stai andando?» gli ha chiesto Mason.

Logan si era fatto la doccia. Indossava un paio di jeans e la felpa della squadra di atletica. Mentre giocherellava con le chiavi dell'auto, ha scrollato le spalle. «Esco. Che problema c'è?»

«Vai da Tate?»

La domanda ha spiazzato entrambi. L'ho guardato con sospetto studiando nel contempo Logan. Sembrava imbarazzato e ha infilato le mani in tasca. «Forse. Perché?»

«Kate ha parlato di una videocamera», ha detto Mason. «Natalie se l'era fatta dare dal fratello, e avevano intenzione di usarla per riprendere il manichino.»

«E allora? Hanno una videocamera. Anche noi ce l'abbiamo.»

«Kate ha detto che sarebbero andate da Tate. Sam mi ha appena raccontato che stanno minacciando Heather. Vogliono che smetta di frequentarla, e Tate ha cercato di dissuaderle.»

Logan ha annuito. «Me ne ha parlato. Ha detto che era una causa persa. Kate è fuori di testa.»

«Allora...» Mason si è interrotto e lo ha fissato.

«Allora che?»

«Logan, te l'ho già spiegato.»

«Le minacce a Heather. La videocamera. Tate che pensa che Kate sia pazza. Niente di tutto questo è una novità, fratello.»

Ho sospirato. Persino io capivo che cosa intendeva dire Mason. Logan non era stupido. Se non ci arrivava, significava che aveva la testa altrove. «Kate potrebbe pensare che Tate stia dalla nostra parte.»

«È così», ha sbuffato Logan. «Mai e poi mai ti si metterebbe contro. Sa cosa le faremmo.»

«Logan», ha grugnito Mason.

Gli ho posato una mano sul braccio e ho avvertito la tensione. Ho preso a massaggiarglielo. «Perché pensi che Kate voglia portare una videocamera a casa di Tate?»

«Cosa... Oh cazzo. No. Non esiste.»

«Stai andando là?»

Logan ha guardato di nuovo il fratello con aria rassegnata. «Sì. Cosa vuoi che faccia?»

«Cerca quella dannata videocamera.»

«Aspetta», ha replicato lui scuotendo la testa. «Abbiamo fatto delle cose in soggiorno. Ci avranno ripreso?»

«Ci andavano stasera.»

«Oh.» Lui si è rilassato. «Vuoi che la prenda?»

Quando Mason non ha risposto, Logan mi ha guardata.

Ho alzato le spalle. «È Mason la mente.»

«Mase?»

«Non lo so. Se la lasciassimo dov'è?»

«Non ci vado più. Neanche per sogno. È un gran casino.»

«Lo so. Ma se la togliessimo di mezzo, dovrebbero cambiare tattica. Adesso sappiamo cos'hanno in mente. Forse ci conviene stare a vedere cos'altro escogiteranno.»

«Posso dirlo a Tate?»

Mason è rimasto in silenzio.

«Mase, non è giusto.»

«Lo so. Okay, diglielo, ma deve comportarsi come se non lo sapesse. Penseremo poi alla mossa seguente.»

«E i suoi genitori?» ho chiesto. «Dovrebbero esserne informati. Potrebbero parlare di questioni personali.»

Logan ha scosso la testa. «Tate non vive con loro. Suo padre ha perso il lavoro, perciò l'hanno mandata a stare con la sorella maggiore, che però è via per un servizio: fa la modella. Non tornerà prima di una settimana.» Ci ha rivolto un brusco cenno e si è incamminato verso la porta. «Oh aspetta!» Si è bloccato su due piedi e mi ha indicata. «Le hai detto dei manichini?»

«Non ancora.»

«I manichini?»

«Sì.» Uscendo Logan mi ha sorriso. «Li abbiamo bruciati, tutti quanti. La zia di Natalie avrà una bella sorpresa quando andrà in negozio domani mattina. Ora me ne vado.» Lo abbiamo sentito fischiettare in corridoio.

«Li avete bruciati?»

Mason ha annuito.

«Tutti quanti?»

Lui ha socchiuso gli occhi, e ho visto di nuovo il Mason crudele. «Sì.»

«Ma è stata una mossa prudente?»

Si è voltato verso di me e mi ha appoggiato una mano sulla gamba. «Siamo stati attenti. Li abbiamo portati in un posto sicuro.»

«E la zia di Natalie non sporgerà denuncia?»

«Abbiamo lasciato un biglietto con alcune foto compromettenti che Kate e sua nipote avevano scattato per tormentare Marissa. Le abbiamo fatto sapere che deve ringraziare loro di tutto questo.»

Ho trattenuto il fiato. Era da tanto che non parlava di Marissa. Volevo sapere cosa le fosse successo, ma ho percepito il suo disagio. Avevo l'impressione di avere accanto un animale selvatico. Dovevo procedere con calma. Con il cuore in gola ho fatto il primo passo. Gli ho toccato il braccio, sentendo i muscoli contratti, tesi come cordoni. Era nervoso, ma dovevo tentare. «Avevi delle foto?»

Il braccio ha preso a tremargli. Il suo tono era brusco quando ha risposto: «Sapevi che le avevano fatto la stessa cosa?».

Ho annuito. «Sì.»

«Te l'ha detto Heather?»

«Sì.» Finalmente stavamo parlando di Marissa. Il muro si stava sgretolando. Quella ragazza era importante per Mason. Dovevo sapere tutto. «Ti va di raccontarmi qualcosa di lei?»

«Credevo di averlo fatto.»

«In realtà non mi hai detto molto. Se n'è dovuta andare a causa di Kate e delle sue amiche?»

Lui ha fatto un sospiro profondo e si è allontanato. Stavo male, avevo bisogno di sentire il suo tocco. Mi sono sorpresa quando è tornato da me e mi ha presa in braccio. Mi sono raggomitolata contro il suo petto mentre si sedeva sul divano tenendomi sulle ginocchia. Dopo aver posato il mento sulla mia testa, ha cominciato a parlarmi di lei.

«Era coinvolta anche Tate. A quei tempi stava ancora con Logan, era prima che tentasse di portarsi a letto me. Però aveva già rotto con Heather. Non ci avevo fatto molto caso. Allora non mi importava della tua amica, ma ricordo che Logan mi aveva accennato qualcosa. Tate aveva iniziato a frequentare Kate e le altre del gruppo. Era piuttosto normale, dal momento che stava con mio fratello e loro ci ronzavano sempre attorno.»

«E Marissa come c'entra in tutto questo?»

Le sue braccia si sono strette intorno a me tenendomi saldamente. «Siamo diventati amici. Avevamo fatto una ricerca per la scuola. In quel periodo i miei stavano divorziando. Mio padre tradiva la mamma da tanti anni e a me toccava vederla affrontare tutto quel casino. Avevo una pessima opinione sulle donne per via di Tate, di Kate e del suo gruppo. Con Kate ho avuto una storia, e lei si era illusa di essere la mia ragazza. Io però non mi fidavo né di lei né di nessun'altra. Erano meschine.»

Ho nascosto un sorriso.

Lui doveva essersene accorto, perché ha detto: «Lo so, non mi fido di nessuno tranne di te e di Logan».

«Avevi iniziato a fidarti di Marissa?»

«Sì. Noi due parlavamo e basta. Non uscivamo insieme. In mensa mi ero seduto al suo tavolo un paio di volte. La cosa aveva fatto scalpore. Comunque non volevo immischiarmi nelle stronzate delle ragazze. A volte sono difficili da gestire. Logan capiva. Ne avevo già abbastanza del divorzio dei miei, delle loro liti, non volevo altre rogne a scuola. Marissa era simpatica. Le sue amiche erano tranquille e non sembravano fare caso a me quando mi sedevo con loro. A ripensarci, dev'essere stato questo a metterle un bersaglio sulla schiena. Hanno iniziato a circolare delle voci.»

Ho intrecciato le dita non le sue. «Marissa non te ne aveva parlato?»

«No, però ho iniziato a notare delle cose. Aveva perso peso. Sembrava sempre stanca. Non lo so. Forse avrei dovuto prestare più attenzione, ma lei non era la mia ragazza. Non mi importava più di tanto.»

Ho percepito il suo disappunto. «Ti fidavi di lei.» Tutto cominciava ad avere senso. «Le altre dovevano essersene accorte. E la cosa le infastidiva.» Avevano distrutto Marissa perché lei piaceva a Mason. Mi sono chiesta cos'avrebbero fatto a me. Al pensiero mi è venuto un brivido. Io per lui ero molto più di un'amica. Mason non sapeva di preciso in che modo la tormentassero. I ragazzi non venivano mai coinvolti in queste faccende. Era una tacita regola, e io informandoli l'avevo infranta. Che cos'avevo combinato? No, non potevo ragionare così. Heather aveva ragione. Era ora che reagissi.

«Sì, forse. Sono sicuro di non essere al corrente neanche della metà di quello che le hanno fatto, ma la storia del manichino la so. Le foto sono finite dappertutto. La gente rideva di lei.»

«Dopo cos'è successo?»

«Altre cose.» Mi ha stretta di più, come se volesse proteggermi da tutto ciò. «Per esempio, le hanno rotto la serratura dell'armadietto. Prima veniva a scuola in autobus, ma alla fine l'accompagnavano i suoi.» La sua mano era diventata una morsa sul mio braccio. «Kate e il suo gruppo avevano molto potere sulle altre. Adesso, dopo che le abbiamo bandite, non più. Certe ragazze cominciano a mettersi contro di loro.»

Ho girato la testa per guardarlo. Aveva gli occhi chiusi e le sopracciglia inarcate.

«Non le ho fermate», ha aggiunto, «e avrei dovuto farlo. Io non sono un bullo, Sam. Non prendo di mira i più deboli per rendergli la vita un inferno; ma se qualcuno dà fastidio a me o a chi amo, combatto con tutti i mezzi che ho e sfrutto ogni sua debolezza per distruggerlo.»

Non iniziava mai una guerra ma la finiva. «Mason.»

Ha sollevato le palpebre, e il senso di colpa nei suoi occhi mi ha tolto il fiato. «Lei non ti aveva raccontato quello che stava succedendo. Non era la tua ragazza. I tuoi stavano divorziando. Non sei responsabile per le azioni di Kate.»

Il suo sguardo è diventato freddo. «Avrei dovuto fare qualcosa. Marissa era mia amica, una brava persona, e io non ho combattuto per lei come avrei dovuto. Sono colpevole perché non le ho fermate. Toccava a me occuparmene. Me ne sono tirato fuori, Sam. Hai ragione: il divorzio è stato uno schifo, poi Logan ha mollato Tate e le cose sono peggiorate. Marissa alla fine aveva smesso di parlarmi. Era come se fossimo diventati due estranei.»

«E a quel punto è finita?»

«No.» Era angosciato. Ho aspettato che continuasse. «Mi sono sentito sollevato quando se n'è andata. Sarebbe stata al sicuro.»

«Vi siete tenuti in contatto?»

Lui ha annuito. «Mi scriveva mail, rassicurandomi che non mi incolpava di quello che era successo. E io non le ho mai detto una parola a questo proposito.»

Mi sono seduta a cavalcioni su di lui. Mason si è buttato contro il divano e mi ha posato le mani sulle gambe. Io le ho coperte con le mie mentre mi guardava con gli occhi socchiusi. Ha serrato la mascella. Una parte del vecchio muro era di nuovo là.

Poi ha scosso la testa e ha intrecciato le dita con le mie. «Quando è venuta da Nate, ho fatto in modo che lui le stesse sempre vicino.»

«Ti scrive ancora?»

«Qualche volta. Ultimamente, però, non le ho risposto. Sono stato troppo preso da te e dal casino che è successo con tua madre.»

Ho percepito il conflitto che stava vivendo. Mason l'imbattibile, lo spietato, il ragazzo che mi aveva rubato il cuore. Lo avrei protetto come lui faceva sempre con me. Gli ho toccato la guancia e ho premuto le labbra sulle sue. È stato solo un bacetto dolce ma il mio cuore ha ripreso a correre. Ho sentito una fitta tra le cosce e mi sono sfregata contro di lui, mormorandogli: «Stavolta ci comporteremo diversamente. Finirà tutto bene».

Mi ha preso il viso tra le mani e ha dischiuso le labbra, dando libero sfogo al desiderio. Mi ha presa in braccio per depositarmi sul letto. Quella notte, mentre facevamo l'amore, ho sentito un bisogno impulsivo di proteggerlo. Se in passato mi ero preoccupata all'idea di poterlo perdere, ora i miei sentimenti erano molto più profondi. Mason non era riuscito a impedire a Kate di distruggere la sua amica e ne soffriva ancora, e io ero furiosa con lei per averlo messo in quella situazione. Avrebbe pagato per ciò che aveva fatto.

14.

Il giorno dopo a scuola tutti erano al corrente dell'accaduto. La notizia si era sparsa: Mason e Logan avevano bruciato i manichini. Qualcuno ingigantiva le cose, sostenendo che era stato dato fuoco all'intero negozio di abiti e dicendo che i Kade sarebbero stati arrestati. Una matricola che parlava con un'amica mentre andava al parcheggio del bus sosteneva addirittura che la zia di Natalie fosse morta nell'incendio.

Heather le aveva sentite e me lo stava raccontando. È scoppiata a ridere. «Che idiote!»

Ho messo il libro nell'armadietto prendendo quello per la lezione successiva. «Anch'io lo ero al primo anno. Ti ricordo che il mio ragazzo mi tradiva.»

«A proposito del tuo ex, è venuto da noi ieri sera con quell'altro... Adam?»

Mi sono stupita. «Se frequenta Adam, significa che sta scalando la gerarchia sociale dell'Academy.»

«Adam è il maschio alfa della tua vecchia scuola?»

«Sì.»

«È il ragazzo che hai evitato l'altra sera?»

Ci siamo incamminate nel corridoio. Mason voleva che lo aspettassi davanti al suo armadietto prima dell'allenamento. Appena abbiamo svoltato l'angolo, ho fatto una smorfia. «Sì. Lui vuole che siamo amici, ma in questo momento non me la sento.» Natalie mi è passata accanto guardandomi in cagnesco. All'ultimo ha fatto un passo di lato per darmi una spallata. Ho sollevato il pollice nella sua direzione. «Ho già abbastanza problemi. Non voglio complicarmi ulteriormente la vita.»

Heather l'ha guardata allontanarsi. «Sono state tranquille oggi», ha mormorato.

«Niente messaggi?»

«L'ultimo è di ieri pomeriggio. I tuoi vestiti erano ancora là dopo l'ora di ginnastica?»

«Non mi sono fatta la doccia.»

«Ah.»

Ci siamo fermate a osservare Kate davanti al suo armadietto. Era sola, una volta tanto.

«Non mi piace», ha detto Heather.

«Neanche a me.»

«Signore», ci ha gridato nelle orecchie Logan prima di infilarsi in mezzo a noi e di metterci le braccia sulle spalle. Ci ha strette facendo un verso di disapprovazione. «Non ho espresso abbastanza chiaramente i miei desideri? Quando venite a salutarmi, portate i cupcake e indossate quelle gonne che arrivano a metà chiappe. È un piacere per gli occhi e per la bocca, se capite cosa intendo.»

«Non sei stufo di provarci con la tua sorellastra?» ha replicato Heather.

«Futura sorellastra.» Ha sorriso, sfoggiando una fossetta. «Sei gelosa, Jax? Vuoi che ci provi solo con te? Si può fare, sai. Cupcake e gonne ad altezza delle chiappe. Non chiedo altro.»

Lei gli ha dato una gomitata nella pancia liberandosi dal suo braccio. «Come preferisci. Ma da quello che ho sentito non hai più tanto tempo libero.»

Ogni traccia di allegria è svanita. Ha tolto il braccio dalla mia spalla e si è irrigidito. «Di che stai parlando?»

«Di te e della mia ex migliore amica. Ho sentito che adesso vi date da fare quasi ogni sera.»

Lui l'ha scrutata con sospetto. «Chi te l'ha detto?»

«Perché, è un segreto?»

Logan ha contratto la mascella. «Non doveva essere di dominio pubblico.» Mi ha lanciato un'occhiata accusatoria.

Heather è intervenuta subito. «No, lei non ha detto una

parola. Arriva dritto dalla bocca di Tate. Se ne vantava in classe con Morgan.»

«Chi è Morgan?»

«Una della squadra delle parate.»

«Si stava vantando?»

Heather si è rivolta di nuovo a Logan. «A quanto pare. Credo che Morgan volesse farsi avanti con te dopo la partita di basket di venerdì sera. Tate le ha lasciato cordialmente intendere che eri troppo occupato per accorgerti delle altre.»

«Non stiamo insieme. Scopiamo. C'è differenza.»

«Allora sarà meglio che glielo spieghi, perché avanza pretese su di te. Siete stati insieme per due anni. Nessuno si meraviglia di questo ritorno di fiamma. Si sa che Tate è l'unica ragazza che tu abbia mai amato.» Heather mi ha guardato perplessa mordendosi il labbro. Ho avuto la sensazione che volesse aggiungere altro, ma poi ci ha ripensato.

Logan era diventato di ghiaccio.

«Perché la cosa ti sconvolge tanto?» gli ho domandato, confusa.

Si è voltato verso di me. «Che vuoi dire?»

«In passato tante altre ragazze hanno cercato di avere l'esclusiva. Comportati come fai di solito.» Sono rimasta in silenzio per qualche istante, prima di aggiungere: «Esci con qualcun'altra».

Lui aveva un'aria sconvolta, e questo mi disorientava. Normalmente avrebbe liquidato la faccenda con una risata.

«Sei innamorato di lei?»

«Che diavolo stai dicendo?»

«Non parlarle così.» Heather mi ha allontanata da lui.

Le ho messo una mano sul braccio per calmarla. Ero perfettamente in grado di affrontare Logan da sola. «Uscire con un'altra non dovrebbe essere un problema per te, invece vedo che lo è», ho insistito.

«No...» Logan si è interrotto e se n'è andato.

Mason stava venendo verso di noi con Ethan e Strauss. Logan è passato tra loro dandogli una spallata. Si sono fermati a guardarlo perplessi. Mason si è avvicinato a noi e ha chiesto: «Cos'è successo?».

Heather ha fatto per rispondere, ma l'ho anticipata. «Niente. È per via di un test.»

Mason mi ha scrutata. Il suo silenzio era come un calcio nel ventre. Gli avevo appena detto un'altra bugia.

«Test un cazzo», ha ribattuto Ethan con una smorfia di rabbia. Si è passato una mano tra i capelli biondo-rossicci ondulati prima di lasciarla ricadere lungo il fianco. Era più basso di Mason ma altrettanto muscoloso. Dall'espressione, non pareva affatto contento. «Logan non è il tipo da agitarsi per un test. Scommetto che c'è di mezzo Tate. Perché non lo hai ancora fermato?»

«Come no», ha detto Mason. «È risaputo che mio fratello fa *sempre* quello che dico io.»

«A volte però lo fa», ha osservato Strauss. «Aveva perso la testa per lei e sta succedendo di nuovo.»

«Quando parli del diavolo...» ha bisbigliato Heather, osservando qualcuno in fondo al corridoio. Tutto il gruppo ha seguito il suo sguardo. Tate era davanti al suo armadietto e stava ridendo con un ragazzo che non conoscevo. Aveva un fisico atletico e i capelli castani corti sparati in testa. Quando lei si è gettata una ciocca dietro la spalla, lo sguardo gli è caduto sulla maglietta. Si è raddrizzato e ha sfoderato un sorriso soddisfatto. Non avevo dubbi che avesse dato una bella sbirciata al suo décolleté. Poi Tate gli ha appoggiato una mano sul petto. Si è avvicinata di più, e il ragazzo ha trattenuto il fiato mentre le dita di lei scendevano fino ad afferrare la vita dei jeans.

«Che zoccola!» ha esclamato Ethan. «Lo è sempre stata e sempre lo sarà.» Ha lasciato il gruppo e, mentre superava la coppia che flirtava, ha fissato il ragazzo negli occhi. Qualsiasi tacito messaggio gli avesse trasmesso ha funzionato. Lui si è scostato da Tate, ha afferrato la borsa e si è allontanato di corsa.

Strauss ha riso sotto i baffi. «Be', se Tate non sapeva di essere entrata nella testa di Logan, adesso lo sa.»

Lei è rimasta in corridoio a fissarci con le braccia incrociate al petto.

Strauss le ha fatto il dito medio prima di seguire l'amico. Quando è arrivato alla sua altezza, le ha sorriso malizioso e le ha detto qualcosa prima di proseguire. Tate ha lanciato un'occhiataccia nella nostra direzione.

Mason è scoppiato a ridere. «Strauss gliele ha cantate.»

Heather ha scosso la testa. «Tate è sempre stata brava a incasinare la testa agli uomini.»

«Pensi che lo stia facendo con Logan?»

«No», ha risposto seccamente lei. Poi ha aggiunto: «O almeno lo spero, per il bene di Logan». Ha guardato Mason. «Non vorrei che restasse scottato.»

Ho avuto la strana impressione che Heather e Mason si fossero scambiati un tacito messaggio, ma lei ha cambiato subito argomento.

«Il tuo turno è giovedì, ma potresti lavorare qualche altra sera?» mi ha chiesto con un sorriso luminoso. «Non ho ancora rimpiazzato Anne e Lily.»

«Va bene. Quando hai bisogno di me?»

«Oggi, domani e giovedì. Il weekend è coperto.»

«Okay.»

«Basta che resti dalle cinque alle nove.» Quando ha alzato gli occhi al cielo, ho capito. Difficilmente avrei staccato alle nove.

Ho annuito. Mi stava bene lo stesso. «Dopo la scuola vado a correre. Ci vediamo tra qualche ora.»

«A più tardi.» Heather ci ha salutati prima di avviarsi verso il parcheggio.

«C'è qualcosa che non so?» ho chiesto d'impulso.

Mason ha spalancato gli occhi un istante per poi assumere un'espressione impassibile «Di cosa parli?»

Ero stufa di essere tenuta all'oscuro. «Sputa il rospo.»

«Non capisco.»

«Credi che sia cieca? Le vedo le occhiate che vi date. Cosa succede? Si tratta di Logan?»

«Sam.» Mason ha sospirato avvicinandosi a me. Mi aspettavo di sentirmi dire che Logan era di nuovo innamorato di

Tate, invece lui ha esclamato: «Non ne ho idea, sul serio». Quando l'ho inchiodato con uno sguardo d'accusa, ha sollevato le mani. «È la verità.» Mi ha attirata a sé. «Credo che Logan abbia qualche problema. Quando avrà voglia di parlarne, lo farà.»

«Tate non c'entra?»

«Non lo so, ma insiste col dire di non provare più niente per lei.»

Ho appoggiato la fronte sul suo petto. Lui mi ha scostato i capelli. Ho chiuso gli occhi godendomi quel lieve tocco affettuoso e ho inalato il suo odore. Alla fine mi sono scostata. Mason mi ha rivolto un sorriso che però non gli ha illuminato gli occhi.

«Allora è così», ho affermato d'impulso.

«Eh?» ha chiesto lui, circospetto.

«Mi stai mentendo.» Poi, nonostante lo amassi tanto, gli ho voltato le spalle e mi sono allontanata.

Avevo perso il conto di quante bugie ci eravamo detti. Avevamo imboccato una brutta strada e non avevo idea di come uscirne.

MASON

Erano due giorni che Sam mi aveva accusato di mentirle. Mi sentivo a terra, ma non potevo tradire mio fratello. Logan aveva in mente di scopare con Tate, farla innamorare e distruggerla come lei aveva fatto con lui. A me non piaceva, ma era una decisione sua. E stava a lui raccontarlo a Sam. Al momento però ero io a subirne le conseguenze. Ero stufo. Dopo l'allenamento di basket sono uscito nel parcheggio. Sam lavorava e sapevo che il mio fratellino sarebbe andato da Manny. Mangiavamo là ogni volta che Sam aveva un turno. Stasera, che lui lo volesse o no, le avrebbe parlato della storia di Tate.

Mentre mettevo la borsa in macchina, dietro di me ho sentito esclamare: «Hai un minuto?».

Mi si è gelato il sangue nelle vene.

Kate era sola, le mani in tasca, le spalle curve.

«Cosa vuoi?» Mi sono guardato attorno. «Le tue amiche salteranno fuori per aggredirmi?»

Lei si è rabbuiata. Doveva essere a caccia di informazioni. «Perché dici così?»

«È quello che volete fare a Sam, vero?»

«No.» Stava mentendo. Si è schiarita la voce e ha fatto una smorfia, mordendosi l'interno della guancia. «Vedendoti, non so neanche perché mi sia preoccupata.» Si è girata, pronta ad andarsene.

Avevo intenzione di divertirmi un po'. «Cosa vuoi chiedermi, Kate?»

Lei si è fermata e ha sospirato. «Ascolta, devo sapere se è finita.»

«A cosa ti riferisci?»

«Alla nostra storia.»

L'ho fissata. «Non c'è mai stato niente tra me e te.»

«Sì, invece. Ero la tua ragazza...»

«Eri quella che mi scopavo quando avevo bisogno di compagnia, perché non avevi l'abitudine di andare a letto con tutti. Questo c'era tra noi. Nient'altro.»

Lei ha deglutito. «*C'era* di più...»

«No, Kate», ho detto in tono piatto.

Ha estratto di colpo le mani dalle tasche e le ha chiuse a pugno, sollevandole in aria. Ho aspettato. Kate era una stronza. Non mi sarebbe dispiaciuto farle del male.

«Hai distrutto Marissa perché era mia amica. Adesso tocca alla mia fidanzata. Per cosa, poi? Per riavermi? Sei patetica, Kate.»

«Stai zitto, Mason. Tu non hai la minima idea del motivo per cui lo faccio.»

«Per il potere? Ormai lo hai perso da tempo.» Quando non c'è stata reazione, sono scoppiato a ridere. «Non vedi? Le ragazze ti si stanno rivoltando contro.»

«Pensi che seguiranno lei?» ha ribattuto sprezzante.

«No, ma prima o poi si accorgeranno che è simpatica. Una qualità che tu non hai. Di te avevano solo paura, ma adesso non più.»

«Dovrebbero averne, invece.»

«Perché?» Stava emergendo la sua vera natura. Adesso potevo leggerle dentro. «Vuoi prendere di mira ogni ragazza della scuola? L'unica cosa che otterrai sarà farle incavolare tutte.»

«Allora forse devo dare un esempio, così poi avranno paura di me. Non hanno idea di quello che posso fare.»

Sarebbe stato così facile rimetterla al suo posto, però mi sono trattenuto. «Ascolta il mio consiglio: lascia perdere se non vuoi ritrovarti completamente sola.»

«Che ne sai tu?»

«Adesso hai tre amiche, ma se continui a perseguitare Sam ti volteranno le spalle anche loro. Te le porterò via.»

Il suo ghigno è scomparso. «Non puoi.»

«Sì che posso.»

Kate mi ha studiato per capire se bluffassi.

«È la tua ultima occasione. Molla tutto e tieniti le tue amiche. Non interferirò in nessun modo. Ma se decidi di portare a termine il tuo piano, sappi che ti rovinerò. Non avrai più nessuno che stia dalla tua parte in questa scuola.»

Le è uscita una risata strozzata. «Ascoltami, idiota. Tu non sei Dio.»

«No, infatti lui non farebbe niente di tutto questo.» Ho lasciato che vedesse quanto ero crudele. Lei si è ritratta. «Se volevi sapere come stanno le cose tra noi, ti ho accontentata. Non c'è alcuna possibilità che i ragazzi ti considerino di nuovo loro amica. So quanto ti piaceva uscire con loro. Be', quei giorni sono finiti.»

«Non dovresti parlarmi così.»

«Ah no?» Stava perdendo il controllo e volevo sentire cos'altro avrebbe detto.

«Tu non sai niente, cazzo!» ha gridato.

"Continua, Kate. Dimmi tutto quello che non so. Spiegami il resto del piano."

Fremeva di rabbia. «Frequenti i bassifondi, ma il tuo paparino e la tua mammina sono pieni di soldi. I tuoi amici fingono di non saperlo, ma è così. Hai una borsa di studio. Andrai al college. Il tuo futuro è già ben delineato, Mason.

Gran parte dei tuoi compagni non possono permettersi la tua scuola di football della NCAA.»

«È da questo che nasce tutto? Dal fatto che andrò in una scuola migliore della tua?»

Il suo petto ha cominciato a sollevarsi e abbassarsi rapidamente. Gli occhi le brillavano per la rabbia. «Non hai visto casa mia? Conosci i miei. Mio padre è un ubriacone. Mia madre lavora sempre. Credi che abbiano messo via dei soldi per me? Io non andrò da nessuna parte, Mason, a differenza della tua preziosa principessa. Ho sentito che avrà una borsa di studio per l'atletica. Non è per questo che l'hai portata qui? Così probabilmente frequenterà il tuo stesso college del cavolo. Per merito tuo. Così va la vita. Tu chiedi e la gente fa. Sono stufa...»

«Sei stufa?» I miei occhi si sono ridotti a due fessure. «O sei incazzata?»

«Che coglione!»

«Mi hanno detto di peggio.»

«Questa è la mia scuola. Questo è il mio momento.» Kate è ammutolita per un istante, ma l'odio ardeva ancora dentro di lei. «Ci hai messe al bando, e tutti hanno obbedito. Non hai idea di quanto questo abbia peggiorato le cose per lei.»

«Se sei arrabbiata, prenditela con me. Lascia stare Sam.»

«Oh no. Tu sei intoccabile, ma la tua ragazza no. Starà male quando avrò finito con lei. Mi supplicherà di smettere, ma non lo farò. Quando te ne sarai andato al college, Mason, io sarò qui. L'unica cosa che mi darà piacere sarà distruggere la tua ragazza. Aspetta e vedrai.»

«Ripensaci», l'ho ammonita.

«No», ha ribattuto lei.

«Tu non distruggerai Sam.»

«Ah davvero?»

«Rompi le palle a chi amo, e io le rompo a te. Ti farò a pezzi, Kate, e non ti resterà niente.» Non ho aspettato di sentire altro. Sono salito in macchina e me ne sono andato.

15.

SAMANTHA

Il fine settimana è passato abbastanza serenamente. Sono stata a una partita di basket e a una festa. L'unico evento degno di nota è stato che Logan ha seguito il mio consiglio ed è uscito con una ragazza, che però aveva un'amica con le stesse aspettative. Le due hanno litigato. Sono volati un sacco di insulti, poi si sono prese per i capelli e si sono graffiate. E Logan? Alla fine se n'è andato con Tate. Mi ero preparata un discorso da fargli a pranzo per spiegargli perché dovesse smettere di vederla. Lo sapevo a memoria ma mi è morto in gola quando Tate è entrata nel ristorante con un altro ragazzo.

Logan non pareva per niente infastidito. L'ho studiato per tutto il tempo per cogliere una piccola reazione, ma niente. Poi ho capito. Non gli importava se lei stava con un altro. Sono rimasta spiazzata. Più tardi quella sera Helen ha voluto cenare con i figli e io mi sono defilata.

Mason mi aveva detto che Kate aveva in mente qualcosa, ma non mi è successo niente di sgradevole.

Quando sono andata a scuola lunedì, sull'arco all'ingresso dell'edificio ho visto uno striscione su cui spiccavano le parole ROUSSOU FA SCHIFO, scritte con la vernice spray. Heather mi ha spiegato che venerdì sera ci sarebbe stata una partita: la squadra di basket della Fallen Crest Public avrebbe affrontato la Roussou High.

Fantastico!

Per rovinarmi del tutto la giornata mi ha detto che venerdì la Fallen Crest Academy non avrebbe giocato, perciò i miei ex compagni sarebbero stati sugli spalti a godersi lo spettacolo.

Doppiamente fantastico!

Va da sé che non fossi di ottimo umore.

Venerdì mattina è scoppiata un'altra bomba.

Helen Malbourne sarebbe venuta alla partita.

«Sono sicura che si divertirà», ho commentato.

Mason mi ha guardata. «Heather lavora.»

«Sì. E allora?»

«Non vorresti vedere la partita insieme a nostra mamma?» ha chiesto Logan. «Si siede sempre in tribuna. Crede di essere una celebrità. A una partita di basket delle superiori... Peggio per lei. Dovrà vedersela con il commentatore, che non andrà tanto per il sottile.»

«Logan.»

«Cosa? La mamma si dà un sacco di arie, lo sai. Le voglio bene ma è un pallone gonfiato. Negli ultimi mesi è peggiorata.» Logan si è rabbuiato, restando in silenzio per un attimo. «Cazzo. Starà di nuovo con qualcuno?» Mi ha indicata. «Mi stupisce che non ci abbia ancora provato con David. A proposito, il coach frequenta ancora la mamma di Mark?»

Non mi aspettavo quella domanda. In verità non lo sapevo. Ho avuto un flash: quando Mason aveva accompagnato Jeff all'Academy, mio padre sembrava così diverso! Era più muscoloso e pareva in gran forma. Stava bene. Ho alzato una spalla e mi sono girata dall'altra parte. «Presumo di sì.»

Quel giorno sono andata a scuola con la mia macchina.

Nei corridoi tutti gridavano che la sera avrebbero fatto fuori quelli della Roussou. Sapevo che Mason e Logan non vedevano l'ora. Persino Heather sembrava eccitata, anche se si sarebbe persa la partita. A pranzo mi ero seduta al tavolo con lei e le sue amiche. Dopo l'episodio del furto dei vestiti Cory si era ammorbidita un po'. Un piccolo passo. In un giorno normale non ci avrei nemmeno fatto caso, ma il commento che Logan aveva fatto su mio padre mi aveva scossa.

I loro genitori erano presenti. E i miei? Mia madre era pazza. Il mio padre biologico viveva a Boston, e David... con lui non avevo più contatti. L'avevo visto per l'ultima volta il giorno in cui mi ero iscritta alla Fallen Crest Public.

Lui era andato avanti con la sua vita.

«Ehi!»

Qualcuno mi ha schioccato le dita davanti strappandomi a quei pensieri. «Che c'è?»

«Banda di stronze in avvicinamento. Occhio.»

Doveva essere stato il fratellastro di Channing, Max, a parlare. Nessuno si mostrava particolarmente amichevole con me, mi tolleravano per via di Heather.

Kate si era fermata al nostro tavolo e le altre tre Tomboy Princesses erano disposte a ventaglio dietro di lei. Come il resto degli studenti, Kate portava i colori della scuola: leggings rossi e una maglia nera trasparente, con sotto un reggiseno rosso. Aveva le mani sui fianchi e mi scrutava torva.

Ormai avevo fatto il callo alle occhiatacce. Mi sentivo quasi nuda se non ne ricevevo almeno un paio al giorno.

Le ho sorriso. «Vorrei essere una pompa elettrica. Per ogni sguardo truce che ricevo potrei gonfiare un palloncino con una faccia sorridente.»

Heather ha sbuffato.

Alcuni ragazzi hanno sogghignato.

«Adesso ne gonfierei uno rosso e nero.» Ho indicato gli abiti di Kate. «Si intonerebbe con i tuoi vestiti.»

Ho colto il vago sorriso di Cory, ma lei si è affrettata a nasconderlo appena ha notato che la osservavo.

Il ghigno di Kate si è trasformato in ringhio. «Pensi di essere spiritosa?»

Una delle Tomboy Princesses ha commentato: «Forse prende lezioni da Logan».

Un'altra ha sbuffato. «Probabilmente hai ragione, e non solo su questo.»

A quel punto avevo un sorriso che andava da un orecchio all'altro, ed era sincero. «Hai parlato di lezioni. Intendi forse dire che sono stupida?» Ho iniziato a contare sulla punta delle dita. «Sono brutta. Sono stupida. Sono una zoccola. Questi sono i tre insulti standard che gli imbecilli usano di solito per offendersi a vicenda. La storia del manichino mi aveva dato una speranza. Pensavo che stessi facendo progressi, invece poi ho saputo che anche quella era riciclata. Dovete inventarvi qualcosa di nuovo, ragazze. Sapete cosa si dice dei comici?» Davanti alle loro facce inespressive ho annuito. «Se le battute sono vecchie, il numero è noioso. Se volete continuare a incutere paura, vi serve un repertorio inedito.» Mi sono alzata e ho dato un colpetto sulla spalla a Kate. «Puoi farcela. Io credo in te.»

Logan si è stagliato sulla porta e l'ha tenuta aperta. Mason era dietro di lui. Mi hanno vista subito. Mi sono chiesta se qualcuno li avesse avvertiti.

Kate mi ha afferrata per un braccio e me lo ha torto. Furiosa, ha stretto la presa e mi ha sibilato: «Molla la scuola. È l'ultimo avvertimento».

Avevo un'altra provocazione sulla punta della lingua ma mi sono trattenuta. Gli scherzi erano finiti.

Kate notando la mia espressione ha sgranato gli occhi, mi ha lasciato andare il braccio e ha cominciato a indietreggiare, ma era troppo tardi. L'ho afferrata per una mano e le ho detto: «Scommetto che questo non te l'aspettavi». Dopodiché l'ho presa per i capelli e le ho sbattuto la testa sul tavolo.

Per un istante è calato il silenzio. L'unico rumore che sentivo era il battito del mio cuore, calmo e regolare.

Bum.

«Che stronza!» ha gridato qualcuno. Per me era solo un vago ronzio.

Bum.

La gente urlava. Ho sentito imprecazioni e un rumore di passi pesanti sul pavimento. Seguivo tutto quello che stava accadendo in un'area remota della mia mente. Ho afferrato più saldamente Kate per i capelli, tenendole bloccato il braccio e cercando di sollevarle la testa per sbattergliela di nuovo contro il tavolo. Stava gridando. Ho visto la sua bocca aprirsi e il lampo di terrore negli occhi, poi qualcuno mi ha trascinata indietro e mi ha dato un pugno sulla guancia. Mi ha fatto male, ma la sensazione di torpore non è svanita.

Bum.

«Ti spaccheremo il culo.»

Mi avevano sputato addosso. Mi sono girata per lanciarmi contro chiunque ci fosse alle mie spalle. Era una ragazza con i capelli neri. Jasmine? L'ho colpita in faccia.

«Oh cazzo!»

«Ahhh!»

«Toglietegliela di dosso!»

Mi stavo preparando a sferrare un altro pugno quando mi sono sentita sollevare. Due braccia forti mi hanno stretta. Scalciando e cercando di liberarmi ho urlato: «Lasciami andare!».

«Sono io. Basta, Sam.»

Kate era sostenuta da due ragazzi. Natalie e Parker le stavano accanto e mi fissavano con odio. Una ha scostato i capelli dalla fronte di Jasmine e le ha controllato il viso. Ho strillato. Volevo picchiarle tutte. «'Fanculo.» Ormai ero assetata di sangue.

Ho conficcato le unghie nel braccio che mi tratteneva. Dovevo liberarmi. Il bisogno di fare a botte si era trasformato in frenesia. Tante persone mi avevano fatto del male: Analise, David, Garrett, Jeff, Lydia, Jessica, Becky, Adam... Volevo ricambiare.

Bum bum bum.

«Lasciami andare», ho ripetuto con la voce rotta.

Alle mie spalle si è levata una sfilza di improperi, poi ho sentito: «Sam, sono io. Smettila».

Bum bum bum.

«Sam», mi ha urlato nell'orecchio.

«Portala via. Staranno tutti zitti.»

«Non credo proprio», ha ribattuto Mason al di sopra della mia testa.

«Ci pensiamo noi. Tu portala via.»

«Va bene.» Mi ha portata fuori e mi ha depositata a terra. Faceva freddo ma non lo sentivo. Ero bollente. Nel frattempo avevo in parte ripreso il controllo, anche se ero ancora furiosa. Mi tremavano le mani e ho lasciato cadere la testa sul petto. Faticavo a respirare e non riuscivo a pensare con lucidità. L'impulso di precipitarmi dentro di nuovo era fortissimo. Ho fatto per muovermi, ma Mason mi ha presa per la vita, mi ha spinta contro il muro e si è piazzato davanti a me.

«Smettila», ha bisbigliato tenendomi una mano sullo stomaco. Il suo tocco però era delicato. Ho fatto qualche respiro profondo a occhi chiusi. "Calmati."

«Sam?»

Ho sollevato una mano: mi serviva qualche minuto. Stavo cominciando a rendermi conto di cosa avevo fatto. Ci sarebbero state delle conseguenze, però non mi interessava. Mi sono sforzata di ricordare perché una volta mi preoccupassi per cose del genere.

In quel momento mi è tornata in mente una frase di Mason: "Tuo padre sembra tutto muscoli. Non male per un uomo della sua età". E la mia risposta: "Non me ne frega niente".

Non era affatto vero. Ero stata una stupida a pensare il contrario.

«Sam?»

Sentendo la preoccupazione nella sua voce mi sono sciolta. Tutta l'aggressività è svanita, e sarei voluta scomparire. «Mason», ho mormorato.

Lui mi ha presa in braccio. Gli ho stretto le gambe attorno alla vita e lui si è girato, appoggiando la schiena al muro e scivolando giù fino a sedersi per terra. Ha iniziato ad accarezzarmi i capelli e a massaggiarmi la schiena. Mi sono aggrappata a lui. Un attimo prima ero pronta a fare a pezzi qualcuno e adesso dovevo sforzarmi per trattenere le lacrime.

«Mi dici perché ti sei comportata così?»

«A parte il fatto che Kate è una stronza?» ho bisbigliato contro la sua spalla.

Mason ha riso. «Sì», mi ha risposto, continuando a massaggiarmi la schiena.

«Stai dicendo che non se lo meritava?»

«Sam.»

Mi sono scostata leggermente per incrociare il suo sguardo. «Scherzavo.»

«Ehi, amico.»
«Ciao.»
«Accidenti...»
Da dietro l'angolo erano spuntati tre ragazzi. Indossavano abiti neri in cui sembravano scomparire, tanto erano pelle e ossa. Dovevano essere del primo anno. Appena ci hanno notati si sono fermati di colpo.
«Andatevene», ha abbaiato Mason.
Due si sono dileguati, ma uno è rimasto.
«Subito», ha ingiunto lui.
Il ritardatario ha seguito i suoi amici.
«Ehi.»
Abbiamo guardato nell'altra direzione. Davanti alla porta c'era Logan. Heather ha fatto capolino alle sue spalle cercando di uscire. Lui l'ha afferrata per un braccio spingendola indietro. Quando ha opposto resistenza, si è allungato per sbarrarle la strada con un braccio.
Heather lo ha guardato male, poi si è spostata per vedermi meglio e mi ha rivolto un sorriso dolce. «Stai bene?»
Ho annuito. «Com'è dentro?»
«No.» Logan ha chiuso la porta.
«E dai», ha protestato Heather. «Sono sua amica. Lascia che le parli.»
«Dacci un minuto.» Non era una richiesta. Quando Heather ha cercato di riaprire la porta, Logan ci si è appoggiato contro. «Un minuto, Jax.»
Lei ha sbuffato. «Concesso, Kade.»
Logan ci ha detto: «Sto tremando di paura».
Mi sono rabbuiata. Mason si è alzato. Quello non era il momento più opportuno per sciropparsi i commenti sarcastici di Logan.
«È stata una scena trucida?» ho chiesto.
«Non vi siete di certo prese per mano o abbracciate», ha borbottato lui in tono caustico. «Sam, non è stato bello.»
«Rilassati, Logan.»
«C'è sangue sul tavolo...» Logan si è interrotto stringendo la mascella. «Stai bene, Sam?»

Stavo per rispondere, ma Mason mi ha anticipata. «Sì, sta bene. Ha preso un pugno, ma è forte.»

Logan ha inveito. «Non è stata una buona idea cercare guai. E se chiamassero Analise?»

«Cosa possiamo fare?»

«Qualcuno ha iniziato a parlare, perciò ho detto al preside Green che Kate e Jasmine si sono picchiate. Loro ovviamente daranno la colpa a Sam, ma tanto è risaputo che la odiano.»

«Gli altri sosterranno la tua versione? Basterebbe che una matricola spifferasse tutto...»

«Non succederà.» Logan ha fissato suo fratello, e si sono scambiati un tacito messaggio. «Le spie non hanno mai vita facile.»

«Non mi importa se finisco nei guai», ho affermato, anche se avevo un nodo allo stomaco. Logan aveva ragione. Se il preside avesse convocato Analise, mi avrebbe costretta a tornare a vivere con lei. «Se mi accuseranno, racconterò tutto quello che Kate mi sta facendo: le minacce, gli SMS, il furto dei vestiti.»

Si è sentito battere sulla porta dall'interno. «Fatemi uscire. È anche mia amica. Logan!» ha urlato Heather.

«Aprile.»

Logan ha annuito e si è allontanato dalla porta. Heather è arrivata come una furia e gli ha tirato un pugno nella pancia. Lui non si è mosso, non ha nemmeno battuto ciglio.

Lei si è fregata le mani prima di sibilargli: «Non è stato carino. Pensavo che vi fidaste di me. Ti sei comportato da stronzo».

Logan l'ha ignorata e mi ha detto: «Io vado. Ci vediamo dopo, Sam. A proposito, pazzesco quel gancio».

Mason è rimasto dov'era, e Heather gli ha lanciato uno sguardo di disapprovazione. Lui mi ha stretta a sé.

«Non puoi perdere le lezioni», gli ha detto lei. «Se no non ti permetteranno di giocare. Va', Mason. A Sam ci penso io.»

Lui era riluttante.

«Sto bene.» Cominciavo a sentire la guancia pulsare, ma Mason non poteva farci niente. «Dico sul serio. Ci sentiamo dopo la scuola.»

Alla fine ha annuito e si è chinato per darmi un bacio. Quando ha guardato Heather, ho capito che avrebbe voluto dirmi qualcosa ma non lo avrebbe fatto in sua presenza. Si è incamminato a grandi passi e si è chiuso la porta alle spalle.

Heather mi ha fissata perplessa, le mani sui fianchi. «Perché diavolo l'hai fatto?»

Ho sospirato. «Mi manca mio padre.»

16.

Dopo la rissa Heather mi ha proposto di andare a casa sua. Il livido sulla guancia non era troppo grande e sarebbe stato facile nasconderlo con il trucco. Mi ha chiesto se avrei avuto problemi per aver saltato le lezioni. Pensavo di no. Ero nuova, e la maggior parte degli insegnanti non faceva l'appello, perciò non si sarebbero neanche accorti della mia assenza. Appena arrivate, abbiamo incrociato suo padre che tornava dal ristorante. Heather mi ha indicata dicendo: «Sono state le stesse ragazze».

Lui ha annuito. «Bisogna sapersi difendere.» Dopodiché se n'è andato.

Quando ho domandato spiegazioni a Heather, lei mi ha detto che gli aveva raccontato tutto. Suo padre era al corrente delle minacce di Kate. Essendo un uomo pragmatico, se anche si fosse rivolto al preside, sapeva che nessuno avrebbe mosso un dito contro quelle ragazze. Perciò l'aveva incoraggiata a difendersi e le aveva garantito il suo sostegno.

«Mio papà non è uno stupido. Con quel tipo di bulle non c'è molto che un genitore possa fare. E se finiscono nei guai, la volta dopo combinano di peggio.»

Ho annuito.

Non sapevo se quella di suo padre fosse stata la decisione giusta. D'altra parte i miei non erano certo dei genitori modello. Almeno lui con sua figlia parlava. Per lei c'era e l'avrebbe aiutata in caso di bisogno.

Heather mi ha distratta dai miei pensieri. «Stasera andrai lo stesso alla partita? Potresti stare con i miei amici. Ti ricordi di Max, il fratellastro di Channing? Quello con i capelli neri sparati, la maglietta strappata e il corpo pieno di tatuaggi? Ci saranno anche Cory e Rain.»

Ho sorriso. Cory era come un gatto selvatico, ma da qualche tempo con me si era un po' sciolta, tanto che non mi soffiava più in faccia.

«Però potresti incontrare alcuni dei tuoi vecchi amici.»

Mark ci sarebbe stato di sicuro. Forse anche sua madre, e questo significava... David.

Alcune ore dopo davanti a scuola c'era il mondo. Non si trovava un posto per parcheggiare nel raggio di quattro isolati. Alla fine ho infilato l'auto in un buco vicino al campo da football, l'ho attraversato di corsa superando il parcheggio e, appena ho notato la fila serpeggiante davanti all'ingresso della palestra, mi sono intrufolata dentro da un ingresso laterale. Ho oltrepassato un cancello e mi sono unita alla baraonda. C'era un vocio assordante. La gente era in coda per comprare da bere o da mangiare, o per andare in bagno, e l'atrio era gremito.

Non avevo fatto molta strada quando mi sono sentita toccare sul braccio.

Era Mark. «Ciao», mi ha gridato nell'orecchio.

Gli ho sorriso. Era amico di Logan, però da quando sua madre aveva iniziato a frequentare David tra noi si era creato un certo imbarazzo.

Lui si è avvicinato. «Ti piace la nuova scuola?»

Ho fatto un cenno d'assenso mentre mi guardavo attorno. Non c'era traccia di sua madre. Ho notato Adam in un angolo, con un braccio attorno alla vita di una ragazza.

Mark doveva essersi accorto che lo avevo visto, perché mi ha urlato: «Adam ha una nuova ragazza. Si è trasferita qui questo semestre». Ha fatto una risatina. «O almeno gli piacerebbe. Non penso che stiano insieme ufficialmente».

La ragazza era carina. Aveva capelli ondulati biondo grano che le ricadevano sulle spalle e un fisico minuto. Appena Adam mi ha vista, si è irrigidito. Lei ha alzato gli occhi, e ho notato che erano di un verde mozzafiato.

Li ho salutati. Adam mi ha risposto con un cenno brusco. Lei ha continuato a osservarmi, un po' confusa. Si è portata una mano al petto e ha inclinato la testa all'indietro. Quando lui ha contratto la mascella, ho capito che gli aveva chiesto chi fossi.

Mi sono voltata verso Mark, che si è stretto nelle spalle. «Si chiama Kris. Adam è pazzo di lei.»

«Cass sarà su tutte le furie», ho commentato.

«Non ne hai idea.» Sembrava divertito. «Ci manchi.»

Nel sentirlo sono rimasta perplessa.

«Mi manchi, e so che manchi anche a Adam. Non tutti ti odiano.» Poi Mark mi ha scrutata da capo a piedi facendo un fischio di apprezzamento. «Ti trovo bene, Sam. La scuola pubblica evidentemente fa per te.»

«Fino a stamattina ti avrei dato ragione. Anche tu sei in forma.» Ero sincera. Mark aveva un bell'aspetto, anche se personalmente non ero attratta da lui: un metro e ottantacinque, spalle larghe, capelli scuri e gli occhi a mandorla come sua madre. I suoi modi alla mano e il suo sorriso contagioso erano una calamita per le ragazze. Ero sicura che potesse avere chi voleva.

«Logan sarebbe fiero di me. Sto facendo un esercizio che mi ha consigliato lo scorso fine settimana...» Si è interrotto. «Non te lo ha detto?»

«Vi siete visti?»

«Be', andiamo alle stesse feste, ricordi? Anche se noi della FCS ormai siamo invitati raramente a quelle della scuola pubblica. Molti pensano che sia per colpa tua, perché non ci vuoi più frequentare.»

Alla Fallen Crest Academy ero stata il nemico pubblico numero uno. Che splendidi ricordi... Non era cambiato molto nella nuova scuola. «Di cosa parlate?»

«Eh?»

«Tu e Logan.» In realtà non era questo che volevo chiedergli.

«Oh, il solito: di ragazze, di palestra. E tu di cosa parli con lui?»

Una palpebra aveva cominciato a tremolarmi. Al diavolo. «Tua mamma sta ancora con David?» Il cuore ha preso a battermi forte.

«Sì.»

«Un paio di mesi fa mi avevi detto che si sarebbero sposati.»

«Lo so.» Mark mi ha guardata, imbarazzato. «Be', avevo capito male. Allora i tuoi non erano ancora divorziati, ma adesso sì. Giusto?»

«*Tua* mamma e *mio* papà sono qui?» gli ho gridato nell'orecchio. La folla era raddoppiata e ci stava schiacciando. Non vedevo più Adam.

«Sì, sono con il gruppo degli adulti. Perché?»

«Così, tanto per sapere.»

Mark ha aggrottato la fronte. «Ho forse detto qualcosa di sbagliato?»

«No, figurati.» Gli ho dato una pacchetta sul braccio per rassicurarlo mentre in me sentivo crescere il tumulto. «Vado a cercarmi un posto.»

«Aspetta.» Lui mi ha toccato sulla spalla. «Abbiamo saputo che stasera c'è una festa da Fischer. Ci andrai?»

«Probabilmente sì.» L'ho salutato allontanandomi. «A dopo.»

«Okay.» Mark ha alzato la mano di scatto. «A dopo.»

Prima di entrare nella palestra strapiena dovevo andare in bagno, ma c'era una coda interminabile. Ho sentito un brusio provenire dall'interno, seguito da un urlo assordante della folla. Le squadre dovevano essere appena uscite dagli spogliatoi, perciò dovevo sbrigarmi. Ho svoltato l'angolo per imboccare un corridoio buio e raggiungere i bagni dalla parte opposta della scuola. Sarei tornata in tempo per la fine del riscaldamento.

Ho spinto la porta: il bagno era vuoto. Dopo aver fatto pipì mi sono lavata le mani. Ho azionato l'asciugatore e, mentre mi giravo verso il getto d'aria calda, ho percepito qualcosa e mi sono bloccata.

Kate era lì, nel minuscolo bagno, con Parker al fianco e Jasmine e Natalie alle spalle. Natalie ha chiuso la porta. Erano tutte vestite di nero e portavano una felpa con il cappuccio. Se lo sono abbassato simultaneamente, mostrando i capelli raccolti in una coda.

Mi sono sentita male.

Non potevo né uscire né chiamare aiuto. «È la vendetta che cercate?»

Lo sguardo di Kate è diventato feroce. Ha sollevato il labbro superiore ringhiando: «Questa non è una vendetta. È la tua punizione».

Parker ha sfoderato un ghigno, le mani strette a pugno lungo i fianchi.

Ho deglutito.

Erano pronte ad aggredirmi.

Kate ha grugnito facendo un passo avanti. «Avresti dovuto lasciare la scuola. Ti avevo dato un ultimatum.»

Natalie ha esclamato da dietro: «È giunta l'ora».

Le luci si sono spente. I rumori e le voci mi arrivavano ovattati come era già successo qualche ora prima a scuola. Il mio respiro era diventato assordante. Il cuore ha preso a battermi veloce, ma la paura rischiava di paralizzarmi.

Mi sono staccata dal lavandino per schizzare in un gabinetto. Hanno cercato di trattenermi per la maglietta, ma non ci sono riuscite. La manica si è strappata. Senza voltarmi ho sferrato un pugno. In risposta c'è stato un grido. Doveva essere stata Kate. Sono entrata nel cubicolo centrale e ho chiuso la porta. Poi mi sono gettata per terra per strisciare in quello accanto.

«È qua», ho sentito dire.

Un piede mi ha calpestata.

'Fanculo.

Il piede si è sollevato per darmi un calcio. Ho allungato un braccio alla cieca per fermarlo, e quello mi ha schiacciato le dita. Avrei voluto gridare ma mi sono trattenuta. Neanche un suono. Neanche una lacrima. Neanche un lamento. Non avrei dato loro quella soddisfazione. Lottando contro il dolore, ho sollevato una spalla, facendo ruzzolare all'indietro la proprietaria del piede.

«Maledizione, Parker.»

«È stata quella stronza.»

«Accendiamo le luci.»

«No, qualcuno potrebbe insospettirsi.»

«State zitte e prendetela», ha abbaiato Kate.

Aveva la voce sofferente. Dovevo averla colpita con più forza di quanto pensassi. Poi una di loro si è stesa per terra per strisciare dentro. Le ho sferrato una pedata.

«Ahia! Troia!»

Mi sono messa a scalciare. All'improvviso due mani mi hanno afferrata per un braccio e mi hanno trascinata fuori. Mi sono rimessa in piedi e ho cercato di allungarmi verso la porta. Niente da fare. Mi hanno spinta, facendomi cadere a terra. Non sono riuscita nemmeno a girarmi prima che una gragnola di pugni mi colpisse.

Sul mento.

Sugli occhi.

Sulla testa.

Sullo stomaco.

Mi hanno tirato i capelli.

Mi hanno strappato la maglietta.

Dopo sono cominciati i calci.

Non si fermavano. Non potevo reagire. Ormai avevo gli occhi talmente gonfi che non riuscivo neanche ad aprirli. Ero completamente inerme. Il dolore mi stava sopraffacendo.

«Ehi!»

"Grazie al cielo", ho pensato. Il pestaggio si è interrotto.

La porta si è spalancata e qualcuno si è bloccato di colpo sulla soglia. «Oddio», ha esclamato con voce strozzata.

«Tu...» ha detto Kate in tono minaccioso.

La persona è scappata.

Nessuna di loro si è mossa. Kate ha chiuso la porta urlando: «Fermatela!».

«Ormai è andata. Dovremmo farlo anche noi», ha ribattuto Natalie.

«Non abbiamo finito.»

«Non riesce nemmeno più a muoversi. Andiamo.»

«No.»

«Kate, non puoi ucciderla. E poi quella tizia ci ha visto. Dobbiamo beccarla prima che lo dica a qualcuno.»

«Pensi che farà la spia?» ha chiesto Jasmine con voce tremante.

«Sì», ha risposto bruscamente Natalie. «Quell'idiota porterà qui qualcuno che aiuti questa puttana. Andiamo.»

Mi ha scavalcato sferrandomi un ultimo calcio prima di uscire. Le altre hanno indugiato, e lei dal corridoio ha strillato: «Datevi una mossa, cazzo!».

A turno mi hanno rifilato un'altra pedata prima di seguire la loro amica. Ero paralizzata dal dolore ma non avevo perso conoscenza. Quando la porta si è chiusa, sono rimasta stesa a terra, sola, cercando di respirare. Non c'era una parte del corpo che non mi facesse male. In bocca sentivo il sapore metallico del sangue.

"Ti prego, fa' che non lo dica a Mason o a Logan", pregavo tra me e me. "Chiunque altro ma non loro." Se mi avessero vista in quello stato, avrebbero perso il controllo e fatto qualcosa di terribile. Non volevo perderli.

«Qui dentro», ho sentito gridare in fondo al corridoio. Le sneaker colpivano con forza il pavimento. I passi si sono avvicinati.

La porta si è aperta, e una voce di donna ha esclamato: «Oddio».

Non erano Mason e Logan. Forse si trattava di una sconosciuta. Ho cercato di sollevare una palpebra ma non riuscivo a mettere a fuoco.

Un paio di mani mi ha sfiorato con delicatezza mentre la donna si inginocchiava accanto a me. «Oh cielo. Samantha?»

«La stavano picchiando. Tutte e quattro», ha detto la ragazza di poco prima.

«Chi, tesoro?» Quella voce mi trasmetteva un senso di calore. La donna mi ha preso il viso per girarlo verso la luce e ha trattenuto il fiato, poi ha alzato lo sguardo. «Chi è stato a ridurla così?»

«Delle ragazze.»

Conoscevo quella voce. Era Cory, l'amica di Heather.

La donna ha chiesto: «Tu e la tua amica potete andare a cercare una persona?».

«Chi, il preside?»

«Sì, cara, ma anche qualcun altro.»
«Okay.»
«Ti ricordi il signore che era con me?»
«Sì.»
«Va' a chiamarlo.»
La donna mi ha posato una mano sul braccio. La sua presa era forte e rassicurante. Avevo davvero bisogno che mi trasmettesse un po' del suo coraggio.
«Cerca di non attirare troppo l'attenzione.»
«Chi è l'uomo che devo portare qui?» ha chiesto Cory.
«Il padre di Samantha.»
Quando la porta si è richiusa, la donna si è spostata in modo che potessi vederla. Con gli occhi scuri e i riccioli castani che le incorniciavano il volto, Malinda Decraw mi ha rivolto un sorriso esitante. Ha annuito, come se volesse rassicurare sé stessa. «Chiameremo aiuto, Samantha. Tranquilla, tesoro.» Le è sfuggito un singhiozzo. «Andrà tutto bene.» Mi ha scostato i capelli con la mano e ha ripetuto, quasi parlando tra sé e sé: «Andrà tutto bene...».

17.

Il papà c'era.

Quel pensiero mi girava in testa come un disco rotto e per qualche ragione alleviava un po' il mio dolore.

David è arrivato con il preside Green. Dopo essere entrati sono rimasti tutti e due in silenzio. Non riuscivo a vederli mentre Malinda continuava a darmi colpetti affettuosi sulla mano. Non sapevo nemmeno se Cory fosse lì con loro.

Appena hanno iniziato a discutere sul da farsi e ho sentito la parola ambulanza, ho cercato di protestare. Quando ho schiuso le labbra, il sangue mi è sceso in gola e ho dovuto deglutire per poter parlare. «No», ho mormorato.

«David», è intervenuta Malinda senza lasciarmi la mano. Aveva un tocco così delicato! «Samantha sta cercando di dire qualcosa.»

«Ciao, tesoro.» David si è fatto avanti entrando nel mio campo visivo.

«Non chiamatela.»

«Cosa dici, tesoro? Sammy, amore.» Si è inginocchiato avvicinandosi di più alle mie labbra.

«Non chiamate l'ambulanza. Posso camminare.»

«Samantha.» Lui si è allontanato e l'ho sentito tirare su con il naso. Poi è tornato da me. «Non devi muoverti. Potresti avere un'emorragia interna», mi ha detto.

Ho pensato a Mason e Logan. Chissà come avrebbero reagito... Poi mi ha sfiorato il pensiero che potessero credere che i responsabili del mio pestaggio fossero i Broudou. Sarebbe stato ancora più grave. Ho bisbigliato di nuovo: «No, ti prego no».

«Mi dispiace, tesoro.» David ha fatto per prendermi la mano ma si è fermato.

«Non credo che le faccia male», lo ha incoraggiato Malinda.

Lui ha chiuso gli occhi e fatto un paio di respiri profondi, poi si è allungato per accarezzarmi le dita con delicatezza. «Tesoro, il preside ha già provveduto.»

Ho trattenuto il fiato.

«Li faremo entrare dall'ingresso in fondo. La gente alla partita non si accorgerà di niente.»

Dal sollievo mi sono sgorgate altre lacrime che mi hanno rigato il viso. Bruciavano al contatto con le ferite.

«Non vuoi che Mason e Logan ti vedano in questo momento, vero?» ha aggiunto mio padre.

Ho scosso la testa, poi ho richiuso gli occhi. Ora mi sembrava di respirare più facilmente. David aveva capito la mia preoccupazione. Mason e Logan avrebbero saputo tutto in seguito. Speravo di poter essere io stessa a dirglielo.

Quando mi hanno caricata sulla barella, mi sono accorta che non riuscivo a fare nessun movimento. Mi facevano male le costole e avvertivo un'oppressione al petto e fitte acute in tutto il corpo.

In corridoio ho visto Cory vicino gli armadietti. Era là con Rain, rannicchiata alle sue spalle. Quando ha incrociato il mio sguardo, ha sollevato un angolo della bocca. Ho tentato di dirle grazie. Mi aveva salvata.

Mi hanno portata fuori da un'uscita posteriore. L'aria fredda mi ha sferzato il viso.

«Chi è?»

Il preside Green ha fatto un verso d'esasperazione. «Se siete qui per la partita, dovreste essere in palestra.»

«No, non siamo qui per quello.»

«Allora vi siete introdotti abusivamente in questa scuola», ha detto Green alzando la voce. «State lontano da lei.»

«Si rilassi...» In quel momento ho visto Brett Broudou in piedi che mi sovrastava. Quando mi ha riconosciuta, ha sgranato gli occhi ed è rimasto a bocca aperta. La sigaretta che stringeva tra le labbra è caduta per terra. «Oh cavolo...»

«Chi è, Brett?»

Doveva essere stato Budd a fare quella domanda.

Brett continuava a fissarmi, perciò ho ricambiato lo sguardo. Nei suoi occhi ho colto diverse emozioni contrastanti mentre mi chiedeva: «Chi ti ha fatto questo?».

«Ora basta.» Il papà si è avvicinato e lo ha spinto indietro. «Deve andare in ospedale, figliolo.»

«Figliolo», ha ripetuto Budd. Gli è sgorgata dalla gola una risata aspra. «Hai sentito, Brett? Il vecchio ti ha chiamato "figliolo"...»

«Taci», lo ha interrotto bruscamente suo fratello. Poi, addolcendo il tono, ha chiesto: «Si riprenderà, signore?».

Mio padre lo fissava perplesso. «Siete suoi amici?»

Dovevo assolutamente fermarlo.

«L'ho conosciuta da Manny, signore.»

«E dai, Brett», ha borbottato Budd. «Non essere ridicolo. Questa ha la gnocca fuori uso. Concentriamoci sui Kade.»

Quelle parole hanno attirato l'attenzione di David, che ha sollevato di scatto la testa in direzione di Budd. Brett ha sussultato prima di sparire dalla mia vista.

«Andiamo.» Il preside Green ha fatto un passo avanti e ha battuto una mano sulla porta dell'ambulanza. «David, sta' tranquillo. Conosco questi due. Non possono assistere alla partita. Chiederò alla sicurezza di occuparsene. Tu va' con tua figlia.»

«È sua figlia?» ha domandato Budd.

«Che importanza ha? Adesso dobbiamo filarcela.»

Il preside Green li stava osservando. Mi ha lanciato un'occhiata rassicurante prima di bisbigliarmi: «Non parlerò, Sam».

Ho provato un enorme sollievo mentre mi sgorgavano le lacrime.

«David», ha detto il preside mentre i paramedici mi caricavano sull'ambulanza e mi sistemavano, «puoi andare con lei. Malinda ti raggiungerà con la tua macchina.»

«Okay.»

David è salito sull'ambulanza e si è seduto il più possibile vicino a me. Le porte si sono chiuse e poco dopo il motore si è acceso. Mentre uscivamo sulla strada, lui mi ha preso la mano. Non lo avevo mai visto così triste. Si è asciugato una lacrima e si è sforzato di sorridere. «Non preoccuparti, tesoro. Ti cureranno e andrà tutto a posto.»

"No, papà. Non andrà tutto a posto."

Mentre lo pensavo, mi sono resa conto che lui non poteva saperlo.

MASON

Quando ho lasciato lo spogliatoio, la palestra era semivuota. Tanti sarebbero andati da Manny e poi alla festa di Fischer. Sapevo che Logan era in fermento. Appena l'ho visto saltellare su e giù vicino alle tribune, con nostra madre che lo guardava, ho alzato gli occhi al cielo. Sembrava pronto ad aggredire qualcuno.

«Tesoro.» Helen si è alzata e mi ha rivolto un sorriso. Se ci fosse stata Sam, sapevo che si sarebbe sentita in imbarazzo, perché mia madre si vestiva in modo molto vistoso. A me invece non importava. Mi ha stampato un bacio sulla guancia dandomi una pacca affettuosa sulla spalla prima di sistemarsi i capelli. «Siete stati favolosi. È stata una partita combattuta, vero?»

Logan ha sbuffato mentre continuava a saltellare. Si è fregato le mani prima di alzarle di scatto in aria.

«Abbiamo vinto per quattro punti. Sì, direi che è stata combattuta, mamma.»

«Be', vedi che me ne intendo un po' di basket?»

«Hai per caso visto Sam?»

Lei si è irrigidita e ha scosso la testa. «No, tesoro. Dovevo cercarla? Sono sicura che fosse con le sue amiche.»

Logan ha sbuffato ancora, sempre saltellando. «Non ha amiche in questa scuola.»

«Logan.»

«Be', è la verità. E la colpa è tua, fratello, non sua.»

Helen si è parata in mezzo a noi. «Stai dicendo che Samantha non ha amicizie a causa del suo ragazzo?»

«Sì, mamma.» Logan si è fermato e l'ha guardata fisso

negli occhi. «Tuo figlio è un trofeo ambito per le ragazze. Per lui sfoderano gli artigli e si accapigliano. Dovresti esserne fiera.»

La mamma non ha replicato.

Ho sogghignato. «Ma adesso c'è lui al centro dell'attenzione.»

Helen ci ha rivolto un'occhiata scandalizzata. «Logan? Adesso sta con te?»

Io e mio fratello ci siamo scambiati uno sguardo, poi Logan ha raddrizzato le spalle, tirando su il mento per assumere la sua aria arrogante. «Perché ti sorprende tanto?»

«Io... io», ha balbettato nostra madre. «Più che altro mi ha colto alla sprovvista il cameratismo che c'è tra voi. Niente rancori?»

«Perché dovrebbero essercene?» ha chiesto Logan gettandomi un braccio sulle spalle. Si è alzato in punta di piedi per essere alla mia altezza e mi ha dato un paio di pacche sul braccio. «Mangia dal piatto di entrambi.»

«Logan!» Helen ha avuto un mezzo mancamento e si è portata una mano al petto. «È disgustoso», ha balbettato. «Vi supplico di lasciarla se fa quello che state insinuando. Siete su una brutta strada. Credetemi, dovete smettere tutti e due di vederla.» Si è interrotta, poi la sua rabbia è esplosa. «Analise è una persona orribile, e il frutto non cade mai troppo lontano dalla pianta. Potete trovare una ragazza migliore. Dovete stare attenti a non mettervi nei guai. Un figlio è per sempre...»

Ne avevo avuto abbastanza. Mi sono scrollato di dosso il braccio di Logan. «Mamma, stavamo solo scherzando. Sam è la mia ragazza e, se non ha amiche qui, è perché alcune ragazze sono invidiose di lei.»

«Oh.»

Abbiamo atteso un secondo.

«Siete terribili. Perché vi è saltato in mente di farmi uno scherzo del genere?»

«Rilassati.» Logan le ha cinto le spalle con un braccio. Mentre lei cercava di sistemarsi il colletto della camicia, lui mi ha detto: «Ho chiesto in giro. Nessuno l'ha vista».

Heather lavorava. Sam sapeva che alla partita ci sarebbero stati i suoi vecchi compagni di scuola. Forse aveva preferito non venire. «Probabilmente sarà in hotel a guardare un film.»

«Oppure è alla festa e si sta sbronzando.»

A volte mio fratello mi faceva davvero incavolare.

«Che c'è?» Mi ha rivolto un ampio sorriso. «Sarebbe fantastico! La mia sorellina dovrebbe ubriacarsi un po' più spesso. L'ultima volta che è successo, lei e Tate si sono prese per i capelli. È stato uno spasso. Pagherei per rivedere una scena del genere.»

Helen ci ha baciato entrambi sulla guancia. «So già dove andrete a parare, perciò me ne vado.»

Mentre prendeva la borsa, Logan le ha chiesto: «Torni in albergo?».

Lei ha sbuffato. «Oh no. Non sono ancora un'ottantenne. Ho i miei programmi. Ci vediamo a cena domani sera? Samantha è sempre la benvenuta se vuol venire. Per favore, estendetele l'invito.»

«Aspetta.»

Helen si è bloccata. «Sì?»

«E dai, dicci che cosa fai stasera.»

«Mason, ti voglio bene, ma il fatto che la tua ragazza non abbia amiche non significa che non ne abbia neanch'io. Sto per andare a una serata fra donne. Quindi vi saluto e, mi raccomando, non mettete incinta nessuna ragazza.» Ci ha fatto un cenno avviandosi verso la porta.

Ho aspettato che fosse uscita prima di osservare: «Ma la mamma non ha amiche».

«Ha cugine.»

«Sorelle.»

«Cognate.»

«Amiche però no», ho concluso. Ci siamo scambiati un'occhiata. «Stasera esce con qualcuno.»

Logan ha mugugnato: «Addio alla mia eccitazione. Per me è come i preliminari».

«Stasera voglio ubriacarmi.»

«Ci sto.»

Ci siamo incamminati verso la porta e, mentre lasciavamo la palestra, mi sono sentito chiamare. Non riuscivo a vedere chi fosse, perciò non mi sono fermato. Non avevamo fatto molta strada quando due persone sono spuntate da dietro gli alberi vicino alle nostre macchine. Ho riconosciuto i fratelli Broudou. Erano con altri cinque ragazzi.

Logan mi ha dato un'occhiata penetrante. Qualsiasi cosa ci aspettasse, lui era con me. Era il segnale che mi lanciava fin da quando eravamo piccoli. Avevo proprio voglia di massacrare qualcuno di botte ed era giunto il momento di pareggiare i conti. «Avete mandato in ospedale il mio migliore amico. Ero convinto che la mossa seguente spettasse a noi», ho esordito.

Budd ha scosso la testa, ha tirato fuori una mazza da dietro la schiena e se l'è picchiettata contro la gamba prima di appoggiarvi sopra il peso. «Be', ci avevamo pensato.» Ha indicato suo fratello. «Ma Brett si è chiesto se non fosse meglio prendere a calci il cane finché è a terra. Ho sentito che Nate ha qualche costola incrinata e che i suoi ricchi genitori gli stanno facendo da baby-sitter. Non si parla quasi d'altro a scuola: la famosa coppia del cinema è tornata a Fallen Crest.»

Logan ha socchiuso gli occhi. «Quindi ci consideri dei maledetti cani?»

«Siete rimasti in due.» Ha finto di guardarsi in giro. «A me sembra che non ci sia nessun altro qui attorno.»

«Abbiamo saputo che stasera c'è una grande festa», ha aggiunto Brett.

Logan ha sbuffato. «Credevo che non poteste farvi vedere da queste parti.»

«Hai ragione.» Budd ha fatto una risata minacciosa. «Ci hanno già beccato due volte, ma la cosa non ci ha certo scoraggiati. Noi vinciamo sempre.»

«A differenza della vostra squadra di basket.»

Il sorrisetto gli è svanito dal volto. Ha sollevato la mazza prendendo a picchiettarsela su una mano.

Mi ero stancato. Non avevano intenzione di andarsene e comunque sarebbero tornati. I Broudou erano come noi.

Anche se avevo elaborato un piano, non volevo più aspettare per metterlo in atto. Budd aveva portato la mazza e io l'avrei usata su di lui: con quell'idea in mente ho fatto un passo avanti. Non volevo tagliare fuori Logan bensì serrare i ranghi, in modo da trovarci schiena contro schiena. Era la tattica che usavamo dalla nostra prima rissa alle elementari.

Gli altri si sono mossi, pronti a combattere.

«Mason!» ha gridato qualcuno. Era la stessa voce che avevo già sentito poco prima.

Brett ha lanciato un'occhiata al fratello. «Non doveva esserci nessuno in giro.»

«Sta' zitto», ha ribattuto brusco Budd.

Qualcuno ha attraversato di corsa il parcheggio. Era una ragazza che non conoscevo, con vestiti neri troppo larghi per lei. Si è fermata davanti a noi e ha sollevato una mano mentre riprendeva fiato. Ha deglutito prima di dire: «Kate ha picchiato Sam e l'ha mandata in ospedale».

Mi sono sentito gelare.

Sam era ferita.

Sam era in ospedale.

Kate le aveva fatto del male. Ho contratto la mano lungo il fianco. Se ce l'avessi avuta davanti, l'avrei strangolata.

Logan ha girato di scatto la testa. «Cosa?»

«Sam?» gli ha fatto eco Brett.

Eravamo rimasti tutti immobili. La tensione nell'aria era raddoppiata.

Una persona che amavo era stata ferita.

La ragazza ha aggiunto: «L'hanno aggredita in quattro. Io l'ho trovata e ho chiamato aiuto. È arrivata un'ambulanza e l'ha portata via. È conciata proprio male. Mi ha chiesto di avvisarti».

«Aspetta», si è intromesso Budd. «Vuoi dire che...»

«Andiamo, fratello», lo ha interrotto Brett. Ha fatto un passo avanti e lo ha sollecitato ad allontanarsi. «Lei non c'entra in tutto questo.»

«Sì ma...»

«Andiamo», ha ripetuto l'altro. «Adesso hanno problemi di scuola. Non è il momento giusto.»

Ha spinto il fratello, che si trovava a pochi centimetri da me. Lui ha aperto la bocca per obiettare. Sarebbe bastato un pugno.

A quel punto ho reagito. Non volevo lasciare la questione in sospeso, perciò gli ho tirato un pugno in faccia. È caduto a terra. Mi sono voltato verso Brett per vedere che cosa avrebbe fatto.

L'altro Broudou è indietreggiato mormorando: «Non ho più intenzione di fare a pugni. Adesso hai altro di cui occuparti».

In un angolo della mia mente c'erano diverse domande che avrei voluto fargli. Aveva detto che avevamo problemi di scuola ma dava l'idea di sapere qualcosa di più. In quel momento però non avevo tempo. Dovevo assolutamente andare da Sam.

Ho girato la testa verso l'Escalade dicendo alla ragazza in nero: «Salta in macchina. Vieni con noi».

Per poco gli occhi non le sono schizzati dalle orbite. Si è affrettata a schivare il Broudou a terra e a salire sul sedile del passeggero. Logan era già sulla sua auto ed è partito come un fulmine. Io sono rimasto seduto dietro il volante ad aspettare che togliessero di mezzo Budd.

Un secondo.

Due.

Ancora uno e gli sarei passato sopra.

Brett ha spostato il fratello all'ultimo momento. Ho fatto retromarcia per uscire dal parcheggio.

18.

Abbiamo trovato Mark da solo nell'atrio dell'ospedale. Quando siamo entrati di corsa, si è alzato. Prima che gli chiedessimo qualcosa ha indicato in fondo al corridoio. «Vi stavo aspettando. Gli altri sono in sala d'attesa. Adesso con lei c'è il medico.»

Logan si è irritato. «Tu perché sei qui?»

Mark ha indicato la ragazza in nero. «Lei ha chiamato mia madre.»

Io e Logan ci siamo girati a guardarla.

«Oh...» Lei ha esitato, sentendosi al centro dell'attenzione. È arrossita e ha iniziato a torcersi le mani. «Mi sono rivolta al primo adulto che mi ha dato fiducia...» Ha scrollato le spalle. «Non so perché ho scelto lei. Non la conoscevo.»

Non mi importava. Mi sono voltato di nuovo verso Mark. «Dov'è Sam?»

«Sembrava in gamba», ha aggiunto la ragazza.

«Non ci interessa», ha borbottato Logan.

«Era seduta accanto al preside. L'ho scelta anche per questo.»

«Mason.»

Ci siamo voltati di scatto. David Strattan stava venendo verso di noi. Aveva i capelli spettinati e le borse sotto gli occhi; il suo giubbotto della Fallen Crest Academy era tutto stropicciato e sporco di sangue.

Ho vacillato. Non mi capitava spesso di avere paura, ma adesso ero spaventato. Non riuscivo a distogliere lo sguardo dal sangue sul giubbotto. Era per forza di Sam.

«Dov'è?» ho chiesto con voce rauca. Non potevo mostrarmi debole proprio ora.

«La stanno visitando, ma il medico ha detto che non è grave come sembra.»

Ho cacciato un urlo.

«Pensano», ha continuato David, mettendosi tra noi e il corridoio e alzando la mano in un gesto rassicurante, «che abbia alcune costole fratturate, ma gran parte delle altre ferite sono superficiali.»

«E questo cosa significa?» lo ha incalzato Logan.

«Significa che ha un aspetto terribile, ma sono perlopiù lividi. Ha la faccia tumefatta e fa fatica ad aprire gli occhi, ma sono sicuro che guarirà perfettamente.»

«Dov'è?» ho domandato di nuovo. Avevo bisogno di vederla. Non riuscendo a trattenermi ho fatto un passo verso il corridoio.

Mark si è fatto avanti. «Adesso è con il dottore, Mason.»

Mi sono girato verso di lui. «A chi l'hai detto? Se quella testa di cazzo di Adam viene qui, lo stendo. Non starò a guardarlo mentre si comporta da amico.»

«Mason...»

«Lascia perdere», l'ho interrotto.

Lui ha sollevato le mani facendo un passo indietro. «Non ho chiamato nessuno.»

Logan ha superato David Strattan e ha imboccato il corridoio. Gli sono andato dietro.

«Ragazzi», ha gridato il padre di Sam. «Mason, devo parlarti prima che tu la veda.»

Ho spalancato una porta. Sam non c'era. Sono passato a quella seguente.

«Mark, potresti accompagnare questa ragazza nella sala d'attesa?» ha detto David. «Li porterò nella stanza di mia figlia e ne approfitterò per spiegare loro un paio cose. Vai.»

Logan stava aprendo tutte le porte del corridoio. Mi sono girato e ho visto che David ci stava aspettando. Sono tornato da lui. «Non è in questo corridoio, vero?»

Logan nel frattempo era arrivato alla fine.

«Appena il medico avrà finito di visitarla, sarai il primo a entrare.» David si è rabbuiato e si è passato una mano sulla faccia. Apriva e chiudeva gli occhi come se cercasse di focalizzare lo sguardo su di me. Ha preso a sfregarseli con il palmo. «Non avrei mai pensato di ritrovarmi di nuovo qui.»

Di nuovo. Mi sono sentito gelare. «Perché Analise non poteva più farle del male?»

Lui ha esitato prima di dire: «Mason, figliolo...».

«Non mi chiami "figliolo". Cominci a comportarsi da padre con l'unica persona che sta ancora male perché lei l'ha lasciata.»

«Io non...»

Ho visto il padre di Sam sbiancare in volto. Non mi importava. Notando una freccia che indicava il pronto soccorso, ho capito dove si trovasse Sam.

«Mason.»

Ho imboccato il corridoio.

David si è affrettato a seguirmi. «Devo assolutamente parlarti prima che tu entri.»

Poteva dire tutto ciò che voleva. Non avrei rallentato.

«Devo metterti al corrente.»

«Di cosa?» Ho raggiunto il pronto soccorso dalle pareti bianco sporco. Mi sono diretto al banco dell'accettazione, lanciando un'occhiata in ogni stanza che superavo.

David si era fermato ma ha alzato la voce. «Samantha è d'accordo che sia io a parlartene, perché teme la tua reazione. Non puoi andare da lei e farla sentire in colpa. Non lo permetterò dopo quello che ha passato stasera.»

Non avevo altra scelta. Sentivo il bisogno di sfogare la mia rabbia contro qualcuno, e David Strattan non stava per niente migliorando la situazione. «Basta che non mi faccia perdere altro tempo.»

David mi ha accontentato. «Sam torna a casa con me.»

«Non credo proprio.»

«Invece sì, Mason.»

«No.»

«In realtà non spetta a te decidere. Sto cercando di fare il mio dovere "di padre", come hai sottolineato tu stesso poco fa. Me se sono qui a trattenerti è soltanto perché per lei è la cosa migliore.»

«'Fanculo.»

«Mason.»

«No, Sam vive con noi. Ci occuperemo noi di lei.»

«Non avete nessun diritto...»

«Nemmeno lei», ho replicato. Ho sollevato le mani, ma mi sono fermato e ho fatto un passo indietro. «Ci siamo presi cura di Samantha quando lei l'aveva lasciata con quella pazza di Analise. Io e Logan l'abbiamo protetta. Lei cos'ha fatto? Se n'è lavato le mani. E si fa avanti adesso?»

David ha contratto la mascella mentre gonfiava il petto. Ha fatto un respiro profondo prima di rispondere brusco: «Sto per esaurire la pazienza, ragazzo».

«Ragazzo?» Ho sogghignato ma non ero affatto divertito. «Non faccia il gradasso con me. Sappiamo tutti e due come andrà a finire questa storia. Dovrei rispettarla perché è il padre di Sam? Perché è più vecchio di me?» I miei occhi si sono ridotti a due fessure. Nel mio sguardo c'era lo stesso intento letale di quando avevo visto Budd Broudou. «Ho conosciuto abbastanza adulti incasinati da sapere che non si meritano nessun rispetto a meno che non se lo guadagnino. Lei finora non si è sforzato molto. Non è da me che Sam ha bisogno di essere protetta.»

«In questo momento sì. Sta male, Mason.» David aveva ammorbidito il tono. «Avrà bisogno di qualcuno che stia sempre al suo fianco. Tu puoi rimanere tutto il giorno accanto a lei? Puoi saltare la scuola? Saltare gli allenamenti? Non diplomarti? So che hai una borsa di studio, ma è subordinata al fatto che tu passi gli esami finali. Né tu né Logan potete assistere Sam.»

«E lei invece sì?»

«Malinda non lavora...»

«Dunque sarà la sua fidanzata a curarla?»

«Preferiresti che lo facesse un perfetto estraneo?»

«Me ne occuperò io.»

«Non puoi», ha replicato brusco il padre di Sam. «Ficcatelo bene in testa. A chi pensavi di chiedere, a tua madre?

Non permetterò che Samantha affronti un'esperienza del genere. So bene quanto Helen la disprezzi.»

Ho chiuso gli occhi per un secondo, premendomeli con le dita. Avevo un mal di testa feroce. 'Fanculo. Io ero quello impassibile, che manteneva la calma quando tutti gli altri cadevano in preda al panico. Ma non riuscivo a ritrovare il vecchio Mason. In ogni caso David aveva ragione. Ho ceduto. «Verrò a trovarla la sera.»

«Niente ricatti.»

«Dormo da voi.»

«Lei è mia figlia.»

«È l'amore della mia vita.» Il cuore mi batteva così veloce! Dovevo vederla.

David mi stava scrutando negli occhi.

Gli ho permesso di vedere la verità. Avevo bisogno di lei.

«D'accordo, ma solo tu. Logan no.»

«Non sarà facile convincerlo.»

«Siete due caterpillar...»

«Siamo la sua famiglia. L'abbiamo accolta quando lei l'aveva mollata. L'abbiamo protetta da Analise.» Ero implacabile. Sapevo di ferirlo, ma ho continuato a sbatterglielo in faccia perché era vero. Razionalmente sapevo che la decisione di David Strattan era nell'interesse di Sam. Io e Logan non potevamo saltare la scuola per prenderci cura di lei. Non conoscevo la madre di Mark, però lui era un tipo a posto.

David ha distolto lo sguardo, però alla fine ha annuito. «D'accordo. Tu e Logan resterete per la notte...»

«Dov'è Sam?»

Lui ha sollevato lo sguardo sconfitto per incrociare il mio. «Seguimi.»

SAMANTHA

In ospedale mi hanno dato un antidolorifico che mi ha fatto dormire. Mi sono svegliata che era già notte. Mason era addormentato sulla poltrona accanto al mio letto. Sul tavolino pieghevole c'era un cartone della pizza, una caraffa per l'acqua e alcuni bicchieri di plastica. Quando gli ho preso la mano, si è svegliato e mi ha sorriso. La preoccupazione e l'amore nel suo sguardo mi hanno procurato un tuffo al cuore: non mi ci sarei mai abituata. Rendendosi conto che facevo fatica a parlare, mi ha raccontato che Logan era passato a trovarmi e che aveva dovuto costringerlo ad andarsene per poter restare un po' da solo con me.

L'antidolorifico aveva fatto meraviglie, ma il malessere che provavo non aveva niente a che fare con il dolore fisico. Mi sentivo un vuoto dentro, e Mason era l'unico in grado di riempirlo. Avevo disperatamente bisogno di lui. Quando ho picchiettato una mano sul letto, ha esitato. Ho fatto di nuovo il gesto e mi sono spostata per fargli spazio.

«Hai due costole fratturate, la mandibola dislocata e sembra che ti sia passato sopra un camion. Non posso, Sam.» La sua voce si era fatta burbera e la gola gli si era chiusa mentre pronunciava l'ultima parola. Dopo un istante ha aggiunto: «Proprio non posso, Sam. Ho troppa paura di farti male».

Ho socchiuso gli occhi cercando di comunicargli la mia determinazione.

Mason era ancora titubante.

Non ho potuto trattenere una lacrima e, quando ho sollevato una mano per asciugarmela, ho avuto la sgradevole sensazione che la pelle non fosse la mia.

Poi il letto si è infossato sotto il suo peso. Mason si è bloccato con un piede a mezz'aria scuotendo la testa e borbottando: «Non riuscirò mai a dormire. Ho troppa paura di farti male».

Appena si è girato sul fianco e mi ha preso la mano, ho chiuso gli occhi. Adesso sapevo che tutto si sarebbe sistemato. Le nostre mani erano intrecciate in mezzo a noi, sul letto. Sopraffatta dallo sfinimento, sono scivolata nel sonno.

Quando l'infermiera è passata a controllarmi, non lo ha fatto spostare. Mason aveva accennato ad alzarsi, ma gli avevo stretto più forte la mano e lei doveva averlo notato, perciò con un gesto lo aveva invitato a restare. «Sembra che tu non abbia scelta.»

Mentre usciva, l'abbiamo sentita dire a una collega in

corridoio: «Sono tutti così i ragazzi di oggi? Caspita, capisco quelle che si sono cercate un toy boy».

Mason ha riso sotto i baffi. Aveva la bocca sulla mia spalla e il suo respiro mi faceva il solletico. Non riuscivo a parlare ma ho tentato di sorridere, poi ho avvicinato la testa alla sua. La stanchezza ha preso di nuovo il sopravvento. Per il resto della notte mi sono svegliata e riaddormentata molte volte. Mason era sempre accanto a me.

Quando entravano le infermiere, posavano immediatamente lo sguardo su di lui. Evidentemente si era sparsa la voce. Mentre mi provava la pressione, una ha detto: «Allora non stavano scherzando». Poi ha scrollato le spalle. «Qui le notti possono essere divertenti o noiose da morire. Le mie colleghe sono tutte in agitazione per un tipo che ama correre nudo per i corridoi. Se avesse il tuo aspetto, non credo che si preoccuperebbero.»

«Ci racconti qualcosa di più.»

Lei ha inserito i dati nel computer. «Tra poco si farà un'altra corsa, perciò se lascio la porta aperta potrete vederlo con i vostri occhi. Non spaventatevi: non entra nelle stanze degli altri pazienti.» Si è spostata dall'altra parte del letto. «Stai meglio. Probabilmente sarai dimessa presto.»

L'infermiera se n'è andata e due minuti dopo l'abbiamo sentita urlare: «Fermo, quattrocentrotrentadue! Non entri nella sala infermieri. Quattrocentotrentadue!».

Un corpo nudo è sfrecciato davanti alla porta.

Mason mi ha sorriso. «Questo di sicuro è più divertente della festa di Fischer.»

L'infermiera è passata di corsa, seguita da altre due.

Ho cercato di parlare ma non ci sono riuscita. La mia bocca però doveva essersi torta perché Mason si è girato bruscamente verso di me. «Tutto bene?»

Ho annuito. Stavo richiudendo le palpebre quando ha pronunciato il mio nome.

«Sam.»

Aveva un'espressione seria. Mi sono rabbuiata e il cuore ha preso a battermi forte.

«Non so cosa fare. Devo distrarti, farti ridere o rassicurarti?

Non ne ho davvero idea.» La sua voce si è fatta rauca mentre aggiungeva: «Tu non puoi rispondermi e io vorrei tanto sentire la tua voce. Ho bisogno di sapere che stai bene».

Gli ho stretto la mano.

Mason ha riso me l'ha baciata. Poi se l'è premuta contro la guancia e ha fatto un altro respiro profondo. «In questo momento sono così incasinato! Stavamo per affrontare i fratelli Broudou quando è apparsa quella ragazza. In realtà non so neanche chi sia. Logan ormai dovrebbe avere informato tutti dell'accaduto.» Si è interrotto e ha imprecato sottovoce. «Mi dispiace così tanto! Quello che sto cercando di dirti è che tutto andrà a posto. Kate non ti farà più del male. Mi occuperò io di lei e metterò fine a questa storia con i Broudou. So che preoccupa anche te. Penserò io a tutto. So che andrai a stare da tuo padre. Per me va bene, ci tengo che tu lo sappia. L'accordo è che la sera verremo anche noi e staremo tutti insieme. Ma che diavolo sto dicendo?»

Avrei voluto sorridergli, attirarlo a me e lasciarmi abbracciare, ma non potevo. Gli ho toccato la guancia, gli ho preso il viso con la mano come lui faceva con me.

«Sam?» Mason ha spalancato gli occhi, esitante, poi ha accostato la faccia alla mia. Ho premuto le labbra sulle sue.

Poco prima che mi riaddormentassi mi ha baciato la mano. Dentro di me ho sorriso.

19.

Essere invalida faceva proprio schifo.

Quando mi hanno dimessa, abbiamo deciso che la prima settimana sarei rimasta a casa di Malinda. Lei non lavorava, perciò si trattava di una scelta logica. Dopo mi sarei trasferita da David fino a quando non sarei stata del tutto guarita. Ci sarebbero volute dalle quattro alle sei settimane. Ovviamente Mason e Logan mi avrebbero seguita ovunque fossi andata. David era d'accordo e ha informato Malinda. Le si è avvicinato per bisbigliarle: «Ti avevo avvertito che sono molto protettivi».

Lei ha sfoderato un bel sorriso e con un gesto noncurante ha replicato: «Va benissimo. Più sono e meglio è».

Non sapeva in cosa si stava cacciando.

Malinda doveva aver notato la mia reazione perché si è allontanata da David per venire a sedersi vicino a me. Mi ha dato un colpetto affettuoso sul braccio. «Quei due ragazzi sono la tua famiglia e tu sei la figlia di David, perciò siete *tutti* i benvenuti a casa mia in qualsiasi momento.» I suoi occhi caldi color cioccolato sono diventati ancor più luminosi quando ha aggiunto: «Sono cresciuta con dodici fratelli e sorelle. Pensi che un paio di ragazzi mi spaventino?».

Davvero non aveva idea di quello che l'aspettava.

Quando mi hanno portata fuori dall'ospedale, tutti gli occhi erano puntati su di noi. Le infermiere salutarono calorosamente Mason e Logan. Mason aveva lasciato l'Escalade all'ingresso del parcheggio. Mi hanno scaricata dalla sedia a rotelle per mettermi sull'auto. Logan è andato con

Mark. Tutti abbiamo seguito il Luxury di David, che presumevo appartenesse a Malinda.

La casa di Malinda era un grande edificio di tronchi. Logan avrebbe dormito in una stanza per gli ospiti nel seminterrato, noi in una situata al pianterreno. Mason aveva riempito un paio di borse con le mie cose. Mentre le gettava sul letto, Malinda ha sogghignato. «Siete come una coppia sposata.»

«Ehm...» Mi sono indicata la testa. «Sono imbottita di farmaci. Può ripetere?»

Lei ha alzato gli occhi al cielo. «Mi hai sentito benissimo. E anche tu», ha aggiunto rivolgendosi a Mason. Poi ha indicato la porta dall'altra parte del corridoio. «Quello è il vostro bagno. Tuo padre vuole che tu stia di sopra in caso ti serva qualcosa la notte.» Il suo sguardo ha indugiato su Mason. «Ma gli ho ricordato che non sei sola, che gli piaccia o no.»

«Grazie», ha bisbigliato Mason appoggiandosi alla parete in fondo. Si è cacciato le mani nelle tasche. Quando ha incurvato le spalle in avanti, mi è sembrato più alto e magro. Intravedevo l'orlo dei boxer neri e gli addominali tonici.

Mi sono leccata le labbra. Se solo... Il desiderio è divampato in me e mi sono sentita andare a fuoco.

Alle mie spalle, Malinda ha ridacchiato. «Riconosco quello sguardo. Ti hanno dato le medicine giuste, su questo non c'è dubbio.»

Stavo bollendo. «Possiamo aprire una finestra?»

Mason è rimasto perplesso.

Malinda ha sogghignato di nuovo prima di uscire. «Quando ti sarai raffreddata un po', raggiungici di sotto. Abbiamo divani, coperte, film, popcorn, tutto ciò che serve.»

Mason aveva ancora l'aria confusa.

«Sabato è la serata di famiglia.» Lei ha inarcato le sopracciglia. «Voi due non sapete cos'è una serata di famiglia?»

Siamo rimasti entrambi in silenzio.

Malinda ha sbuffato. «È una serata che si passa tutti insieme. Scordatevi gli sbaciucchiamenti. Siete a casa mia e dovrete sopportare questa tortura. Scusa, Sam. Hanno detto che hai una lieve dislocazione della mandibola, così ti preparerò cibi morbidi. Yogurt. Succo di mela. Roba buona, insomma. Gli altri invece saranno costretti a mangiare popcorn, pizza, patatine, tacos e chi più ne ha più ne metta.» Se n'è andata, e la sua risata sinistra era simile a quella di una strega malvagia.

«Cos'è appena successo?» Ho sussultato dal male. Facevo ancora fatica a parlare.

«La mamma di Mark è matta.»

Gli ho lanciato un'occhiataccia.

Mason ha scrollato le spalle. «Non come la tua, ovviamente. Questa sembra simpatica e... vera. Non mi piace.»

Ho sbuffato. Una madre simpatica e vera? Era perfettamente logico che non gli piacesse. Neanch'io ero sicura di poterla apprezzare.

Lui ha indicato la finestra al suo fianco. «Sapevi che Mark viveva in fondo allo stesso isolato di mio padre?»

Preferivo non pensarci.

«Ehi. La mamma di Mark è un tipo divertente. Mi ha appena detto di essere la regina delle stronze.» Logan è apparso sulla soglia e ha sfoderato un sorriso. Aggrappandosi al telaio della porta si è sporto in avanti ridendo. «Avete visto quanto siamo vicini alla casa di papà?»

Mason mi ha indicata. «Lo stavo proprio dicendo a Sam.»

«La mamma darà di matto quando lo saprà.»

«Sì...» Mason era profondamente assorto nei suoi pensieri. Si è allungato per guardare fuori dalla finestra. «Hai presente la vecchia casa di Nate?»

«Quella alla fine dell'isolato?» Logan lo ha raggiunto. Stavano entrambi studiando un edificio. «La coppia che l'aveva comprata si è trasferita, no?»

Mason ha annuito. «Sono sei mesi che cercano di venderla. Vuoi scommettere che la prenderà la mamma?»

«È escluso. Non la comprerebbe mai.»

«Il papà abita tre ville più in giù e noi siamo qui. Impazzirà quando si renderà conto di quanto siamo vicini a lui. Pensava di averci tutti per sé.»

Logan ha scosso la testa.

Mason ha sorriso. «Si potrebbe sempre affittare. Scommetto che in un modo o nell'altro la mamma verrà a vivere in questo isolato.»

«Ma noi non le diremo che stiamo qui solo per una settimana, giusto?»

«Tu vuoi farlo?»

«Per niente. Sarà molto più divertente quando verrà a sapere che ci saremo trasferiti nel vecchio quartiere di Sam, la comunità "povera". Quel posto le fa paura.»

Mentre li ascoltavo sdraiata sul letto, ho provato una fitta di risentimento. David secondo loro viveva in un posto per poveracci. Era così che ragionava la loro madre. In realtà si trattava di un quartiere abitato dalla classe media. Questo mi ricordava quanto fossi diversa da loro.

«Ehi.»

In corridoio c'era Mark. Si è guardato attorno prima di entrare. Mentre chiudeva la porta, sono ammutoliti tutti. «David e la mamma sono di sotto, quindi ho pensato che fosse il momento giusto per salire e dirvelo.»

L'atmosfera nella stanza è cambiata. Era come se fosse arrivata una folata gelida: tutti si sono irrigiditi.

«Non so cosa abbiate in programma voi ragazzi», ha detto Mark. Ha guardato me, ma era chiaro che stava parlando con Mason. «Comunque sono d'accordo con le vostre decisioni. So come funziona la storia della fiducia. Non c'è bisogno che mi diciate i vostri piani, non dovete spiegarmi niente. Se c'è qualcosa che posso fare, non esitate a chiedere.» Il suo sguardo ha indugiato su di me, poi lo ha distolto contraendo la mascella. «Niente domande. Questo solo volevo dirvi.» Si è incamminato verso la porta, ma Mason lo ha bloccato.

«Solo una cosa.»

Mark si è fermato.

«Questa settimana i tuoi amici non potranno venire qui.»

«Non c'è problema. Ho già detto che la mamma ha ospiti. Lei è muta come una tomba, quindi nessuno saprà che state qui. Non che sia un segreto o roba del genere.» Ha fatto un mezzo sorriso mentre scrollava le spalle. «Adam ogni tanto viene a cena, ma non sospetterà niente perché mia madre porta spesso gente in casa. Una volta, quando faceva la volontaria al ricovero lo scorso inverno, abbiamo dato alloggio a un senzatetto per una settimana.»

Logan si è messo a ridere. «Tua mamma non potrebbe essere più diversa dalla nostra.»

«Mark!» abbiamo sentito gridare dal corridoio.

«Chiamata all'appello...»

«Il film inizia tra cinque minuti.»

«Non sceglierà una commedia perché non vuole che Sam rida», ha detto Mark. «Ma se non scendiamo a sceglierlo noi, ci beccheremo il più spaventoso. La mamma non ha paura degli horror. Non so perché. Anche le sue sorelle sono così. Adora guardarci mentre ce la facciamo sotto.» Ha alzato gli occhi al cielo. «Hai ragione, Logan, mia mamma non è normale. Davvero.»

In quell'istante hanno suonato il campanello.

«Mark, va' ad aprire. Sono le pizze.»

Lui se n'è andato brontolando.

«Se Mark non fosse un tipo in gamba e se tuo padre non fosse arrivato per primo, mi scoperei sua mamma», ha commentato Logan.

Se avessi potuto parlare senza soffrire, lo avrei informato che stavo per vomitargli addosso... No, non potevo vomitare, mi avrebbe fatto troppo male. Mi sono limitata a mostrargli il dito medio. Per il momento mi sarei dovuta accontentare.

Logan è scoppiato a ridere e per il resto della serata ha flirtato con Malinda. A Mason non importava. A me sì. Mark sembrava confuso e David scuoteva la testa. Abbiamo guardato un film fantasy e poi un documentario sugli orsi polari. Malinda pareva divertirsi. Alla fine della serata aveva le guance arrossate per il vino.

La serata è volata.

Tra me e David le cose sembravano andare piuttosto bene. Non c'erano silenzi imbarazzati né momenti sgradevoli. Con il senno di poi ho capito che era grazie a Malinda. Aveva sempre una battuta pronta per Logan e, quando la conversazione languiva, torchiava Mark chiedendogli della sua vita amorosa.

Si è sentito umiliato quando gli ha suggerito di prendere un vibratore per la sua ragazza. «Mamma!» ha gridato.

Lei ha scrollato le spalle. «Be', io penso al suo piacere. Godrà molto di più. Le ragazze non sempre raggiungono l'orgasmo.» Ha scrutato il resto del tavolo. «Sono sicura che voi pensiate di essere degli stalloni», ha detto. Appena il suo sguardo si è posato su di me si è corretta: «Be' almeno tu e Logan. Ma sappiate che l'ottanta per cento delle volte le ragazze fingono».

Logan pendeva dalle sue labbra. Ha voluto sapere tutto.

Mark sembrava sul punto di rimettere mentre Logan bersagliava sua madre di domande e Mason la ascoltava con attenzione. Dopo mi ha detto che sarebbe stato stupido rinunciare a informazioni del genere. Quando sono tornata dal bagno, pronta per andare a letto, il suo sguardo era cupo per il desiderio. Mi ha sfiorato la vita prima di toccarmi il seno. Mentre si raggomitolava contro il mio fianco, mi ha baciato il collo dicendo: «Perché sei settimane sono così lunghe?».

Capivo cosa intendesse. Anch'io lo desideravo, però il dolore e la rigidità dei movimenti erano un grande ostacolo. Verso la fine della settimana, quando ho iniziato a sentirmi un po' meglio, la voglia di lui è diventata insopportabile.

Grazie a Dio Malinda non mi gironzolava sempre attorno come avevo temuto che facesse. In realtà sembrava comparire solo nei momenti giusti. Mi portava centrifugati di verdura. All'inizio li guardavo con sospetto, ma lei mi ha assicurato che erano squisiti. Aveva ragione, e mi piaceva passare ore in cucina a osservarla sperimentare nuove ricette.

Trascorrevo il resto del tempo a guardare film e a sonnecchiare. Dormivo molto.

A Mason era stato concesso di allenarsi solo mezza giornata, perciò lo trovavo accanto a me quando mi svegliavo dal sonnellino. Lui o Logan mi facevano avere i compiti ogni giorno.

Solo alla fine della settimana ho chiesto: «Che si dice a scuola?». Heather mi aveva chiamata un paio di volte ma da lei non avevo saputo molto. Qualcosa non mi tornava, però non me l'ero sentita di affrontare l'argomento.

Adesso sì.

Mason, Logan e Mark, che stavano facendo i compiti al tavolo da pranzo, si sono irrigiditi all'istante. Malinda era in cucina a sperimentare altre ricette. Adorava inserire il tofu nel menu della cena. Quella sera avremmo mangiato *enchilada* di pollo, e il tofu sarebbe stato mascherato dal formaggio. Anche lei si è interrotta.

David non c'era, perché aveva una riunione a scuola.

Hanno guardato tutti Mason. «Vuoi la verità?»

È stato come ricevere un calcio nella pancia. La verità era che tutti avevano recitato. Quella settimana mi ero nascosta dal resto del mondo, ma non cambiava il fatto che ero stata aggredita. Avevo due costole fratturate. Facevo ancora fatica a parlare e a mangiare. Non riuscivo ancora a guardarmi allo specchio perché sapevo di avere l'aspetto della vittima di un pestaggio. Però dovevo affrontare quella situazione.

Non ho avuto un attimo di esitazione. «Sì.»

Mason ha socchiuso gli occhi scrutandomi come faceva sempre per assicurarsi che fossi sincera. Ha capito che ero pronta e ha annuito. «La verità è che Kate crede di avere vinto.»

Ho trattenuto il fiato.

«Pensa che siamo di nuovo amici», ha aggiunto lui.

Respirare mi faceva male.

«È convinta di avere riavuto il suo potere.»

Avvertivo una forte oppressione al petto, come se qualcuno me lo schiacciasse.

«Crede che io voglia mollarti.»

Ho sussultato, come quella sera quando mi avevano picchiato. Ho udito ancora lo schiocco delle costole che si spezzavano.

Mason mi sembrava un estraneo quando ha concluso: «E pensa che ci rimetteremo presto insieme».

Non riuscivo a parlare. Tutto il dolore che le medicine

avevano tenuto sotto controllo mi ha travolto in un'unica ondata, e sono rimasta paralizzata sulla sedia. Non riuscivo a contrastarlo. «Perché dovrebbe pensarlo?»

Logan ha distolto lo sguardo. Mark ha chinato la testa. Mason invece mi ha fissata dritto negli occhi dicendo: «Perché io glielo lascio credere».

20.

Mi ero imposta di non pensare a Kate. Non potevo. Dovevo pensare solo a guarire e a superare quel momento. Avevo ricevuto un grande supporto morale, ma prima o poi sarei dovuta tornare nella fossa dei leoni. Alla Fallen Crest Academy c'erano stati altri problemi, ma lì perlomeno nessuno veniva aggredito. Ero stanca, sofferente e non riuscivo a smettere di pensare alle parole di Mason. Stava lasciando credere a Kate di avere vinto.

Non contava quello che aveva aggiunto dopo: che si trattava di una trappola. Lui aveva un piano, ma non voleva coinvolgermi perché sapeva che non avrei approvato. Dovevo fidarmi: gliel'avrebbe fatta pagare.

Quella sera ha tentato più volte di rassicurarmi.

Invano. Non ero per niente tranquilla.

Avrei voluto urlare, tempestargli il petto di pugni, lanciare oggetti. Tutti gli altri erano andati a letto, ma avrei voluto svegliarli. Non era giusto che dormissero, che andassero avanti con la loro vita quando la mia era stata distrutta da lei. Ma potevo sfogarmi solo con Mason. Quella sera è rimasto sveglio con me. Non sono riuscita a chiudere occhio. Il cuore mi batteva all'impazzata tanto desideravo vendicarmi di Kate. Volevo essere io a farla cadere in una trappola, guardarla soffrire, sorprenderla in un bagno e picchiarla. Io però non mi sarei portata dietro i rinforzi. Saremmo state solo noi due, e l'avrei colpita fino a farle perdere i sensi. E quando si fosse messa a strisciare per terra, avrei ricominciato.

La rabbia non si placava, mi faceva ribollire il sangue.

Mason si è assopito verso le tre del mattino, ma io alle sei fremevo ancora. Quando si è svegliato e mi ha guardata, ha capito che non avevo riposato affatto. Si è avvicinato per baciarmi ma ho scostato la testa. Non ci sarebbero stati altri baci. Non ci siamo scambiati una parola mentre si preparava per andare a scuola. Logan è apparso sulla soglia e hanno parlato a bassa voce. Mason gli ha consigliato di lasciarmi sola e se ne sono andati. Mark è uscito di casa venti minuti dopo. Mentre correva lungo il corridoio ho sentito Malinda urlargli: «Meglio in ritardo che morto. Va' piano, Marcus».

«Sì, va bene», ha gridato lui in risposta.

Sbirciando dalla finestra l'ho visto precipitarsi verso la macchina. Quando è partito sgommando, ho immaginato che Kate fosse davanti a lui. L'ho vista stesa per terra nel suo sangue a torcersi dal male.

«Uno di questi giorni farà un incidente. Dorme troppo e poi corre per non far tardi a scuola», ha osservato Malinda alle mie spalle. Dalla vestaglia blu spuntava il bordo della camicia da notte bianca. Si è rifatta il nodo della cintura prima di sbadigliare. «Ti vanno dei pancake? David mi ha detto che Analise non ti preparava mai la colazione.»

«Chiedeva al cuoco di farmi dei sandwich.» Mi mancava Mousteff.

Malinda mi ha scoccato un sorriso storto. «A volte le persone ricche pensano che le piccole cose quotidiane non siano degno della loro attenzione. Preferiscono non fare un bel niente.»

Ha continuato a parlare ma non la stavo più ascoltando. Ero immersa nei miei pensieri.

Analise. David. Jessica. Lydia. Jeff.

Ho sentito una pugnalata. Erano tutte persone che avevo amato e che mi avevano tradita. Il dolore mi tormentava, non se ne sarebbe mai andato.

«Giusto, Sam?» Malinda ha riso.

Mi sono girata verso la finestra. Non potevo guardarla in faccia. Lei era come gli altri. Alla fine mi avrebbe ferita. «La farà franca.»

È ammutolita. «Chi?»

Non sono riuscita a rispondere. "Kate e le sue amiche. Tutti."

«Mi hanno seguita in quel bagno.» La porta si era aperta mentre l'asciugatore era in funzione. «Adesso ricordo. Mi ero accorta che c'era qualcuno. Avevo notato un movimento con la coda dell'occhio. Per questo mi ero girata per uscire ma...» Non sono riuscita a proseguire. Quella giornata mi avrebbe tormentato per sempre, come molte altre.

Mi sono voltata.

Malinda si è raddrizzata sulla soglia e ha lasciato cadere la mano sulla coscia, gli occhi spalancati e la bocca socchiusa.

Non so cos'avesse visto in me, ma è rimasta in silenzio.

Io no. Per una volta ho trovato le parole, ed erano devastanti. «Come farò a superarlo? Come potrò tornare in quella scuola?» Kate era là. Lei e le sue amiche erano state soltanto sospese dalle attività in classe e venivano seguite individualmente dagli insegnanti. Si erano prese una pacca sulla mano e si stavano godendo una specie di vacanza.

Era questo che avevo scoperto quel mattino; non potevo tornare a scuola ma allo stesso tempo avrei dovuto farlo. Il coach Grath mi aveva già detto che avrei dovuto riprendere al più presto ad allenarmi per recuperare. Appena i medici mi avessero dato il via libera, voleva incontrarmi per mettere a punto un programma. Avevo bisogno della borsa di studio se volevo andare al college. Ma Kate era là...

Non potevo.

«Che cosa farò?» La mia voce si è trasformata in un singhiozzo.

«Oh Samantha.» Malinda si è precipitata nella stanza e mi ha stretta a sé con dolcezza. Ho posato la testa sul suo petto. «Oh tesoro.»

Tra le sue braccia mi sono sentita fuori dal mondo.

Era questo che faceva una madre: confortava. Malinda però non era mia madre. Era la donna di David. Lui non si era fatto vedere spesso quella settimana. In quel momento mi è venuto da pensare che forse mi stesse evitando. Malinda aveva preso il suo posto, e questo non potevo permetterlo.

Non mi sarei lasciata rassicurare da lei. Prima o poi mi avrebbe ferita. Era inevitabile.

Mi sono scostata sforzandomi di sorriderle. «Me la caverò.» Lei ha fatto una smorfia. Non l'avevo convinta. Ho ritentato: «Me la caverò, sul serio».

«Oh Samantha», ha detto in tono affranto. Mi ha sistemato una ciocca di capelli dietro l'orecchio. Il suo tocco era delicato. «Io non sono come gli altri.»

Ho sollevato di colpo lo sguardo incrociando il suo.

«So che cosa significa essere abbandonati. Capisco cosa si provi e non voglio giustificare tuo padre. Questa è una cosa fra te e lui. Io però sono qui per te. Non ti lascerò. Quando ho avuto Mark, ero giovane. Suo padre non mi è rimasto accanto. E lo sai cosa mi è successo?»

La stavo ascoltando. Aveva suscitato la mia attenzione.

«La mia famiglia mi ha cacciata. Me la sono cavata da sola da allora. I miei sono stronzi presuntuosi che si credono migliori di tutti gli altri. Hanno fatto incavolare mio nonno, che avrebbe voluto vedere suo nipote, e lui mi ha lasciato i suoi soldi.» È scoppiata in una risata amara. «A quel punto la musica è cambiata. Sono venuti a cercarmi, si sono scusati fino alla nausea. Tutt'a un tratto i cugini di Mark volevano fare amicizia con lui. Per loro ero stata solo un motivo di imbarazzo, ma quando ho avuto i soldi sono diventata una fonte d'ispirazione. Non hanno spina dorsale. Li ho odiati per anni e anche adesso non voglio avere niente a che fare con loro.»

Ho sorriso mentre una fitta di dolore si faceva strada nel mio petto. «Non si dice sempre che la famiglia è tutto?»

«Non per te.» Malinda parlava a cuore aperto. «Non per me. A volte la famiglia ti ferisce più di quanto sappia amarti. È una verità che molti non vogliono sentire. Tuttavia capita anche l'opposto. Ci sono famiglie amorevoli. Averne una così è la più grande fortuna del mondo. E probabilmente chi ce l'ha non se ne rende neanche conto. Ma tu, Sam, ce l'hai.»

Ho trattenuto il fiato. Il dolore era diventato lancinante.

Malinda si è chinata, e i lunghi capelli le sono ricaduti

davanti al viso. Ignorandoli, mi ha afferrata per le spalle e si è spostata in modo da guardarmi negli occhi. «Dimentica le persone che ti hanno ferita. Ne hai due accanto che farebbero di tutto per te. Mason e Logan smuoverebbero anche le montagne. Vedo come ti comporti con loro. Li ami ma hai paura di permetterti di essere felice. Perché? Perché temi che un giorno ti lasceranno? Se lo pensi, non hai capito niente. Non lo faranno mai.» Mi ha picchiettato un dito sul petto. «Sei tu che hai il potere di far loro del male, anche se non lo sai. Riusciresti a farli a pezzi in un secondo. Devi guardare in faccia la realtà.»

«La realtà?»

Lei ha fatto un passo indietro. Mi sono accorta che il mio petto era più libero e respiravo meglio. Malinda è andata verso la parete in fondo alla stanza, vi si è appoggiata e ha incrociato le braccia al petto scuotendo la testa. «Ti hanno picchiata. Le ossa e i lividi guariscono. Quelle ragazze non hanno vinto perché non hanno fatto quello che volevano: piegarti.»

A quelle parole ho trattenuto il fiato.

«Quei due ragazzi ti hanno guarita», ha aggiunto lei. «Ti hanno accolta e protetta. Ti amano perché sono la tua famiglia, e lo sanno. Ti amano come nessun altro, di un amore puro. Tu non li usi. Non chiedi niente. Non vuoi ferirli.» Mi ha sorriso. «Potrò sembrarti una vecchia stramba ma non sono un'idiota. Ti dico questo perché conosco quel sentimento. Ed è la ragione per cui ho accalappiato tuo padre. Nella vita avrà anche fatto delle scelte sbagliate, ma nel suo cuore c'è lo stesso amore puro. Malgrado non sappia esprimerlo. David è un uomo buono. Amo molto tuo padre e vorrei amare te come una figlia.» Si è asciugata una lacrima. «Però non voglio farti pressioni o dirti come devi comportarti. Scusami per questo fiume di parole.»

"Non hanno fatto quello che volevano: piegarti." Non riuscivo a togliermi dalla testa quella frase. «Lo pensi davvero?»

«Cosa?»

«Che non mi hanno piegata.»

«Oh cara, tu hai tanta forza in te! Non sai quanta.» Malinda mi ha rivolto un altro sorriso in mezzo alle lacrime. «E dicevo sul serio: io non ti lascerò mai. Che io stia o no con tuo padre, che tu sia o no amica di Mark, sappi che per te questa casa sarà sempre aperta. Okay?»

Percepivo il suo amore. Mi faceva paura, ma ho annuito.

Lei è scoppiata a ridere. «Adesso hai paura di me.»

«No.»

«Lo so che ne hai, ma fa lo stesso. Piano piano quella paura se ne andrà. Essere amati e accettare l'amore sono due cose completamente diverse. Spetta a me continuare a dimostrartelo. Tutto ciò che devi fare è iniziare a fidarti. È stato così anche con tuo padre. Tua madre lo ha ferito. Questa è una cosa che avete in comune.» Si è asciugata le lacrime. «Guardami, sono un mostro. Vado a farmi una doccia. Ti va di fare colazione fuori?»

Ho annuito.

«Bene.» Malinda mi ha rivolto un sorriso luminoso. «Batti un colpo sul muro se ti serve aiuto per vestirti. Da sopra ti sentirò. Ah, e non dirlo a Mark. Un paio di volte ho sentito che era con una ragazza, ma ancora non lo sa.»

Quando se n'è andata, l'ho sentita ridere. Ho abbassato lo sguardo e ho visto che mi tremava la mano.

Malinda aveva detto che non mi avevano piegata.

MASON

Sam mi ha chiamato prima della partita per dirmi che aveva avuto un'insolita conversazione con Malinda. Ne avremmo parlato il giorno dopo. Quella era la prima sera che avrebbe trascorso nella sua vecchia casa. Voleva passare un po' di tempo con David, e questo avrebbe favorito i miei piani.

«Sei pronto?» Logan si è seduto sul sedile al mio fianco. Eravamo sul bus della squadra, di ritorno dalla partita.

Ho annuito. Il mio telefono era scarico. L'ultimo messaggio di Sam diceva:

Ti amo. Svegliami quando arrivi. La chiave è sotto il gradino rotto del portico. Voglio parlarti.

Logan ha visto il messaggio. «Non lo sa?» mi ha chiesto. «Ieri sera non glielo hai detto?»

«No.»

«E non sa neanche che staremo fuori tutta la notte?»

«No.»

«Potrebbe essere un problema.»

«Lo so.» Ho stretto il telefono in mano.

«Potrebbe lasciarti.»

«Lo so.»

«Sei sempre deciso?»

Eravamo sui sedili in fondo, in disparte dal resto della squadra. I ragazzi sapevano che stavamo pianificando qualcosa e gli ero grato che ci lasciassero un po' di spazio. Dovevo calcolare bene i rischi.

Ho annuito. «Sono pronto. E tu?»

Logan mi ha sorriso. «Pronto a tutto.»

«Se mi lascia, lascerà anche te.»

«Lo so.» Il suo sorriso è svanito. «Ne sarà valsa la pena.»

«Okay.» Il bus è entrato nel parcheggio. «Allora andiamo alla festa.»

Logan si è alzato per primo e io l'ho seguito. Sapevamo cosa fare.

Quando avevo sentito Kate, domenica sera, ero riuscito a percepire la speranza nella sua voce. Avevo detto tutte le cose giuste: mi ero scusato, avevo spiegato che volevo ricominciare da zero, che mi mancava la nostra amicizia.

Lei si era bevuta tutto. Alla fine l'avevo rassicurata lasciandole intendere che era mia pari. Lei si era messa a singhiozzare. Era quello che voleva sentirsi dire da sempre. Mi aveva garantito che avrebbe tenuto a freno le altre. Saremmo stati tutti di nuovo amici, come se non fosse successo niente.

Che stupida!

L'avevo avvertita. Lei ha scelto di credere alle mie bugie. Ha commesso un grave errore. Io non cambio mai idea.

Quella sera sarebbe stata l'inizio della fine.

21.

Io e Logan siamo andati alla festa, che si svolgeva in un ampio prato circondato da alberi. I furgoni parcheggiati avevano le ribalte dei pianali abbassate. La gente stava seduta o in piedi intorno a essi. Alcuni avevano fatto provvista di liquori. I frigoriferi portatili erano sparsi qua e là e i barilotti di birra erano stati piazzati al centro. Quella festa era riservata solo agli studenti delle scuole pubbliche. Lì Coca-Cola e champagne non interessavano a nessuno.

Appena sono sceso, quelli della Fallen Crest mi sono venuti incontro e la divisione è apparsa subito chiara. Gli altri sono rimasti dalla parte opposta dei barili insieme a Budd Broudou.

«Mason.» Un ragazzo mi si è avvicinato. Era magro e allampanato, con la corporatura del giocatore di basket professionista.

«Come va, Pailor?»

«Bene, amico.» Mi ha scoccato un sorriso disinvolto, ma i suoi occhi chiari guizzavano dappertutto, vigili. Quando Logan è spuntato da dietro il suo Escalade, gli ha teso la mano. «Ciao, Logan.»

«Frankie.»

Pailor è indietreggiato e ci ha squadrati. «Cosa state combinando voi due?» Si è passato la mano sulla testa calva.

Ho lanciato un'occhiata a Logan. «Niente. Perché?»

Frankie ha fatto un altro passo indietro per studiarci prima di scuotere la testa. «Questo qui», ha detto facendo un cenno verso Logan, «è la prima volta che lo vedo senza il suo sorrisetto arrogante. E in genere gli ci vogliono cinque minuti per andarsene con una ragazza: due per sceglierla, uno per abbordarla e gli ultimi due per portarla in un posto isolato. Adesso è qui e ha un'espressione seria.» Poi ha indicato la folla dietro di sé. «E non le guarda neanche, le ragazze. Quindi non siete qui per la festa.»

Frankie Pailor era popolare a Frisco come noi lo eravamo a Fallen Crest. Giocavamo gli uni contro gli altri, ma quella era l'unica rivalità tra noi. Dato che il territorio di Frisco confinava da un lato con Roussou e dall'altro con Fallen Crest, capivamo il suo punto di vista. Lui era in rapporti amichevoli anche con i Broudou.

«E la mia serata è appena diventata ancora più strana», ha osservato lui guardando un'altra persona staccarsi dal gruppo di Roussou. «Devo già creare un diversivo?»

Channing Monroe si stava dirigendo verso di noi. Aveva i jeans bassi sui fianchi con l'ultimo bottone slacciato e la camicia aperta senza niente sotto. Mentre si avvicinava si è passato una mano tra i capelli. Nell'altra teneva una birra e aveva altre quattro bottiglie nelle tasche. Ne ha pescate un paio per porgerle a me e a Logan. «Ragazzi.»

Frankie si è tirato indietro. Il suo sguardo si è spostato da Monroe a me e a Logan, dopodiché ha sollevato le mani. «Rinuncio. Pensavo di dover mettere pace, ma forse mi sbagliavo.»

Channing ha sfoderato un sorriso porgendo anche a lui una birra. «Non voglio che ti senta tagliato fuori, Frankie.»

Logan ha sogghignato puntando un dito sul torace di Channing. «Funziona esibire i pettorali e il resto?»

Lui ha scrollato le spalle. La camicia gli si è aperta ancora di più mentre alzava il braccio per bere un lungo sorso di birra. «Come se tu avessi bisogno di conoscere i miei trucchi, Kade.»

Frankie stava studiando tutti. «Che sta succedendo? Adesso voi ragazzi andate d'accordo?» Ha indicato con il pollice il lato di Roussou. «Budd e Brett lo sanno?»

«Abbiamo alcuni amici in comune.» Appena l'ho detto, sono ammutoliti tutti.

Channing si è avvicinato a me, e Frankie ha commentato:

«Fammi indovinare, Budd e Brett non ne hanno la minima idea».

Ho indicato Channing. «Credo che spetti a lui rispondere.»

Il luccichio divertito nei suoi occhi è scomparso. Ha fissato un punto nella folla, poi si è girato di nuovo. «No, non ne hanno la minima idea.»

«Bene!» ha esclamato Logan.

Budd Broudou voleva scoprire chi fosse la mia fidanzata fin da quando aveva saputo della sua esistenza. Aveva fatto domande in giro. La situazione andava affrontata al più presto.

Pochi della mia scuola erano in rapporti di amicizia con gli studenti della Roussou. Heather invece li frequentava, e questo mi tornava utile. Channing Monroe era un tipo popolare. Malgrado non fosse particolarmente legato a Budd e Brett, non era certo loro nemico. Se fosse capitato qualcosa a Sam, Heather ne avrebbe sofferto, e davanti a me avevo un ragazzo innamorato che avrebbe fatto ciò che serviva per impedire che lei stesse male. Questo significava prendere le nostre parti.

«Jax c'è stasera?»

Channing ha esitato.

Un attimo dopo Logan ha imprecato. «C'è, Mase.»

«Questo non ha niente a che fare con lei», ha mormorato Channing.

Si sbagliava e lo sapeva. «Cosa pensi che le farebbero se scoprissero di Sam? Heather non glielo ha mai detto», ho affermato.

«Oh.» Frankie ha sollevato le mani in mezzo a noi. «Voi due non andavate d'accordo fino a un attimo fa? Pensavo di sì. Non capisco più niente. Monroe, non pensavo che tu avessi nemici.»

«Non ne ho», ha risposto lui brusco, poi mi ha detto: «So cosa accadrebbe. Tu sai che *lei* li conosce?».

Non si stava riferendo a Heather. Io e Logan abbiamo colto l'implicazione e ci siamo scambiati un'altra occhiata.

«Jax?» ha chiesto Frankie.

Logan ha socchiuso gli occhi. «Di che stai parlando?»

«Una sera sono venuti da Manny a cercarti. C'è stata una discussione e Heather ha dovuto buttarli fuori.»

«'Fanculo.»

Channing ha guardato Logan. «Esatto.»

«Aspetta.» Ho scosso la testa. «Loro non sanno di Sam.»

«Budd no...» Channing è rimasto in attesa.

Brett lo sapeva. Frankie doveva andarsene. Ho dato una gomitata a Logan indicando Pailor.

Mio fratello ha annuito mentre in faccia gli ricompariva il suo sorrisetto arrogante. Ha raddrizzato le spalle abbracciando Frankie. «Amico, mi è tornato l'appetito e pensavo che potresti darmi qualche consiglio. Non ho provato molte ragazze di Frisco.»

«Oh cavolo.» Frankie ha scosso la testa ridacchiando. Mentre Logan lo trascinava via, l'ho sentito dire: «Ce ne sono troppe, Logan, troppe. Dovrai dividerti». La sua voce si è affievolita mentre andavano a unirsi al gruppo di Frisco.

Io ho fatto un cenno alle mie spalle. Avevamo parcheggiato i furgoni ai margini del prato, vicino agli alberi. Quando siamo stati a una certa distanza, non ho perso tempo. «Sam li ha conosciuti?»

Channing ha annuito. Facendo una smorfia si è scolato quello che restava della birra e ha gettato la bottiglia. «Da Manny, come ti ho detto. Erano venuti a cercare voi. Heather li ha buttati fuori. Brett, che ha un debole per lei, le ha promesso che non sarebbero tornati a creare problemi.»

«E Sam?»

«Le hanno parlato. Heather per poco non si lasciava sfuggire qualcosa, e Sam per bloccarla ha dato una spinta a Budd, o qualcosa del genere. Brett però è riuscito a calmarlo, e la cosa è sbollita. Heather ha mandato via Sam e li ha buttati fuori. Però c'è dell'altro.»

All'idea che l'avessero avvicinata, che le avessero parlato, spaventandola, ho stretto le mani a pugno. Volevo regolare i conti subito. 'Fanculo. Se Logan mi avesse aiutato, tanto meglio, ma avevo abbastanza rabbia in corpo da vedermela con tutti e due.

Non avevo nessuna voglia di sentire il resto, ma dovevo. Sam mi aveva mentito. «Va' avanti!»

«Brett le ha chiesto di uscire.»

«Cosa?»

«Le ha chiesto di uscire.» Channing ha sollevato le mani, indietreggiando.

Non avevo intenzione di aggredirlo, ero abbastanza padrone di me. «Sputa il resto. Piantala di farmi perdere tempo.»

Lui ha abbassato le mani. «Non so né come sia successo né quando. È tutta la settimana che Budd lo prende in giro chiedendogli se andrà a trovarla.»

A quel punto è cambiato tutto. A Brett Broudou piaceva Sam. Lui sapeva che era stata picchiata...

«Erano lì quando Sam è stata caricata sull'ambulanza. Budd continua a chiamarla "il cerbiattino di Brett".»

Ho perso il lume della ragione. Appena ho sentito quelle parole tutto ha cominciato a muoversi al rallentatore. Erano da Manny. Brett Broudou l'aveva invitata a uscire. Ed erano lì quando l'avevano caricata sull'ambulanza.

Basta. Dovevo toglierli di mezzo.

Ho fatto per superare Channing, ma lui mi è balzato davanti. «Dove vai?»

«Spostati.»

«Non esiste.»

«Spostati.»

«No. Rifletti. Io conosco la tua reputazione e so che non reagisci d'impulso. Sei un tipo freddo e calcolatore.»

Il sangue mi pulsava veloce nelle vene. Dovevo affrontarli adesso. Brett Broudou sarebbe stato il primo. «Spostati Monroe, altrimenti ti sposterò io.» Il mio tono era diventato glaciale. Non volevo fare del male all'amico di Jax, ma doveva togliersi di mezzo.

Un secondo. Due.

Negli occhi di Channing è passato uno strano lampo. «Io tengo a Heather e lei è affezionata a Sam. Se mi fai del male ti si ritorcerà contro. Sto solo cercando di aiutarti.» Channing si è raddrizzato. «Ti capisco, davvero. So come ti senti. Budd è pericoloso. Non gli importa niente di chi calpesta, ma Brett potrebbe esserci utile.»

«L'ha invitata a uscire.»

«A scuola lo prendono in giro tutti. La notizia della ragazza aggredita durante la partita di basket è circolata. Alcuni credono che sia stata picchiata perché piace a Brett. Invece quel gruppo di pazze della vostra scuola l'ha menata a causa tua. Questa storia non ha nulla a che vedere con il rapporto tra Roussou e Fallen Crest.»

«Non me ne frega niente.»

«Lo so. Lo so.» Channing si è indicato la testa. «Ragiona. Brett sa chi è Sam e ha chiesto a Heather se la sua amica stesse bene.»

La rabbia si è placata e sono tornato in me. Ho cominciato a mettere insieme i pezzi. Ho capito cosa stava cercando di dirmi Channing. «Budd iniziava ad avere dei sospetti ma Brett lo ha sviato.»

«Perché questo per Budd è logico. Qualcuno nella tua scuola era stato picchiato. Sa che avresti voluto sapere tutto al riguardo.»

Sono rimasto perplesso.

«Budd vuole sempre avere tutto sotto controllo a scuola. Brett ti ha coperto le spalle.»

«Adesso capisco.» Era una cosa che mi era passata per la testa ma a cui non avevo dedicato abbastanza attenzione. «Brett lo ha fatto per lei.»

"Sam mi ha mentito." Sono trasalito. Faceva male.

«Sì.» Channing ha rilassato le spalle. «Poco fa ho visto Heather, era con me. Brett vuole sapere come sta Sam. Ha promesso di non dire niente a Budd.» Ha fatto un respiro profondo. «E ora affrontiamo la seconda questione.»

Sapevo dove voleva andare a parare.

«Heather ha detto che Kate si comporta come se fosse la tua ragazza e che anche le sue amiche hanno rialzato la cresta. Non sono affari miei, ma lei non ci dorme la notte. Tengo a Heather e non mi piace vederla soffrire. Non sa se dire a Sam che sei tornato con la banda delle stronze o aspettare che lo faccia tu. In un modo o nell'altro, lo scoprirà.» Si è toccato il petto. «Ed è qui che entro in gioco io. Penso che tu abbia un piano. È così?»

«Non devi immischiarti.» Ho mantenuto la calma. Non mi importava delle ansie di Heather Jax. Poteva dire tutto ciò che voleva. Nella mia relazione con Sam nessuno poteva interferire.

Channing ha sospirato. «Mi aspettavo che avresti reagito così.»

«Mason!»

Era arrivata Kate. Mi sono sentito male e ho dovuto soffocare il disgusto all'idea di starle vicino. Avevo due idioti da affrontare: Kate e Budd Broudou.

«Mason, dove *seeei*?» ha strillato. Poi anche le sue amiche hanno gridato il mio nome.

Kate aveva bevuto parecchio. Era il mio momento.

Ho finito la birra e ho dato la bottiglia a Channing. Lui me ne ha passata un'altra e ho trangugiato anche quella.

«So cos'hai in mente», ha detto lui.

Ho aspettato il suo giudizio. Mi stavo già preparando per la reazione di Sam.

«Le farai del male.»

«Lei ha fatto del male a Sam.»

Channing ha annuito. Non ha aggiunto altro, ma ha capito che si sarebbe comportato nello stesso modo se fosse stato al mio posto. Quando sono tornato alla festa, Kate era al centro del prato e stava ballando attorno ai barili di birra. Si era tolta la maglietta: indossava solo il reggiseno e i jeans aderenti. Appena si è girata, ho notato che aveva degli strappi sul sedere per mettere in mostra le mutandine.

Ha riso, gettando indietro la testa, e ha bevuto un sorso di Jack Daniel's direttamente dalla bottiglia. Le sue amiche ballavano con lei. Le guardavano tutti. Poi mi hanno visto e sono rimasti in attesa della mia reazione. Un gruppo si è fatto indietro per lasciarmi passare. Mentre avanzavo, ho preso di mano a una ragazza una bottiglia di birra.

«Ehi. Oh...»

Ho ignorato le sue proteste. Prima che Kate mi notasse, mi sono lanciato un'occhiata alle spalle: Channing mi aveva seguito ma si era diretto verso i suoi compagni della Roussou, dove c'era anche Heather. È stato allora che i nostri sguardi si sono incontrati. Il suo era di condanna. Channing non mi aveva giudicato, lei invece sì. La migliore amica di Sam mi odiava.

Kate ha ansimato, barcollando. «Mason! Sei qui!»

Anch'io mi sono odiato.

Le ho sorriso malizioso mentre si avvicinava. Stava cercando di essere provocante, ma non era che una stupida ubriaca che puzzava d'alcol. Mi ha gettato le braccia al collo e ha premuto il seno contro di me prima di strusciarmisi addosso. Mi ha affondato le dita nel collo per attirarmi a sé, avvicinando la bocca alla mia. «Stasera mi scoperai?» ha bisbigliato.

Non riuscivo a pensare a niente.

Ho premuto le labbra sulle sue.

22.

SAMANTHA

Quella non era più casa mia.

È stato questo il mio primo pensiero quando sono entrata. David ha aperto la porta ma mi ha fatto cenno di accomodarmi. Niente mi era più familiare. Era un posto freddo, buio, che odorava di muffa.

«Scusami.» David si è affrettato a superarmi, e la porta si è richiusa sbattendo. «Avevo intenzione di fare un salto ad accendere il riscaldamento, in previsione del tuo arrivo, ma sono successe delle cose a scuola e...» Si è interrotto, fissandomi.

«Che cosa c'è?»

«Niente.» Ha scosso la testa. «Sei qui. Pensavo...» Ha fatto una smorfia mentre si schiariva la voce. «Non avrei mai pensato che saresti tornata.»

Mi sono accorta che era emozionato. Il chiaro di luna illuminava la stanza. Mi si è formato un nodo in gola e ho distolto lo sguardo.

David ha armeggiato con il termostato del riscaldamento prima di accendere la luce. Il mio stato d'animo però non è cambiato.

Non mi sentivo a casa.

Il banco della cucina era coperto di cartoni della pizza vuoti. Sparse qua e là per terra c'erano casse di birra, sul tavolo pile di posta. Ho notato un televisore nell'angolo e l'ho indicato. «È nuovo.»

«Oh.» David ha sospirato, arrossendo. «Sì, per le registrazioni delle partite.»

«Di solito le guardavi al piano di sotto.»

«Sì. Poi ho preso l'abitudine di stare qui, in caso...» Lui ha distolto lo sguardo. Poi ha urtato una pila di cartoni facendoli cadere sul pavimento. «Accidenti.» Si è chinato a raccoglierli. «Mi dispiace. Questo posto è uno schifo. Non pulisco da...» Non ha finito la frase.

Quando si è raddrizzato, ho percepito un cambiamento. Mentre aspettavo che mi dicesse qualsiasi cosa avesse in mente di dirmi, il cuore ha preso a martellarmi nel petto.

«Non so perché ti sto mentendo. Ne hai passate già tante. Meriti un po' di sincerità.»

Mi si è contratto lo stomaco.

Ha indicato la cucina. «Stavo qui nel caso tu fossi tornata. So che è stupido, ma volevo che mi trovassi. Però non l'hai più fatto, a parte il giorno dopo il trasloco.»

«Sì.» Avevo la voce rauca. «Analise mi aveva chiesto di venire a prendere qualcosa...» Se solo allora avessi capito quanto quel passo sarebbe stato definitivo, se avessi saputo che David non era mio padre... Ma no, non sarebbe cambiato niente. Lei mi avrebbe comunque costretta a seguirla.

«Come ho detto, è diventata un'abitudine. Mi sedevo qui, mangiavo e guardavo le partite. Anche quando ho capito che non saresti più venuta. Non aveva senso, lo so.»

Ho annuito. Non sapevo cosa dire. Vedendo la scopa gli ho chiesto: «Vuoi che dia una pulita?».

«Cosa? Oh no, Samantha. Me ne occuperò io. Tu va' di sopra a metterti comoda. Magari vorrai controllare le mail o i social. Mark usa Twitter per comunicare con Malinda, ma per me è arabo. Non sono bravo con la tecnologia.»

«Lo so.» In questo eravamo simili.

Ha preso il cestino dei rifiuti e ha iniziato a buttarci dentro i cartoni. «Scommetto che hai fame. Malinda voleva preparare qualcosa, ma le ho detto che ti avrei portata fuori a cena. Ti va di uscire?»

«Per me possiamo mangiare a casa.»

«Oh.» David era perplesso. «Ehm... potrei prendere del cibo da asporto. Al cinese? Una volta ti piaceva.»

«Va bene.»

«Oppure c'è un posto nuovo che fa i noodle. Vuoi andarci?» Gli si sono illuminati gli occhi.

Mi sono indicata il viso. I lividi stavano sbiadendo, ma ci sarebbero volute ancora un paio di settimane perché sparissero del tutto. «Non me la sento ancora di uscire.»

«Certo. La tua faccia», ha detto lui con un sospiro. «Sono nervoso, Samantha. Anche se sono tuo padre, in questo momento mi sento sulle spine. Esco a comprare qualcosa.»

«Non c'è niente in frigo?»

«Non sto qui spesso», ha ammesso con un sorriso. «Direi che questo posto ormai è una specie di magazzino.»

«È bello che tu abbia tenuto la casa.»

«Sì, be', speravo che un giorno ti sarebbe servita.» David si è rabbuiato. «Ma non per questo motivo, ovvio.»

«Lo so, papà.»

Sentendosi chiamare così, mi ha sorriso battendo velocemente le palpebre. Si è sfiorato un occhio e ha indicato la porta con un cenno. «Vado a prendere da mangiare. Torno presto, promesso.»

Non sapendo cosa fare, mi sono messa a pulire. Ho infilato tutto nei sacchi della spazzatura e li ho portati fuori, nei bidoni. Poi ho iniziato a riordinare la posta. C'erano vecchie bollette. Ne ho trovata una di agosto, quando ce n'eravamo andate. Con mano tremante ho cacciato la busta sotto le altre. Mi sono sbarazzata delle riviste di Analise. La maggior parte erano ancora nel cellofan. Non si era nemmeno presa la briga di disdire gli abbonamenti. Dopo aver spazzato per terra e pulito il banco della cucina ho dato un'occhiata al lavandino. Non c'erano piatti da lavare.

Non riuscivo a trovare il coraggio di salire di sopra. Sapevo che nella mia vecchia stanza sarebbero riaffiorati troppi ricordi. Sono entrata in soggiorno e ho avuto la sensazione di tornare indietro nel tempo.

David non aveva toccato niente.

Non potevo crederci.

Sul divano c'erano ancora le due coperte piegate che avevo lasciato lì il giorno del trasloco. Ricordavo che volevo prenderle, ma Analise mi aveva detto di no. Lo stesso era successo con una scatola che avevo preparato e che adesso giaceva in un angolo della stanza. Era piena di album di fotografie, compreso quello delle loro nozze.

Non avevo acceso le luci.

«Samantha?»

Le chiavi hanno tintinnato quando le ha tolte dalla porta. La zanzariera si è chiusa con un colpo secco. «Sei qui?»

Non lo avevo sentito aprire la porta. «Sì.» Sentendolo avvicinarsi mi sono asciugata una lacrima sulla guancia e ho sfoderato un sorriso. David mi ha guardata preoccupato. Sapevo che stava per chiedermi se andasse tutto bene. Non potevo mentirgli, quindi mi sono limitata a indicare i due cartoni della pizza che reggeva in una mano. «Era chiuso?»

«Cosa?»

«Il posto dei noodles.»

«Oh.» Lui ha abbassato lo sguardo. «No, è che mi sono ricordato che adoravi la pizza. Spero che ti piaccia ancora.»

In quell'istante il mio stomaco ha brontolato.

David ha inarcato un sopracciglio. «Direi di sì.»

Il profumo aveva invaso la stanza e mi sono resa conto di avere fame. «La pizza è perfetta.»

«Ottimo.»

Ho annuito.

Lui mi ha fissata.

Nessuno dei due si è mosso.

Poi David si è guardato attorno. «Be', potremmo sederci.» Ha dato un'occhiata al divano.

«Ho pulito la cucina. Possiamo andare di là.»

«Bene.» Sembrava sollevato.

«Ma non voglio interferire con le abitudini che hai preso da quando...» Mi sono interrotta prima di dire: "Ti abbiamo lasciato".

«Non importa, Samantha. Possiamo andare di sotto e magari guardare un film.»

«C'è ancora la TV da basso?» Quella era una cosa che io e

lui facevamo insieme: guardavamo i film mentre Analise restava di sopra. Non le piaceva il seminterrato, diceva che era come una cella scura. Era la nostra tana.

David ha annuito. «Sì. Comunque non dovevi pulire. Grazie.»

«Non c'è problema.» Non sapevo dove mettere le mani.

David mi ha sorriso. «Perché non porti giù le pizze? Io prendo il resto. Di sotto dovrebbero esserci anche qualche sacchetto di popcorn e l'acqua.»

«Okay.»

«Ah, e anche le patatine. Ti piacciono ancora le Doritos?»

Ho annuito e mi sono incamminata verso la porta del seminterrato mentre lui andava in cucina. L'ho spalancata e mi sono bloccata in cima alle scale. Ho chiuso gli occhi facendo un respiro profondo. Ho tastato la parete in cerca dell'interruttore e l'ho premuto. La scala si è illuminata e ho rivisto una parvenza di casa mia.

L'imbarazzo e la tensione presto si sono dissolti. David mi ha raggiunta. Quella era di nuovo la nostra tana, come prima del tradimento di Analise e del divorzio. Sono stata trasportata indietro nel tempo, prima che il mio mondo andasse in pezzi, e non stavo seguendo molto il film. Quando l'ho sentito ridere, mi sono voltata verso di lui. Aveva gli occhi che luccicavano. Si era fermato, con una manciata di popcorn in mano, in attesa della battuta saliente del film. È arrivata. David ha fatto una risata fragorosa. Ha gettato indietro la testa ed è restato con la mano a mezz'aria, dopodiché si è cacciato in bocca il popcorn come se niente fosse e ha ripreso a guardare il film.

Ho sentito sgorgare le lacrime.

Eccolo: quello era il momento che avevo aspettato da quando Analise mi aveva portata via. Casa. Non era più casa mia, lo sapevo, ma Mason e Logan sarebbero venuti qui e saremmo stati insieme. Sarebbe andato tutto bene.

«Hai visto?» David ha sorriso indicando lo schermo.

Sì. Aveva messo un film che conoscevamo a memoria. Stavamo ridendo insieme per un'altra battuta quando la realtà mi ha investito. Non avevo più una madre. Ho trattenuto il respiro.

«Samantha?»

«Sì?»

«Cosa c'è?»

«Niente. Mi sono appena resa conto che Mason non ha risposto al mio messaggio», ho mentito.

«Stasera avevano una partita. Perché non ci sei andata?»

Ho sorriso indicandomi il viso. «Sembro uno zombi.»

«Oh. Certo. Scusa.»

Ho scrollato le spalle. «Sono una vittima di bullismo. Dovrei scrivere un blog.»

«Sì, dovresti.»

Il suo tono serio mi ha colpito. «Eh?» Dovevo avere sentito male.

«È un modo per farsi sentire, no? Io dico che lo devi fare. Se hai qualcosa da dire, mettilo in un blog. Sarei fiero se mia figlia bloggasse.»

Sono rimasta in silenzio. David voleva infondermi un po' di coraggio. Ero sull'orlo delle lacrime e mi sono voltata dall'altra parte.

Mio padre mi era mancato.

«Samantha?»

«Sto bene.» Ho gesticolato per fargli capire che non doveva preoccuparsi.

«Ho detto qualcosa di sbagliato?»

Avevo voglia di piangere, di nascondermi e di abbracciarlo nello stesso tempo. In lui c'erano l'ansia e l'esitazione che ricordavo così bene. Poi mi sono tornate in mente le liti: David diceva qualcosa e Analise si infuriava. Non era mai lui a provocarle. Era lei il problema. Aveva fatto a pezzi la nostra famiglia. La colpa di tutto era di Analise.

«No», ho risposto con voce strozzata. «Tutto il contrario: hai detto la cosa giusta.»

«Ah, bene.»

Il suo palese sollievo mi ha scatenato un'altra ondata di emozioni. Malinda aveva ragione. «Malinda viene qui?»

Lui si è irrigidito.

La sua reazione mi ha confusa. Cos'avevo detto di sbagliato?

«Non glielo permetto», mi ha risposto.

«Perché?»

«Mi vergogno.»

Mi si è stretto il cuore. Nessuno dovrebbe vergognarsi della propria casa.

«Questo...» David si è interrotto. Quando ha ripreso a parlare, la sua voce era più ferma. «Questo è il posto dove ho commesso tanti errori con la mia famiglia, con te. Malinda è un nuovo inizio. Casa sua è calda e piena d'amore.»

Come lei.

«Non voglio che veda questo posto», ha aggiunto. «È stata la casa di Analise.»

Ho sentito un brivido. Aveva ragione. Avvertivo la presenza di mia madre da quando avevo messo piede in casa.

«Avevo deciso di tenere la casa per te...» Mio padre ha esitato, «e per la tua nuova famiglia.»

«Ma è pur sempre casa tua.»

«No. Da quando lei ti ha portata via, per me è stata solo un tetto sulla testa. Adesso poi c'è Malinda.»

Ho trattenuto il fiato. Non mi sarei dovuta stupire. Mark mi aveva detto che la loro era una relazione seria. La prima volta che li avevo visti insieme mi ero arrabbiata. Avevo odiato lei perché lo stava allontanando ancora di più da me. Ora però non potevo più mentire a me stessa. «Malinda è la donna giusta per te. Sei fortunato ad averla.»

David ha sollevato la testa di scatto. «Lo pensi davvero?»

Il nostro momento padre-figlia si era avventurato in acque profonde, ma non potevo più tirarmi indietro. E non ero neanche sicura di volerlo fare. Non mi ero resa conto di quanto David mi fosse mancato. Non potevo dirglielo perché avevo la gola chiusa. L'unica cosa che sono riuscita a fare è stato annuire. Poi siamo rimasti seduti in silenzio. Il film era finito da tempo. Ogni tanto lui si passava una mano sulla faccia. Io facevo lo stesso.

«La casa di Malinda è anche casa tua, se lo vorrai», ha detto lui alla fine. Aveva la voce rotta quando ha aggiunto:

«Io non sono come Analise. Non ti costringerò a fare niente contro la tua volontà. Ne hai passate troppe perché ti tratti da ragazzina. Sei quasi una donna, e sono sicuro che te la caverai benissimo nella vita. Ma da lei c'è una stanza per te». Ha abbozzato un sorriso mesto e si è asciugato ancora una volta gli occhi. «Lo ha detto anche a Mark. Lei ti ama già, Samantha.» Ha spalancato gli occhi. «Ma non voglio che tu ti senta sotto pressione per questo. Puoi fare quello che ti senti. E a proposito di questa casa dicevo sul serio.»

Ho scosso la testa, alzandomi dal divano. «Io...» Non riuscivo a parlare. «Devo chiamare Mason. Ho bisogno di sentirlo.» Mi sono aggrappata al corrimano delle scale e ho chinato la testa. «E devo andare in bagno. Scusa.»

Sono corsa su per le scale. Le emozioni mi avevano sopraffatta.

23.

Il mattino dopo ero incavolata nera.

Mason non era passato e non mi aveva chiamata. Non si era degnato di scrivermi nemmeno un messaggio. Erano quasi le nove e sapevo che ormai doveva essere sveglio. Quindi mi stava evitando. Questo poteva significare una cosa soltanto: la sera prima aveva messo in atto il suo piano per punire Kate, di qualsiasi cosa si trattasse, e io non ne ero stata informata. Mi aveva tagliata fuori.

Ho chiamato Logan. Niente.

Ho chiamato Heather. Niente.

Due ore dopo ancora nessuna notizia.

Ho sospirato e mi sono vestita. La mia faccia era un mix tra il muso di un panda e quello di un procione. Mi sono truccata per coprire i lividi, ma non potevo fare miracoli. Mi sarei dovuta accontentare.

Non mi sarei lasciata prendere dallo sconforto. Non sarei crollata, chiedendomi perché fosse successo proprio a me. La serata con David mi aveva scombussolata, perciò ho scacciato tutte le emozioni tranne la rabbia. Quella mi calzava come un cappotto su misura. Mi teneva al caldo e riparata.

In cucina ho trovato mio padre. Sul banco c'era la colazione. Lui stava trafficando nel frigorifero.

«Andiamo da Malinda.»

Ha sussultato e si è voltato di scatto verso di me. «Samantha!» Si è battuto la mano sul petto. «Mi hai fatto perdere cinque anni di vita.»

«Andiamo da Malinda», ho ripetuto

«Cosa?» Stavolta doveva avermi sentita. «Perché? Pensavo che volessimo restare un po' da soli, io e te, anche se di certo stanotte Mason si è intrufolato in camera tua. Se n'è già andato?»

«Andiamo da Malinda.»

David è rimasto un attimo in silenzio, poi ha capito. «Oh.»

«Esatto.»

«C'è qualcosa che vuoi dirmi?»

«No. Voglio solo andare da Malinda.»

«Intesi.»

Appena entrati in casa di Malinda, l'ho salutata e sono andata dritta nella stanza di Mark. Quando ho aperto la porta, è balzato giù dal letto. «Mamma!» Si è bloccato con un'espressione perplessa. «Sam?»

«Sam?» Ha squittito la voce femminile sotto le coperte. Ha fatto capolino una bionda dall'aria non troppo contenta. «Cosa ci fai qui?»

«Cassandra?» Quella aveva sempre avuto una fissazione per Adam. Ho sbuffato. «Alla fine hai rinunciato a Adam? Mark mi ha detto che lui ha una nuova ragazza. Dev'essere dura essere scartati. Di nuovo.»

Furiosa, lei ha scostato le coperte. Indossava solo una maglietta sottile che le lasciava scoperto un seno. «Tu e Mason avete rotto? Hai intenzione di farti l'altro tuo fratellastro? Mi dispiace se Logan ti ha respinta. Anche per te dev'essere dura», ha replicato acida.

Un urlo mi è salito in gola. Avevo un aspetto terribile e mi sentivo da schifo. Non avevo voglia di sentire le sue stronzate. Mi sono girata verso Mark e ho indicato la porta. «Dobbiamo parlare.»

Lui ha annuito lanciando un'occhiata cauta al di sopra della sua spalla.

«Mi stai prendendo in giro?» gli ha detto Cassandra, fremente di rabbia. Si è sistemata la maglietta con uno strattone e mi ha guardata in cagnesco. «Perché sei tornata? Senza di te era tutto perfetto.»

«Cass, piantala.»

Si è spazientita. «Ma è vero.»

Lei non era un mio problema. «Vuoi davvero iniziare una guerra con me sapendo che forse presto diventerò la sorellastra di Mark?»
Ha biascicato un insulto.
«Ricambio, Cass», ho esclamato uscendo. Poi mi sono diretta verso la stanza dell'home theatre.
«Miranda odia ancora sia te sia Logan. Aspetta e vedrai. Il karma è un gran bastardo, Sam. A quanto pare sei già stata punita, ma non è finita qui...» Mark ha chiuso con forza la porta. Lei ha urlato al di là del muro: «E va' a farti fottere anche tu, Mark».
Ho chiuso gli occhi. Lui ha riaperto la porta e le ha sorriso con aria maliziosa. «Già fatto. Tre volte. Adesso vai.» Poi l'ha chiusa di nuovo e ha guardato le scale in fondo al corridoio. «Dobbiamo nasconderci. Quando uscirà, sarà una belva.»
Appena ci siamo rifugiati nella stanza utilizzata da Logan, l'abbiamo sentita inveire sottovoce mentre passava. Subito dopo la porta di sopra ha sbattuto.
«Sei andato a letto con *Cass*?»
Mark ha fatto una smorfia passandosi la mano tra i capelli scuri. Quando l'ha abbassata, gli sono rimasti dritti in piedi. «Ero ubriaco.» Ha scrollato le spalle. «E lei è sexy.»
«Hai intenzione di rifarlo?»
«Sì, se ne avrò l'occasione.» Mi ha sorriso. «Sono un uomo e lei è brava a letto.»
«Pensavo che uscissi con Amelia.»
Lui ha sbuffato. «Cavolo, no. È una matta e mia mamma la detesta. E comunque frequenta un tipo che va al college.»
«Sono cambiate molte cose da queste parti.»
«Sì.» Scosso da un brivido, si è toccato il petto nudo. «Ti dispiace se prendo una maglietta? Non che mi dispiaccia mettere in mostra la merce ma sto gelando, e in più tu sei superimpegnata.»
«Certo.»
Mi ha sorriso e si è allontanato di corsa. L'ho seguito e sono andata ad aspettarlo nella stanza dell'home theatre. Mi sono buttata sul divano, nello stesso posto in cui una set-

timana prima mi ero seduta con Mason. Quella sera mi aveva tenuto fra le braccia mentre guardavamo un film. Stavo molto male ma lui mi aveva aiutata. Aveva scacciato il dolore. Su di me aveva sempre quel potere.

«Sam?»

Sono tornata di colpo alla realtà. Mark era lì in piedi, con addosso una felpa della squadra di atletica e i jeans. In mano teneva un paio di calzini e le scarpe. Si è seduto sul divano di fronte a me. «Stai bene, Sam?»

«No.»

Lui, che si stava infilando i calzini, si è bloccato e ha alzato lo sguardo.

Non avevo intenzione di mentire. «Mi serve il tuo aiuto.»

«Per cosa?»

«Ho bisogno di un autista.»

«Okay.» Mentre si metteva le scarpe, mi ha chiesto: «Dove andiamo?».

«In cerca di Mason e Logan.»

A quelle parole si è raddrizzato, con un'aria confusa. «Eh?»

«Non rispondono alle mie telefonate e non ho intenzione di stare qui seduta ad aspettare. Quindi mi aiuterai a trovarli.»

«Sam», ha iniziato a dire Mark mentre ci alzavamo.

«No. Non voglio sentire prediche. Tempo fa ti eri offerto di aiutarmi. Ora ne approfitto. Andiamo.»

Ho fatto strada. David e Malinda erano a tavola, ma io ho tirato dritto verso la porta. Mark invece si è fermato a parlare tranquillamente con sua madre. David non ha preso parte alla conversazione. Dall'ingresso ho teso l'orecchio per cercare di sentire cosa si stavano dicendo. Poi Mark è spuntato da dietro l'angolo giocherellando con le chiavi. Le ha lanciate in aria per poi riacciuffarle al volo e mi ha sorriso. «Qual è la prima tappa?»

«La prigione.»

«Eh?»

Ero già fuori. La porta gli si è chiusa in faccia e l'ho sentito emettere un lamento. Un attimo dopo mi ha seguita. «Sicura di voler andare alla prigione?»

Mi sono diretta alla sua auto. Ero in missione e non avevo tempo da perdere. Le costole cominciavano a farmi un po' meno male, anche se ero sicura che il giorno seguente avrei scontato questa bravata. Per il momento, però, l'unica cosa che mi interessava era trovare Mason e Logan. Non volevo neanche prendere in considerazione l'eventualità che mi avessero mollata. Non potevo.

Vedendo che Mark non si era ancora sistemato, ho chiesto digrignando i denti: «Possiamo andare? Per favore».

Lui si è agganciato la cintura di sicurezza e ha acceso il motore. «Alla prigione, eh?»

«Devo assicurarmi che ieri sera non siano stati arrestati.»

«E sia!» Ha sterzato per immettersi nella strada. Quando abbiamo superato la villa dei Kade, ho notato che i loro fuoristrada non c'erano. La cosa non mi ha stupita. Non c'era neanche l'auto di mia mamma, e questo era già più strano. Analise parcheggiava sempre bene in vista la macchina che James le aveva regalato per il loro fidanzamento. All'appello mancava pure quella di James.

«Sai che Mason e Logan sono andati a una festa del distretto ieri sera?»

Ho scacciato gli altri pensieri per concentrarmi di nuovo sulla mia missione. «Una festa del distretto?»

Mark ha annuito svoltando a sinistra per uscire dal quartiere. «Sì, lo sai come sono, no?»

«No, non lo so.» Mark era disinvolto e rilassato come sempre. In quel momento però la sua calma mi dava sui nervi. «Illuminami», ho ribattuto.

Lui ha sogghignato. «Sono feste a cui partecipano gli studenti di tutt'e tre le scuole del distretto.»

La rabbia mi ribolliva dentro sempre più intensa. «Va' avanti.»

Mark ha imboccato la superstrada. «Credo che la festa di ieri sera fosse a Frisco. Sono ammessi solo i ragazzi e le ragazze delle scuole pubbliche: Frisco, Roussou e Fallen Crest. Se qualcuno di una privata prova a imbucarsi, gli distruggono l'auto. Tagliano le gomme, graffiano la carrozzeria, tirano uova sul parabrezza... Non ne vale la pena, quindi nessuno di noi ci va da molto tempo.»

Mi sono sentita male. La teoria dell'arresto stava acquisendo fondamento.

«Sì, ma quelli di Frisco sono tipi a posto. Giochiamo a football e a basket contro di loro. Anche se non sono al livello della FCP, se la cavano bene.»

«Hai sentito se alla festa è successo qualcosa?»

Mark ha ridacchiato. «Per esempio? A quelle feste succede sempre di tutto. Le organizzano in qualche posto in mezzo al bosco e la polizia gira al largo. Dopo, nessuno apre bocca. Se qualcuno sgarra, le prende di santa ragione.»

La gente non sta mai zitta. Basta fare le domande giuste. Quando ho scoperto che Mason e Logan non erano alla stazione di polizia, mi sono fatta accompagnare all'hotel. Niente nemmeno lì. La mia chiave elettronica non funzionava, e alla reception mi è stato detto che loro avevano lasciato l'albergo domenica.

Mentre tornavamo alla macchina, Mark mi ha chiesto: «Non lo sapevi?».

«Scherzando mi avevano detto che la loro madre si sarebbe trasferita vicino a casa tua per non perderli d'occhio. Nient'altro.»

«La loro roba deve pur essere da qualche parte.»

Stava dicendo una cosa ovvia. "Grazie, Sherlock Holmes." Ho fatto un respiro profondo per tenere sotto controllo l'irritazione. «Verifichiamo questa teoria.»

«Quale?»

«Quella che la loro madre si sia installata nella casa in vendita vicino alla tua.»

«Nel prato però c'è ancora il cartello dell'agenzia immobiliare.»

«Magari l'ha solo affittata.»

«Okay.» Lui si è diretto verso casa. Giunti a destinazione, ha rallentato per vedere se davanti alla vecchia casa di Nate ci fossero auto parcheggiate.

Niente.

Si è fermato a osservarla. «Ci sono le tende. Sembra che dentro ci sia qualcuno.»

Gli ho dato un pugno sulla spalla. «Vai tu.»

«Io? Perché?» Mi ha lanciato un'occhiata. «Smettila di farmi male. Prima la porta, e adesso il pugno. Comunque non se ne parla. Helen Malbourne è una donna maledettamente tosta. Mia mamma la odia.»

Malinda è cresciuta ancora nella mia stima. «Se loro sono là dentro, cercheranno di evitarmi. A te Helen non mentirà.»

Mark ha brontolato ma è sceso. Piano piano si è incamminato lungo il marciapiede. «Mi devi un favore», ha gridato.

L'ho esortato a sbrigarsi con un cenno della mano.

Mi ha lanciato un'ultima occhiata torva prima di avviare la metamorfosi. Proprio come faceva Logan, ha sollevato la testa e raddrizzato le spalle. Emanava un'aura di sicurezza, ma la sua camminata non era arrogante. Ha bussato alla porta e poco dopo è entrato in casa.

Mi si è formato un doloroso nodo allo stomaco. Mark era dentro da forse un minuto quando la mia mano è corsa alla maniglia. Al diavolo! Io e Helen potevamo fare due chiacchiere. Avrei preteso delle risposte. Anche se Mason e Logan non erano lì con lei, di certo sapeva dove si trovavano. Con la madre loro erano premurosi e la tenevano al corrente di quello che facevano. Una volta Mason aveva detto che Helen non li aveva fregati. Non si meritava il trattamento riservato a James.

Ho aperto la portiera e facendo un respiro profondo ho preso la decisione che sarei entrata.

Ma proprio in quel momento Mark è uscito.

Ho aspettato mentre tornava svelto all'auto, con il solito sorriso spensierato sul volto.

Mentre saliva, ho osservato: «Sei sempre così felice».

Lui ha avviato il motore. Adesso aveva un'espressione perplessa. «Helen mi ha suggerito di cercarli da Manny. Ha detto che mangiano spesso là, dato che ci lavora la loro ragazza.»

Ho imprecato. «Mark.»

«Cosa?»

«In casa non c'erano?»

«No.»

«Cosa hai detto alla loro madre?»

«Che li stavo cercando.» Mi ha sbirciato con la coda dell'occhio. «Perché? Ho combinato qualche casino?»

«No.» Ho sospirato.

«E se fossero da Nate? È a casa in convalescenza. Forse sono con lui.» Poi ho scosso la testa. «Mason però mi ha detto che i suoi sono piuttosto rigidi sulle visite. Un guru della medicina ha raccomandato che Nate non si stressi.» Mi sono incupita.

Mark è rimasto un attimo in silenzio. «Mi stupirebbe che Mason e Logan seguissero le regole imposte dai genitori di Nate.»

«E tantomeno lo farebbe Nate, ma non ha importanza. Mason e Logan mi stanno evitando, perciò anche se andassi là lui li coprirà.»

«Quindi si va da Manny?»

Ho annuito. Valeva la pena tentare. Non erano stati arrestati. Non erano né in albergo né a casa di Helen. Se fossero stati da Nate, lui li avrebbe coperti. Era escluso che si trovassero da James. Non avevo altri posti dove cercare. Piano B: Heather. E questo significava Manny.

Quando siamo arrivati, lei non c'era ma Mark ha visto alcuni suoi amici. Si è avvicinato al loro tavolo mentre io andavo a casa di Heather. Un altro tentativo inutile. È venuto ad aprire Brandon. Lui e Heather avevano il fine settimana libero. Il padre voleva che si riposassero, perciò Heather era da Channing. Ho chiesto dove abitasse e lui è scoppiato a ridere scuotendo la testa. «Non te lo dirò mai. Sta troppo vicino ai Broudou. Niente da fare, Sam. Mia sorella mi scuoierebbe vivo se per qualche ragione ti capitasse qualcosa.» Ha scrutato la mia faccia. «Ne hai già passate abbastanza.»

Era ufficiale: non sapevo più cosa fare. Stavo per andarmene, ma Brandon mi ha fermata. «Ehi. Aspetta.» È sparito all'interno e per un istante in me si è riaccesa la speranza. È tornato con il telefono di Heather. «Se la vedi, daglielo. Lo ha lasciato qui e fa *bling* ogni dannato minuto.»

La maggior parte di quei messaggi erano miei. «Okay.»

«Sono sicuro che vi troverete al ballo in strada stasera.»

Il cuore mi si è fermato. Stavo allontanandomi ma mi sono bloccata all'istante. «Cosa?»

«Il ballo in strada. Non ci vai?»

«No.»

Bum.

«Cos'è?»

Il mio cuore stava accelerando. *Bum bum.*

Lui mi ha lanciato uno sguardo perplesso. «È il weekend del distretto, no?»

«Sì...» *Bum bum bum bum.*

Brandon si è grattato la testa. «Dovrebbe essere a Roussou. Non ne hai mai sentito parlare?»

«No», ho risposto, aggiungendo tra me e me: "Ti prego racconta. Ti prego, ti prego, ti prego".

«Oh, è strano. Pensavo che Mason te lo avesse detto. Ci va da una vita.»

«Ed è a Roussou.»

Nei suoi occhi è passato un lampo di comprensione. «Forse non dovresti andarci. Probabilmente per questo nessuno te ne ha parlato. Scordati di quello che ho detto. Da me non hai saputo niente.»

«So della festa ieri sera a Frisco.»

Lui ha fatto un sorriso di sollievo. «Ah, bene. Sì, le tre città ospitano tutte qualche evento nel fine settimana. Ma in genere la prima sera c'è la festa a Frisco. Segue il ballo in strada a Roussou. Infine, la domenica, Fallen Crest organizza un enorme falò sulle colline dietro Quickie. Anche là succedono cose da matti.»

«Ci sei stato?»

«Una volta.»

«Heather?»

«No, ma essendo da Channing penso che stavolta ci andrà. Gran parte dei suoi amici partecipa, e lui deve stare attento che nessuno si faccia male.»

Una festa. Un ballo in strada. Un falò. Mentre lo salutavo e tornavo da Mark, mi batteva ancora forte il cuore. Quella sera dovevo assolutamente andare al ballo in strada. Sapevo che Mason e Logan erano spariti perché stavano mettendo in atto il loro piano. Lo facevano per aiutarmi, era escluso che mi avessero mollata.

Ho spinto la porta laterale di Manny e sono passata a prelevare Mark. Stava ridendo con i suoi amici, gente della Fallen Crest Academy con cui non volevo avere a che fare. Stringendo i denti, ho finto di non notare le loro occhiate e le espressioni sorprese nel vedere la mia faccia.

"Sì, miei cari. Sono stata aggredita e picchiata." Ma non le avrei più prese da nessuno.

24.

Sono andata al ballo in strada da sola.

Quando Mark mi ha riportata a casa, non gliene ho parlato. Ho detto che andava tutto bene. Avrei fatto in modo che la mia affermazione corrispondesse al vero. Prepararmi per la festa è stato doloroso nel senso letterale del termine. Ho indossato una canotta bianca sotto una maglia nera, pantaloni neri e un paio di ballerine dello stesso colore. Poi mi sono dedicata al trucco. Ho calcato un po' la mano e alla fine ero fiera di me stessa: quasi tutti i lividi erano stati coperti. Mi sono raccolta i capelli in una coda di cavallo alta. Heather mi avrebbe detto che quel look era un po' troppo raffinato. Non importava. Il mio obiettivo era mescolarmi tra la folla, perché sarei andata nel territorio di Roussou.

Per prima cosa avrei cercato Heather. Quando ho parcheggiato e sono scesa, mi sono sentita morire. Come mi aveva detto Brandon, era stata chiusa una strada, ma si trattava della via principale della città. Trovare qualcuno non sarebbe stata un'impresa facile.

Ho sospirato e sono partita in missione.

Per il primo isolato è andato tutto liscio. Poi però la gente ha cominciato a guardarmi. Un gruppo di ragazze si è messo a bisbigliare e alcune mi hanno indicata. Mi sono infilata nel primo bagno che ho trovato. Ho controllato il trucco allo specchio: era a posto. Al buio i lividi non si potevano vedere. Quando sono uscita, loro erano ancora là e mi stavano fissando.

Guardandole infastidita, mi sono girata per allontanarmi ma mi sono bloccata di colpo.

Budd Broudou era davanti a me. Mi ha scrutata da capo a piedi con uno sguardo lascivo che mi ha raggelata. Più i suoi occhi indugiavano su di me e più mi sentivo sporca. Ho spostato il peso da un piede all'altro e ho chiesto bruscamente: «Cosa vuoi?».

Lui ha sorriso sollevando una mano. Si è avvicinato una bottiglia di birra alle labbra e ha bevuto una lunga sorsata prima di pulirsi la bocca con il dorso della mano. Si è tirato su i jeans larghi.

Ho socchiuso gli occhi.

Budd ha sogghignato, si è portato una mano al petto e si è grattato. Indossava una canotta bianca sotto una camicia di flanella aperta, stropicciata e piena di buchi. Quando ha lasciato ricadere la mano sui pantaloni, ha preso un lembo di stoffa e lo ha strappato.

Mi stavo stancando di essere fissata. «Cosa vuoi?» ho ripetuto.

Budd mi ha puntato contro la bottiglia. «Me lo hai già chiesto.»

«Allora rispondi!»

Alle mie spalle tutti hanno trattenuto il fiato. Avevo parlato d'impulso e adesso aspettavo la sua reazione.

Budd è scoppiato a ridere fragorosamente. Si è chinato per darsi una pacca sul ginocchio. C'è voluto qualche istante perché quell'esplosione di ilarità si placasse. Quando si è ricomposto, ha scolato il resto della birra e ha buttato la bottiglia per terra. Gli è bastato tendere la mano perché qualcuno gliene allungasse un'altra. Mentre la stappava ha continuato a guardarmi. Le spalle hanno preso a sussultargli, scosse da un'altra risata.

Ho cercato una rapida via di fuga senza trovarla. Avevamo addosso gli occhi di tutti.

Bevuta un'altra sorsata di birra, Budd ha fatto un rutto. «Hai fegato. Capisco perché gli piaci.»

Mi sono irrigidita.

Lui mi ha passata in rassegna per l'ennesima volta, soffermandosi sul mio seno. «E hai anche due belle tette. Non troppo grosse. Sei magra, ma per una scopata puoi andare.» Si è leccato le labbra.

Mi è venuta la nausea.

«Mmh mmh.» Altro sorso di birra. «Sei minuta.» Ha abbassato lo sguardo al di sotto della mia vita. «Scommetto che sei stretta anche laggiù. È un ragazzo fortunato.»

Ero confusa, oltre che disgustata. Pensava che Mason fosse fortunato?

«È un vero peccato che mio fratello sia arrivato prima.»

"Suo fratello?"

«Budd.»

Mi sono girata. Brett Broudou era alle mie spalle. Anche lui indossava jeans larghi e una camicia di flanella strappata, però non aveva uno sguardo lascivo. Era furioso, ma non con me. «Budd. Sta' lontano da lei.»

L'altro ha sbuffato mentre si portava di nuovo la bottiglia alla bocca, barcollando. La bottiglia gli è caduta e la birra è schizzata ovunque, soprattutto su di me. Ho fatto un salto indietro e sono andata a sbattere contro Brett. Ho sentito una fitta lancinante alle costole. «Merda», ho mormorato.

Stavo per cadere e mi sono preparata all'impatto.

Non è avvenuto.

Quando ho alzato lo sguardo, mi sono accorta che Brett mi aveva afferrata. In una mano teneva una bottiglia di birra e con l'altra mi sosteneva per un braccio. I nostri occhi si sono incrociati e nei suoi c'era un'espressione mortificata.

«Grazie.» Non sapevo che altro dire.

Lui ha annuito abbassando le palpebre, poi si è rivolto a suo fratello. «Ricordi il nostro discorso?»

Budd ha gesticolato spazientito. «Sì, sì.»

Brett si è rabbuiato. «Tink?»

«Sì?» ha risposto il gigante dietro il banco del bar all'aperto.

«Dagli un'altra birra. L'ha fatta cadere.»

«È già sbronzo?»

Budd ha grugnito. «Andate affanculo tutti e due. Sto bene e sono in grado di prendermi una stramaledetta birra da solo.» Si è girato e per poco non ha colpito una ragazza in faccia. Dopo aver recuperato l'equilibrio si è fatto largo a spintoni tra la folla.

Il cuore mi batteva all'impazzata. Quando è scomparso, mi sono accorta di avere trattenuto il fiato.

Brett mi ha toccato la mano per fermarne il tremito. «Vieni.»

L'ho seguito nella calca, cercando di calmarmi. Sembrava che il cuore volesse uscirmi dal petto. Solo dopo un po' che camminavo mi sono resa conto che Brett mi stava portando lontano dal caos. Abbiamo svoltato in un vicolo e ci siamo infilati in una porta al di là della quale c'era un'altra festa. Mentre passava, i ragazzi gli davano pacche sulle spalle e le ragazze lo salutavano. L'attenzione che suscitava era di natura diversa rispetto a quella generata dai Kade. Le persone consideravano Mason e Logan attraenti, ma apprezzavano Brett Broudou per altre ragioni.

Lui ha imboccato un corridoio, superando altri ragazzi.

«Ehi.»

«Amico.»

Brett li ha salutati con un cenno e ha proseguito fino all'ultima porta.

"Dove diavolo mi sta portando?"

Siamo entrati in una stanza dove i divani erano stati spinti contro le pareti. Da un lato c'era un bar e al centro un paio di tavolini dove alcune persone giocavano a carte. Avevano davanti un bel mucchio di soldi. Appena siamo entrati, tutti hanno alzato lo sguardo.

Brett ha indicato la porta. «Andate a giocare da qualche altra parte.»

Mi aspettavo proteste, invece si sono alzati in silenzio, prendendo le carte, i soldi e le *fiches*. Ci sono passati davanti in fila indiana.

Accidenti. Dovevo preoccuparmi? Brett aveva intenzione di farmi del male?

«Hai paura di me, vero?» mi ha chiesto.

"Oh santo cielo." Ho distolto lo sguardo dai divani per

posarlo su di lui. Sembrava un tipo incredibilmente onesto.
«Ehm...» Mi sono fatta coraggio. «Mi puoi biasimare?»

«Non ho intenzione di farti del male.» Brett è andato dietro il banco a prendere due bicchieri. «Ti avevo invitata a uscire, ricordi?»

Mentre li riempiva di rum, mi sono avvicinata. «Sai chi sono?»

Lui ha finito di versare il liquore, ha messo da parte la bottiglia e ha sollevato gli occhi. «So che eri la ragazza di Mason Kade. Quando ci sono arrivato, è stata una bella sorpresa.» È rimasto in silenzio per qualche istante, scrutandomi. «Stai ancora con lui?»

«Io...» Non sapevo come rispondere.

«Perché ne ha un'altra che gli sta addosso», mi ha interrotta lui. «Lo sapevi?»

Mi si sono svuotati di colpo i polmoni e sono crollata in avanti. Avevo il cuore pesante e ho provato una fitta di dolore. Sapere che in base al piano Kate avrebbe dovuto credere di essere la ragazza di Mason era un conto, sentire dalla bocca di un suo nemico che lui stava con lei era tutt'altra storia. Non riuscivo rispondergli.

Il suo tono si è indurito. «Ho chiesto in giro. È la stessa stronza che ti ha picchiata.»

«Sì...»

«E lui lascia che gli stia addosso in quel modo?» Percepivo un'oscura minaccia nella sua voce. Ha buttato giù il rum e se n'è versato dell'altro. «Tu ne vuoi ancora?»

Ho annuito. Avevo bisogno d'alcol.

Abbiamo bevuto un altro paio di bicchierini. Io ero a posto, ma lui se ne è scolati ancora due. Poi si è appoggiato alla parete dietro il banco e io mi sono sistemata su uno sgabello. Cominciavo a sentire caldo.

«Non hai risposto alla mia domanda. Stai ancora con quel tipo?»

«Non lo so.»

Ho avvertito la sua cocente delusione mista a pietà. «Che peccato!»

«Lo dirai a tuo fratello?»

Scostandosi dal muro, ha ribattuto in tono brutale: «Mi stai prendendo in giro? Sai che tipo è mio fratello? Lui fa del male alla gente».

Ero confusa.

Si era versato un altro rum. «So cosa pensi.» Ha alzato il bicchiere verso di me, pronto a svuotarlo. «Anch'io faccio del male alla gente, ma non alle ragazze o a chi è più debole di me. Qualche volta ho provato a fermarlo, ma ho solo peggiorato le cose.»

«Perché mi stai dicendo questo?»

«Perché mio fratello vuole colpire tutte le persone a cui Mason tiene. È un bene che questo fine settimana quella sgualdrina gli stia addosso. Budd pensa che sia lei la sua fidanzata, ma non è così, vero? Sei tu. Quando Kade ha scoperto che eri stata picchiata, per poco non ha investito mio fratello. Era fuori di testa. Cazzo.»

Mason aveva quasi investito Budd? Ho afferrato il bicchiere e gliel'ho avvicinato. «Ancora uno.»

Lui ha sorriso ma pareva arrabbiato.

Io invece cominciavo a rilassarmi. Brett non mi avrebbe fatto del male. Iniziavo a fidarmi di lui. «Allora terrai la bocca chiusa.»

«Sì.» Lui ha posato la bottiglia, lasciando ciondolare la testa.

Ho aspettato.

All'improvviso l'atmosfera si era fatta tesa.

Quando Brett ha risollevato la testa, aveva lo sguardo allucinato. «Lascerò campo libero a mio fratello. Credo di sapere cosa sta combinando Kade con quella puttana che ti ha picchiata. È furbo. E ha anche sangue freddo.»

Mi ha inchiodata con gli occhi, ma io ho distolto i miei. Non volevo vedere cosa stava pensando.

«Tu non ne sai niente, giusto?» Il suo tono si era addolcito. «Forse non vuoi sapere.»

Ho deglutito per sciogliere il groppo in gola, ma sembrava un grumo di colla.

«Allora è così. Non vuoi sapere.»

«Perché ti interessa tanto?» ho ribattuto brusca. Ero pericolosamente vicina a perdere il controllo.

«Perché sei tu.»

Mi sono bloccata. Di fronte alla sua onestà provavo un senso di vergogna. «E allora?»

«Non meriti di subire quello che Budd farà a quella ragazza. Ecco perché.»

«Stai mentendo a tuo fratello a proposito di Mason. Dovrei credere che tu lo faccia per me? Non mi conosci nemmeno.»

Brett ha fatto un respiro profondo scrollando le spalle. Non mi guardava più negli occhi. «So un paio di cose. Uno, non posso fermare mio fratello: è fissato con l'idea di fare del male alla ragazza di Kade e non cambierà idea. Due, tu sei una persona buona. Non ce ne sono molte in circolazione.»

A quel punto ho maledetto sia me sia lui. «Grazie.»

Ci siamo guardati negli occhi.

«Però ti sbagli», ho affermato. «Sto cominciando a capire come va il mondo.»

«Torna a casa», ha detto lui d'impulso. «Sarai più al sicuro ed eviterai che il rimorso ti tormenti.»

Ho scosso la testa. «Ormai è troppo tardi.»

«Brett!» ha gridato qualcuno in corridoio.

«Sì.»

La porta si è aperta. Immaginavo che fossero suoi amici e ho aspettato che entrassero. Non mi aspettavo di sentire esclamare il mio nome.

«Sam!»

Mi sono voltata di scatto. Heather aveva la bocca aperta e gli occhi spalancati. Poi il suo sguardo è scivolato oltre la mia spalla ed è rimasta impietrita. Channing l'ha superata. Mi ha salutata e ha fatto un cenno a Brett. «Amico.»

«Sam», ha detto Heather con voce strozzata, riscuotendosi dalla trance. «Stai bene?»

Brett era dietro di me, quindi non potevo vederlo, ma l'ho sentito borbottare qualcosa.

Channing ha riso e ha spinto fuori Heather. «Grazie per averci chiamati. Adesso ci pensiamo noi.»

«Non lasciatela tornare qui.»

«Non c'è problema.» Channing ha spinto Heather in corridoio ed è rientrato. Mi ha teso la mano. «Sam?»

Ho guardato di nuovo Brett senza sapere cosa dire. Volevo vedere Mason. Ero venuta per quello.

«Sam?»

Brett ha indicato con un cenno la porta. «Va'.»

Ho fatto un respiro profondo. C'erano in gioco cose che non capivo.

"Torna a casa... eviterai che il rimorso ti tormenti." Quella frase continuava a rimbombarmi nella mente. Ho fatto due passi indietro e Channing mi ha presa per un braccio, trascinandomi in corridoio e subito dopo fuori. Heather mi ha cinto le spalle con un braccio e premendomi una mano sulla testa mi ha costretta ad abbassarla. Mi hanno condotta in un vicolo.

«Buonasera!»

Ho sussultato nel sentire la voce di Budd.

Heather ha imprecato a bassa voce e abbiamo affrettato il passo.

Lui ha urlato un altro saluto mentre proseguivamo. Abbiamo rallentato il passo solo dopo aver percorso tre isolati. Ho capito che eravamo al sicuro quando Heather mi ha tolto la mano dalla testa esclamando sollevata: «Grazie a Dio».

Ho alzato gli occhi. Lì c'erano molte persone di Fallen Crest. Tutti mi fissavano. Sentivo il peso dei loro sguardi.

«Dove andiamo?»

Heather mi ha stretto il braccio, affondandomi le dita nella carne, e ho capito di dover stare zitta. Quando siamo arrivati a un parcheggio, mi ha lasciata andare e si è scostata.

Channing ha attraversato lo spiazzo diretto a un gruppo di furgoni con le ribalte dei pianali abbassate. Diverse sdraio erano state disposte in cerchio e tutt'attorno c'erano frigoriferi portatili. Un ragazzo ha allungato la mano per prendere una birra.

«Cosa ci fai qui?» mi ha chiesto Heather a voce bassa.

Ho scrollato le spalle. Non avevo una risposta.

Lei ha sospirato. «Adesso siamo in mezzo alla gente di Fallen Crest, ma non saresti dovuta venire qui.»

«Perché?» Volevo sapere perché Mason non mi aveva chiamata. Perché Logan non si era fatto vivo. Perché Heather era andata da Channing quel fine settimana. Mi sembrava che qualcuno mi stesse strappando le budella. Non me ne sarei andata finché non avessi avuto delle risposte.

«Porca miseria.»

Finalmente.

Dietro di me c'era Logan con una birra in mano. Mi sono girata, e quando mi ha vista in faccia la bottiglia gli è caduta, schizzando dappertutto. Lui non si è mosso. I suoi occhi erano inchiodati ai miei. Poi mi ha presa per un braccio sibilando a Heather: «Che diavolo avete in testa?».

«Noi non c'entriamo. È venuta per conto suo.»

«Cosa?» Logan aveva lo sguardo duro. «Cosa ti è saltato in mente, Sam? È pericoloso qui.»

Ho aspettato che Heather gli raccontasse il resto, ma non lo ha fatto. Ha scosso la testa in modo impercettibile: non voleva che Logan sapesse di Brett. Ho annuito, e lei ha sollevato gli angoli della bocca in un vago sorriso che è subito svanito. Ha fatto per allontanarsi.

«Aspetta.» Le ho allungato il telefono. «Me lo ha dato tuo fratello.»

«Oh.» Heather ha strisciato il pollice sullo schermo e ha inserito il PIN. Nel vedere tutti i miei messaggi ha fatto un'espressione mortificata.

Non aveva più importanza.

«Andiamo», mi ha ruggito Logan nell'orecchio.

«Fa' il bravo.»

Lui si è girato di scatto verso Heather. «Mi stai prendendo in giro?»

«Fa' il bravo», ha ripetuto la mia amica. «Non la vedi con i suoi occhi.»

Logan si è bloccato. Qualsiasi cosa intendesse dire Heather, lo aveva colpito. La sua stretta si è allentata un po'. «Vieni, Sam. Ti porto a casa.»

«Sei in grado di guidare?»

«Sì.» Aveva l'aria di aver visto un fantasma. «Sono perfettamente sobrio.»

Si è voltato, e quando ho fatto per seguirlo li ho visti.

Tutto si è fermato.

Il mio cuore è diventato di ghiaccio.

I miei polmoni si sono svuotati.

Il mondo è andato in pezzi.

Anche se lo sapevo, non ero pronta.

Mason era seduto sul pianale di un furgone parcheggiato un po' discosto dagli altri. Kate sedeva a cavalcioni su di lui, il seno premuto contro il suo petto. Gli ha afferrato una ciocca di capelli mentre gli si sfregava contro. Mason ha sfoderato un sorriso furbo e l'ha presa per la nuca per farle piegare la testa di lato. Ha schiuso le labbra e lei ha tremato tra le sue braccia.

Anch'io ho tremato, ma per ragioni diverse.

Logan mi ha trascinata via. «Vieni, Sam.» Mentre raggiungevamo la macchina e poi andavamo a casa, si è sforzato di essere gentile. Ma non mi importava.

Dentro ero di nuovo di pietra.

25.

La casa era fredda quando sono entrata. Quando Logan ha acceso le luci, gli ho fatto di no con la testa. Lui non mi ha vista ed è andato verso il banco della cucina, dove c'era un biglietto. Lo ha preso per leggerlo.

Samantha, sono da Malinda. Per piacere chiamami quando arrivi, così torno a casa.
Ti voglio bene, David.

Sul viso gli è comparso un ghigno. «Caspita. Quanta dolcezza!»
«Sta' zitto.»
Logan ha posato il biglietto. «Scusa.»
Non riuscivo a togliermi dalla testa quella scena: Mason sul furgone, Kate sopra di lui, le loro bocche che si incontravano, la mano di lei che gli toccava i capelli. Se chiudevo gli occhi, era anche peggio.
«Tieni.»
Sentendo qualcosa di freddo in mano, ho abbassato lo sguardo. Logan mi aveva porto un bicchiere. Con l'altra mano ha sollevato la bottiglia. «Ho trovato la scorta segreta di tuo padre. Ha buongusto.»
«Cos'è?»
«Ha importanza?»
Ho bevuto. «Un altro.» Quella sera volevo ubriacarmi per scacciare il dolore. Volevo diventare insensibile. La vita così sarebbe stata molto più semplice.
Non ci siamo detti niente. Logan mi ha preso il bicchiere

di mano ed è andato in soggiorno. L'ho seguito e mi sono seduta sul divano. Lui si è buttato su una poltrona di fronte. Alle sue spalle, dalle grandi finestre penetrava la luce lunare. Quel pallido chiarore aveva il potere di trasmettermi un po' di conforto.

Solo al quarto di drink ho iniziato a sentire gli effetti dell'alcol. Ho fatto un respiro tremolante, allungando di nuovo il bicchiere. «Ancora.»

Logan ha aggrottato la fronte ma me lo ha riempito. Appoggiandosi allo schienale, ha bevuto un sorso direttamente dalla bottiglia. Poi l'ha appoggiata dietro di sé e mi ha chiesto: «Vuoi parlarne?».

«No.» Volevo farlo, ma non con lui. Ho sospirato. «Se l'è scopata?» ho chiesto alla fine, cedendo.

«Non che io sappia.»

«E cosa sai?»

«Che sta facendo tutto questo per proteggerti.»

Non bastava. Mason era con Kate e non con me: la stava baciando, toccando, assaporando... Mi si è rimescolato lo stomaco e il dolore è tornato, potente. Non riuscivo a togliermi quelle immagini dalla testa.

«Sam.» Logan si è proteso verso di me e ha appoggiato le braccia sulle gambe chinando la testa, in attesa.

Ho fatto un cenno di diniego.

Lui non ha distolto lo sguardo.

Ho gesticolato, indicandolo.

Mi ha rivolto un vago sorriso. «Io non vado da nessuna parte.»

«Mi avete lasciato», ho detto con voce strozzata. «Tutti e due.»

«L'abbiamo fatto per te...»

«Non è vero.» Lo avevano fatto per loro stessi. «Avreste potuto chiamarmi o mandarmi un messaggio. Avete ignorato le mie telefonate.» Ero stata tagliata fuori, non lo capiva?

Ho sentito un'oppressione al petto. In passato ero stata mollata dai miei due padri: prima David e poi Garrett. Avevo perduto entrambi. Facevo fatica a respirare. Non potevo rivivere quell'angoscia. Mason non era lì con me. Stava con lei.

Logan non aveva idea di come mi sentivo.
«Siete fortunati, sai?»
Lui si è rabbuiato e ha preso la bottiglia per bere ancora. Aveva gli occhi socchiusi. Stava aspettando che continuassi.
«I vostri genitori farebbero qualsiasi cosa per voi.»
Logan ha sbuffato.
Ho alzato di scatto lo sguardo. «Be', cos'hai? È la verità. Vostra madre è tornata qui solo per voi.»
«Sì, perché nostro padre ha preferito la sua nuova donna psicopatica ai suoi figli.» Logan ha retto il mio sguardo senza vacillare né interrompersi. Il suo tono era glaciale. «Mio padre non ama Analise. Questo dovresti saperlo, no? Lei è la sua opera di carità. È come se cercasse di rimediare a tutti i casini che ha fatto in passato dandole una sistemazione. Non è patetico? Ti sbagli, Sam. Non siamo poi così fortunati. Abbiamo genitori incasinati proprio come te.»
«Vi picchiavano?»
«E i tuoi ti dicevano di scoparti la figlia di un collega perché era grassa e sola?» Logan ha fatto una risata amara. Aveva lo sguardo duro. «Non gli importava di farla stare male. Diceva che una scopata l'avrebbe aiutata ad affrontare il college. Che non c'era nessuna speranza che si trovasse un ragazzo.»
«Tu sai chi sono i tuoi genitori.»
«Anche tu», ha replicato lui. Ha sollevato la bottiglia per bere un sorso. «Cosa vuoi, Sam? Stai cercando di farti compatire? Mason non è con lei perché la ama. È con lei per proteggerti.»
«In che modo?» mi è uscito di getto. «Dandole quello che vuole? Allora ha vinto lei, Logan. Non capisci? Mi ha picchiata, ha minacciato la mia amica e l'ha fatta franca. Non è giusto.»
«È stata sospesa dalle attività in classe.»
«Ah, be', allora...» Mi sono spostata di scatto in avanti.
Lo ha fatto anche lui. «Sta' attenta alle costole, Sam.»
«Sono troppo ubriaca per sentire il dolore.» Mi riferivo al dolore fisico. Le immagini, invece, continuavano a tor-

mentarmi. Non riuscivo a scacciarle dalla mia testa. «Perché non ha avuto guai più seri?»

Logan ha sospirato. «Vuoi la verità?»

È stato il mio turno di sbuffare. «È l'unica cosa che voglio, ma purtroppo nessuno la dice più.»

«Lo zio di Kate è un poliziotto. Per questo non è finita in guai seri. Con alcuni suoi amici lui è andato a trovare il preside per fargli pressioni. Green non poteva lasciare andare la capobanda e fare il pugno di ferro con le altre tre, perciò si sono prese tutte una sospensione.»

«È una stronzata.»

«Sì. Per questo abbiamo imparato da tempo a sistemare le cose a modo nostro.»

«Scopando il nemico? È questo il vostro metodo?»

«No, Sam.» Logan si è alzato. «È questa l'unica cosa a cui riesci a pensare? Mason voleva tenerti fuori solo per proteggerti, per l'ennesima volta. So che hai vissuto un'esperienza terribile, ma cos'abbiamo fatto per perdere la tua fiducia?»

«Lui se la sta facendo», ho gridato alzandomi dal divano, barcollando. L'alcol mi aveva intorpidita e un'improvvisa fitta mi ha costretta a chinarmi. Mi sono afferrata il fianco mentre mi piegavo in due.

Logan si è precipitato a sorreggermi. «Sam, basta. Siediti.»

Ho scosso la testa, respingendolo, ma lui era robusto, forte, e in quel momento avevo bisogno del suo sostegno.

«Logan.»

Sono andata in pezzi e mi è sfuggito un singhiozzo. Sono crollata a sedere. Lui si è seduto sul divano accanto a me e mi ha attirata a sé. Poi ha accostato la mia testa al suo petto. Mi sono aggrappata a lui mentre dai miei occhi sgorgava un fiume di lacrime.

La scena di Mason con Kate continuava a torturarmi.

«Logan.»

«Ssh.» Ha cominciato a massaggiarmi la schiena e ad accarezzarmi i capelli. «Puoi piangere, Sam. Lasciati andare e smetti di combattere.»

Lui la stava toccando. La stava baciando. Non potevo pensarci. Scuotevo la testa contro la spalla di Logan. Mi sono aggrappata alla sua maglietta, premendomi contro di lui.

Logan ha fatto un respiro e ha trattenuto il fiato. Vedevo Mason che le accarezzava i capelli e Kate che si muoveva sulle sue ginocchia, strusciandosi. Un urlo mi è uscito dalla gola. Odiavo tutta quella storia. Odiavo lei. «Logan.» Stavo tremando.

«Sam.» La sua voce si è rotta ed è ammutolito.

Ho sollevato le gambe sul divano e mi sono accucciata al suo fianco. Lui mi ha sollevata per prendermi in braccio. Avevo bisogno del suo conforto. L'ho stretto, appoggiando la guancia alla sua spalla, e ho chiuso gli occhi.

«Sam», ha mormorato lui massaggiandomi una coscia. «Sta' ferma. Ti farai male.»

Aveva ragione, ma Mason la stava toccando. Le sue labbra erano su quelle di lei. Lo stava assaporando, lo sapevo. Kate mi aveva rimpiazzata. «Logan», ho bisbigliato.

Con una mano mi sfiorava i capelli, scendeva lungo la schiena e tornava su, accarezzandomi. Con l'altra mi massaggiava la coscia.

Percepivo la presenza di Mason, anche se lui non si trovava lì con me. Era nella mia mente. Affondava le dita nel mio petto per strapparmi il cuore insieme a tutti i ricordi. Dovevo assolutamente allontanarlo dalla mia testa. In quell'istante ho sentito la mano di Logan sfiorarmi il viso e mi sono girata verso di lui. Mason è stato relegato in un angolo della mia mente.

«Ma che cazzo succede?»

Mi sono girata. Mason era davanti a me.

Logan ha scostato la mano come se si fosse scottato. Mi ha sollevato dalle sue ginocchia per depositarmi sul divano e si è alzato. «Non è come pensi.»

Sono scoppiata a ridere. Loro non hanno detto una parola mentre io non riuscivo a smettere di ridere e di piangere allo stesso tempo. L'alcol non aiutava. Il dolore alle costole è tornato. Mi sono raggomitolata sul fianco e ho fatto un respiro profondo.

«È ubriaca?» ha domandato Mason.

Dalle labbra mi è uscita una risata acuta. Poi ho iniziato a tirare su con il naso. Adesso stavo singhiozzando. Logan ha abbassato la voce. «Ti ha visto con Kate.»

«Lo so», ha replicato lui in tono aggressivo.

Era arrabbiato, si stava controllando a stento. Lo capivo ma non ero in grado di dire niente. Se avessi smesso di ridere, sarei stata male. Lui la stava toccando.

«Sam.»

Ho alzato una mano per fermarlo, sprofondando la testa nel divano.

«Che diavolo le hai fatto?»

«Tu cosa credi? Ti ha visto con Kate», ha ribadito brusco Logan.

«Glielo avevo detto...»

«Vuoi prendermi a pugni perché la stavo confortando? Ti ha visto baciarla. Fai due più due.»

«È quello che ho fatto.»

«Non credo. Sam è ubriaca fradicia e le costole devono farle un male cane.»

Mason ha imprecato.

Le mie risate si erano fatte sommesse. In preda a forti fitte, non riuscivo a muovermi, perciò sono rimasta raggomitolata, la testa premuta contro il cuscino intriso di lacrime.

Ero in condizioni pietose.

Però loro erano lì, tutti e due. Contava solo quello. Dovevo saperlo che sarebbero tornati. Il divano ha sussultato quando Mason si è seduto accanto a me. Ho provato un'altra fitta di dolore, come se qualcuno mi avesse conficcato un coltello nella schiena.

«Mi dispiace, Sam.» Mason mi ha sfiorato il braccio. Il suo tocco era così delicato, così affettuoso, che mi ha fatto sgorgare lacrime di commozione.

«Sii gentile con lei.»

«Puoi lasciarci soli?»

Voleva parlarmi, ma io in quel momento non potevo. Mi è comparsa di colpo davanti agli occhi l'immagine di Kate seduta a cavalcioni su di lui e ho smesso di piangere.

«Sam», ha mormorato Mason. Ha infilato le braccia sotto di me e un attimo dopo mi sono sentita sollevare.

Mi sono irrigidita mentre mi sistemava sulle sue ginocchia. Mi sembrava tutto sbagliato. Ho stretto i denti per non urlare di dolore e mi sono alzata.

«Sam.» Anche Mason si è alzato.

«No.» Nella mia testa era tutto confuso. Lui aveva toccato un'altra. «Non avresti dovuto...»

«Sam.» Ha tentato ancora di toccarmi.

Allontanandogli la mano ho detto rabbiosa: «Non avresti dovuto scopartela».

«Non l'ho fatto.»

«Invece sì.» Avevo visto come si baciavano...

«Te lo giuro.» Ho colto il disgusto nella sua voce. «L'ho toccata solo per farmi vedere da quelli di Roussou. Ho dovuto, Sam, per proteggere te e rovinare lei. Non ti ho tradita.»

«L'hai baciata.»

«Perché non avevo altra scelta. Non lo capisci? Lui doveva venire a sapere di Kate. Non aveva mai smesso di cercarti. Era solo questione di tempo prima che capisse tutto. Non potevo permettere che ti facesse del male.»

Ho trattenuto il respiro. La testa mi martellava e le fitte continuavano a massacrarmi. Ho sollevato una mano per farlo tacere.

«Sam», ha detto Mason con voce strozzata.

«Basta.»

«Non posso.»

«Ti prego.»

«No... no.»

«Mason», ho detto in un sussurro. Era stato lontano da me soltanto un giorno e mi ero ridotta a uno straccio; il mio mondo era andato in pezzi. Ho posato lo sguardo sul divano. Prima ero lì con Logan... Ho scosso la testa. In preda al dolore, l'unica cosa che desideravo era essere tra le sue braccia. Volevo che tutto tornasse come prima ma non sarebbe mai successo. «Cosa le farà?»

«Non lo so.»

«Non potevi fermarlo in qualche altro modo?»

«Non Budd Broudou. Lui mi odia, Sam. Vuole farmi del male, e avrebbe usato te. Adesso capisci cosa ho fatto? Cercava di scoprire chi fosse la mia ragazza, e io l'ho accontentato. È da una settimana che la frequento, ma l'ho baciata solo ieri sera. Te lo giuro. Lui doveva vederci.»

«Basterà?»

Mason ha sollevato le mani in un gesto d'impotenza. «Budd era lì, e lui si fida solo dei suoi occhi. Inoltre, qualcosa mi dice che alcune persone vicine a lui vogliono proteggerti.»

Ho colto l'allusione. Lo sapeva. «Brett.»

«Sì.»

A quel punto mi sono sentita pervadere da una profonda disperazione. Tra noi si era innalzato un muro di bugie. «Volevo parlartene.»

«Sarebbe stato importante sapere che li avevi già incontrati.»

Il suo tono d'accusa mi ha fatta trasalire. «Anche tu mi hai mentito.»

«Quando?»

«Non fare giochetti con me.»

«Quali giochetti? Ti avevo parlato della faccenda di Kate.»

«Mi riferisco a Logan», ho urlato. Il cuore ha ripreso a battermi all'impazzata. «Mi hai mentito a proposito di Tate e del motivo per cui non ti importava se si vedevano. Perché, Mason?! Perché?»

«Perché vuole scoparsela», ha risposto lui brusco. I suoi occhi verdi lampeggiavano ma si stava trattenendo.

Non era quello il motivo. Ho annuito mentre cercavo la bottiglia di liquore. «Mi hai appena detto l'ennesima bugia.»

«Di cosa parli?»

L'ho trovata sepolta sotto i cuscini del divano.

«Che stai facendo?»

«Bevo.»

«Non è da te.»

Dalla gola mi è sgorgata una risata aspra. «Stasera berrò a fiumi.» Stavo per avere un altro attacco isterico.

«Sam.»

Mi sono bloccata. La sua voce si era rotta e avevo percepito la sua sconfitta. Mi sono voltata, trattenendo il fiato. Si era appoggiato alla parete. I suoi occhi verdi erano affranti, le spalle curve.

Qualsiasi tensione ci fosse stata tra noi era svanita.

Non ho parlato. Non osavo. Il vecchio Mason stava tornando e io lo volevo disperatamente. Volevo *lui.* "Ti prego..."

Con la schiena contro il muro, è scivolato a terra ed è rimasto immobile, senza mai distogliere lo sguardo da me. Di solito gli bastava guardarmi per abbattere tutte le mie difese. Stavolta però sono stata io a penetrare le sue. Si è arreso. Ho fatto un passo verso di lui, con il cuore che mi martellava nel petto. Mi era mancato follemente. «Hai toccato un'altra ragazza.»

«Non avevo altra scelta, Sam. So che stai soffrendo e mi dispiace. Ma era l'unico modo. Lei ti aveva picchiata. Non potevo lasciar perdere. Nessuno ti deve fare del male, e Budd ne aveva l'intenzione. Adesso ho risolto tutto.»

Non sapevo cosa dire e ho fatto un altro passo. In quel momento ho capito che Mason era davvero dispiaciuto. Mentre mi avvicinavo, lui ha gettato indietro la testa. Sul suo viso c'era tormento ma anche determinazione. Nelle stesse circostanze lo avrebbe rifatto. Ho barcollato.

«Sam.» Mi ha afferrato una gamba per tirarmi verso di sé. «Ti prego.»

«Mi hai mentito.»

«Perché lui le farà del male. Non volevo che lo sapessi, che lo avessi sulla coscienza.»

«Ma adesso lo so.»

«Sì.»

Ho inspirato bruscamente. Mason aveva ragione su tutto. Aveva toccato Kate per proteggere me. Mi aveva mentito per non coinvolgermi. Ero così stanca, e l'unica cosa che volevo era riaverlo. Lui era stato il mio rifugio per tanto tempo. Il mondo mi feriva quando non lo avevo al mio fianco. Mi sono chinata e lui mi ha afferrata per farmi sedere sulle sue ginocchia. Finalmente ero a casa. Prendendomi la testa con una mano ha fatto un respiro profondo. Ho sentito il suo sollievo perché era anche il mio. La nostra vecchia intesa stava tornando, eppure non riuscivo a scordarmi di quello che mi aveva detto Brett.

“Torna a casa... eviterai che il rimorso ti tormenti.”

Mason mi ha cinta con un braccio, facendomi appoggiare la schiena al suo petto.

«Cosa le farà Budd?» ho chiesto.

Kate aveva baciato Mason. Lo aveva toccato e aveva premuto il seno contro di lui. La rabbia mi è rimontata dentro. Voleva prendere quello che era mio.

«Non lo so.» Mi ha stretta a sé. Il suo tono era calmo, adesso. «L’unica cosa che m’importa è che lo farà a lei e non a te.»

Lui aveva smascherato tutte le mie bugie ma continuava a nascondermi qualcosa. Mi sentivo troppo debole per affrontare quell’argomento. Mason si era allontanato da me ma ora era lì. Era mio. Per il momento quello mi bastava.

26.

«Ehi.» Logan è rientrato dal portico con il telefono in mano e un'aria molto cupa. «Non volevo interrompervi, ma ho appena controllato i messaggi.»

Mason si è irrigidito sotto di me. «E allora?»

«Abbiamo un problema.» Pareva una cosa seria.

«Dillo e basta, Logan. Non tenermi sulle spine.»

«Tate mi ha cercato. A dire il vero», ha aggiunto sollevando il cellulare per mostrarcelo, «mi ha chiamato dieci volte e ha mandato sette messaggi.»

Mason ha appoggiato la testa contro il muro. «Che cosa voleva?»

«Ehm...»

«Logan.»

«Okay. Quando Sam era in ospedale, non pensavo con lucidità e avevo bisogno di distrarmi...»

«Sputa il rospo.»

Logan si è messo la mano nei capelli, tirandosi i riccioli. Nell'altra stringeva il telefono. La maglietta gli è salita mettendo in mostra l'elastico dei boxer. Ha scosso la testa. «Me ne ero completamente scordato. Quella sera sono andato da Tate. Eravamo da soli e, quando lei ha fatto un salto in bagno, mi sono messo a sfogliare le sue riviste.»

«Logan, dicci cos'è successo.»

Lui ha lasciato cadere il braccio lungo il fianco. «Hanno un video di Tate che mi fa un pompino.»

«Cosa?»

Peggio di così la serata non poteva andare.

Logan ha chinato la testa incurvando le spalle. «Sapevo

della videocamera, ma quella sera non ragionavo lucidamente. Adesso Tate è terrorizzata.»

«Come hanno fatto a recuperare il video?»

A Logan è sfuggito un gemito.

Mason ha inveito. «Diccelo e basta.»

Logan ha puntato un dito contro il fratello. «È successo per causa tua. Tate credeva che tu e Kate vi foste riavvicinati. Mi ha detto che nel pomeriggio lei e le sue amiche sono passate a casa sua per prepararsi per il ballo in strada insieme. Le ha fatte entrare.»

Mason si è irrigidito. Gli ho posato una mano sul petto e ho sentito che il cuore gli batteva furiosamente. Ha incrociato il mio sguardo, ma non riuscivo a sentirmi partecipe della sua infelicità.

Tate era stata ripresa mentre faceva un pompino a Logan. Era il karma, non avevo dubbi.

«Mi toccherà lavorarmi ancora Kate per farmelo dare.»

«Sì.» Logan è entrato nella stanza ed è crollato sul divano, i gomiti sulle ginocchia. Si è coperto la faccia con le mani, poi si è passato di nuovo le dita tra i capelli. «È uno schifo.»

Altroché se lo era.

«Cosa vogliono da Tate?» gli ha chiesto Mason.

«Eh?» Logan ha sollevato la testa. Aveva gli occhi appannati.

«Perché hanno preso di mira Tate?»

«Lei ha difeso Sam e Heather, e ora la ricattano. Vogliono che scopra dove vive adesso Sam.»

«Stai scherzando? Kate non è ancora soddisfatta?»

«Sono sicuro che lei creda di avere campo libero perché vi siete riavvicinati. Probabilmente contava sul fatto che tu non scoprissi quello che aveva in mente.» Logan ha colto lo sguardo torvo di Mason e ha aggiunto: «È convinta che voi due abbiate chiuso. È una grandissima stronza. Facciamola fuori».

Mason ha spostato la mano all'interno della mia coscia per sollevarmi. Quando si è alzato in piedi gli ho rivolto un sorriso storto. Lui mi ha cinto la vita con le braccia.

Ero ancora un po' sbronza.
Ha scosso la testa sorridendomi, poi mi ha baciata sulle labbra, mormorandomi: «Io ti amo. È l'unica cosa che devi sapere».
Quando lui e Logan se ne sono andati lasciandomi lì, ho preso il telefono per chiamare Mark. Appena ha risposto affannato, gli ho detto: «Devi venire a prendermi».
«Cosa? E dai...»
«Avevi promesso di aiutarmi.»
Mark è ammutolito e un attimo dopo ha borbottato: «Va bene. Arrivo tra un po'. Stavo...». Si è interrotto. «Stavo facendo una cosa.»
«Ancora?» ha strillato qualcuno in sottofondo.
Era una voce che conoscevo e non ho potuto trattenere un sorriso. «Cass? Sul serio?»
«Sì», ha risposto lui. «Mi vesto e vengo. Sei da tuo padre?»
«Sì.»
«Bene. Ci vediamo tra poco.»
Sapevo che Mason mi amava e che stava cercando di proteggermi, ma non ero un'idiota. Avrei assistito allo scontro. Niente mi avrebbe impedito di farlo. Quando venti minuti dopo l'auto di Mark è entrata nel vialetto, mi sono rallegrata di non essermi cambiata e di non essermi tolta il trucco.
Quando sono salita in macchina, mi ha dato una rapida occhiata annuendo in segno di approvazione. «Non vedo più i lividi ma puzzi d'alcol.»
Era la ciliegina sulla torta. «Grazie. È quello che ogni ragazza vorrebbe sentirsi dire.»
Mark ha sorriso. «Dove andiamo, capo?»
Dove potevano essere Kate e le sue amiche? Ho scrollato le spalle. «Qualcuno dà una festa stasera?»
«Ethan Fischer.»
«Perfetto. È lì che andremo.»
Non si è mosso. Anzi, ha spento il motore.
«Mark?»
«Ne sei sicura?»
Qualcosa nel suo sguardo mi metteva a disagio. Mentre

continuava a fissarmi, mi è venuta voglia di scappare. Poi ho capito. Provava compassione per me. «Lo so.»

«Lo sai?»

«Di Kate e Mason.»

Lui ha sgranato gli occhi.

«Lo so. Per questo voglio andare alla festa.» Ci sarebbe stata *lei*, e ci sarei stata anch'*io*. Non mi sarei persa lo spettacolo per nulla al mondo.

MASON

«Sono in ritardo.»

Ho guardato Logan che controllava il telefono per la quarta volta. Stavamo aspettando nella mia macchina, parcheggiata davanti alla casa di Ethan, e ho avuto la tentazione di tirare un pugno al mio fratellino. «Siamo qui da cinque minuti. Rilassati.»

«Dobbiamo andare là dentro e riprenderci il video.»

«Tu non sei incazzato per quel maledetto video, lo sappiamo entrambi.»

Logan non ha fatto commenti al riguardo.

Ho alzato gli occhi al cielo appoggiandomi allo schienale. Nel giardino di Ethan una ventina di persone si muovevano convulsamente al ritmo dei bassi che arrivavano dall'interno. Un branco di idioti ubriachi. Quella serata era un vero incubo. Non sarebbe stato facile scordare il dolore negli occhi di Sam, ma per il momento ho scacciato il ricordo.

«Finalmente.» Logan ha premuto un pulsante e il finestrino si è abbassato.

Ethan, Strauss e Derek hanno attraversato la strada. Qualcuno li ha guardarti ma nessuno li ha seguiti.

«Ehi.» Ethan si è appoggiato alla fiancata dell'Escalade. «Qual è il piano?»

Logan mi ha guardato.

Mi sono proteso in avanti. «Voi ragazzi avete preparato tutto?»

Ethan ha guardato gli altri due, che hanno annuito. «È

per quello di cui abbiamo discusso da Nate? Non sapevo che fosse per stasera.»

«Sì.»

«Okay. Mi sta bene.» Gli è comparso un sorriso crudele. «Godrò nel fare a pezzi quelle stronze.»

Derek è scoppiato a ridere. Strauss gli ha rifilato una gomitata, mandandolo a sbattere contro la spalla di Ethan.

«Ahia.»

Strauss lo ha ignorato e si è rivolto a me. «Pensavo che fosse per domani.»

Ho indicato Logan. «Hanno ripreso questo imbecille mentre si faceva fare un pompino.»

Ethan e Derek hanno sogghignato. Strauss si è allungato nell'abitacolo per dare un pugno sulla spalla a mio fratello. «Non so se congratularmi o darti del cretino.»

«Dipende da chi è la ragazza», ha commentato Derek.

«Ha usato la tecnica della gola profonda?» ha chiesto Ethan sghignazzando.

Logan ha imprecato pestando la mano sulla portiera. «Chiudete quelle fogne.»

«Cavolo.» Derek si è scostato dalla macchina. «Pensavo che fosse consentito riderci sopra. Tu lo faresti se fosse capitato a uno di noi.»

«Sarà meglio che inizi a correre, Streeter», lo ha minacciato Logan mettendo la mano sulla maniglia della portiera. «Perché ho intenzione di prenderti a calci in culo finché...»

«Basta.» Sono sceso sbattendo la portiera. Mentre mi avvicinavo a loro ho chiesto a Ethan: «Kate è dentro?».

«Non c'è ancora. L'hai chiamata?»

«Sì. Le ho detto di portare tutto.»

«Pensi che lo farà?»

Ho scrollato le spalle sbirciando Logan con la coda dell'occhio. «Sa che odio Tate.»

Derek ha sbuffato. «E pensa di essere di nuovo nelle tue grazie.»

«Sì.»

Strauss ha dato una pacca sul petto di Derek, spingendolo indietro di un passo e piazzandosi davanti a me. «Kate ha smesso di starci sempre intorno. Sarà un problema?»

«No. Serve solo la prova che prima lo facesse.»

«Ce l'abbiamo.»

Logan è sceso dall'Escalade mentre dicevo a Strauss: «Tu e Derek andate di sopra. Lo faremo di sotto».

«Quando ho ricevuto il tuo messaggio, ho fatto sgombrare il seminterrato», ha aggiunto Ethan.

«Bene.» Ho guardato Logan. «Dov'è Tate?»

Lui ha controllato il telefono. «Dentro. Le dirò di nascondersi in una stanza per il momento. Lo sai che probabilmente verrà anche Sam.»

Le cose stavano andando per il verso giusto, a parte quello.

Mentre ci incamminavamo ho detto a Strauss: «Sam capirà. Lasciatela passare. Quando scenderà nel seminterrato, Tate creerà un'azione di disturbo». L'idea non mi piaceva, ma sapevo che Sam non avrebbe desistito. «E non permettete che la tocchino. È ancora conciata male.»

«E le altre ragazze?» ha chiesto Strauss.

«Kate e Parker possono venire giù subito. Trattenete Natalie e Jasmine.»

«Ma quella cosa devono sentirla, no?»

«Quando ve lo diremo noi. Ethan, dai il tuo cellulare a Streeter. Lui lo farà ascoltare a Jasmine.»

Mentre si scambiavano i telefoni, Ethan ha sorriso all'amico. «Buona fortuna. Darà di matto.»

Derek è impallidito. «Cosa faremo allora? Ha ragione. Si incazzeranno tutt'e due.»

«A quel punto le lascerete passare.»

«È questo il punto forte del piano, idiota.»

Abbiamo attraversato la strada, e tutti in giardino hanno smesso di fare quello che stavano facendo. Le conversazioni si sono interrotte. I presenti hanno alzato lo sguardo ma nessuno ha detto una parola mentre li superavamo. Dentro, stessa scena. La festa si è fermata finché non siamo scesi di sotto. Mi sono guardato attorno in cerca della stanza più adatta. Logan mi ha dato un colpetto sul braccio e mi ha trascinato in un angolo, facendo cenno a Ethan di restare dov'era. Un secondo dopo Tate è comparsa sulle scale e lui l'ha intercettata.

Mio fratello ha aspettato un attimo per essere sicuro che non venisse verso di noi. «Cosa farai se Kate andrà da Broudou? Potrebbe dirgli la verità su Sam», ha bisbigliato.

Ho scosso la testa. Aveva ragione, quella era una possibilità. «Ci sono alcune persone nel gruppo di Broudou che la coprono. E poi lui ha visto Kate con me. Sappiamo tutti e due che non si fida di nessuno.»

«E quando passerà all'azione?»

«Channing ci avvertirà e chiameremo la polizia.»

«Kate detesta essere una vittima.»

Gli ho rivolto un sorriso. «Contatteremo direttamente suo zio. Sappiamo quanto è protettivo.»

«Sarà un duro colpo per lei. A te sta bene?»

Ho ripensato a quello che Kate aveva fatto a Sam e alla possibilità che si ripetesse, stavolta per mano di Budd Broudou. «Noi ci limitiamo a fornirgli un altro bersaglio, lo sai.»

Logan ha annuito. «Okay.»

«Sicuro?»

«Sì.»

Ci siamo scambiati un'altra occhiata. Ho rivisto Sam nel letto d'ospedale. I lividi, il sangue, la sua fragilità mi avrebbero tormentato per il resto della vita. Per questo dovevo assicurarmi che non si ripetesse.

Sono entrato nella stanza giochi di Ethan. Logan ha spiegato a Tate la sua parte nel piano e, quando lei si è infilata in un'altra stanza, è venuto da me. Ethan si è sistemato vicino al tavolo da biliardo davanti a noi.

La porta era aperta, e qualche minuto più tardi ho sentito la voce di Kate.

Era arrivato il momento.

SAMANTHA

L'isolato era pieno di auto. Mark ha imboccato un vicolo sul retro della casa di Fischer e ha trovato un posto per parcheggiare. Mentre tagliavamo attraverso il giardino, alcuni ragazzi lo hanno salutato. Ho riconosciuto qualche faccia. L'Elite si era sistemata nel portico: Miranda, seduta sulle ginocchia di Peter, Amelia, Emily e Adam. Mentre entravo, ho visto Cassandra che li stava raggiungendo con due boccali di birra in mano. Mi ha rivolto un ghigno. «Devi proprio risolvere questo problema con i tuoi fratellastri. Ti rende merce avariata, ma in fondo è questo che sei.»

«Adam sa che alla fine ti è passata la fissazione che avevi per lui? O non è di dominio pubblico che adesso hai preso di mira Mark?»

Lui ha riso alle mie spalle.

Cassandra ha trattenuto il fiato sollevando una mano. Sono rimasta in attesa. Non sarebbe stata la prima birra lanciata in faccia a qualcuno a una festa.

Adam è intervenuto. Ha coperto la mano di lei con la sua e le ha preso il bicchiere. «Grazie, Cass. Ti devo un favore.»

«Sì», ha ribattuto lei, squadrandomi da capo a piedi. «Contaci.» Mentre, furiosa, mi superava, ha cercato di darmi una spallata, ma Mark mi si è affiancato. Quando è stata costretta ad aggirarlo, ha imprecato e nel passare gli ha sbattuto contro. Mark ha riso di nuovo.

Voltandosi verso di noi si è massaggiato la spalla. «Manesca la ragazza. Chissà che scintille fa a letto quand'è arrabbiata.»

Adam si è rabbuiato. «Te l'ho già detto e te lo ripeto: sei sicuro di sapere cosa combini?»

«Ti riferisci al fatto che mi scopo Cass?»

«Che ti sei messo con lei.»

«Oh, dai. Non stiamo insieme.»

«Prima che tu lo capisca, ti ritroverai con il laccio al collo.»

Mi stavo ancora chiedendo cosa fosse successo tra lui e Amelia quando ho scorto Logan che entrava in cucina. «Devo andare.»

«Sam», ha detto Adam.

Mi ha preso la mano ma mi sono liberata. «Sto bene.»

«Sam.»

«È tutto a posto», li ho rassicurati entrambi prima di girarmi e seguire Logan.

In quel momento anche Kate ha varcato la porta. Le altre Tomboy Princesses le andavano dietro come anatroccoli, ma c'erano troppe persone tra noi. La casa era piena di gente della Fallen Crest Public, però non riuscivo a vedere Mason.

«Sam?» Jeff si è alzato da un divano. Era abbracciato a una ragazza e l'ha presa per la mano trascinandola con sé mentre mi si avvicinava. «Cosa fai qui?»

Ho fissato la ragazza e mi si è accesa una lampadina. Aveva un'aria familiare. Adam, la partita di basket... «Tu sei Kris. Ti ho vista alla partita la settimana scorsa.»

«Oh.» Mi ha rivolto un vago sorriso. Ha lasciato la mano di Jeff per stringere le braccia intorno al corpo minuto. «Non mi ricordo.»

Jeff le ha cinto le spalle per attirarla vicino a sé. «È un'amica di Jessica e Lydia, ma sto cercando di spiegarle che tipi sono», ha annunciato lanciandole un'occhiata penetrante. «Sam lo sa bene. Erano le sue migliori amiche e...» Si è interrotto. «Non importa. Anche Quinn sta dietro a Kris.»

Lei ha abbassato di colpo la testa.

L'ho indicata. «L'hai messa in imbarazzo.»

Kris ha irrigidito le spalle ma non ha detto niente.

Jeff ha sorriso, stringendola di più. «Con lei riparto da zero, e stavolta spero di non dover competere con i Kade. Non posso...» È trasalito. «Stasera devo cucirmi la bocca.»

«Sì.» Kris gli ha dato una gomitata, lui ha riso.

Ho sospirato. «Un amore nascente. Peccato che resterai fregato. È inevitabile.»

Jeff ha tolto il braccio dalle spalle di Kris, e mi hanno rivolto entrambi uno sguardo di compassione. «Tu stai bene, Sam? Le tue "amiche" hanno detto che te la cavi alla grande.»

«Be'», ho replicato facendo un cenno in direzione della mia faccia, «sotto tutto questo trucco non c'è una pelle di porcellana.»

«Lo so.» Lui ha piegato gli angoli della bocca in basso.

«Ci ho provato, sai. Alla festa di Nate mi ero impegnato a fare in modo che ti aiutassero.»

La conversazione stava prendendo una brutta piega. Mi dava per sconfitta, invece io avevo ancora voglia di combattere. Dovevo trovare Kate. «Dove sono andate?»

«Chi?»

Ho sbuffato. «Sei un pessimo attore, Jeff. Un tempo sarai anche riuscito a mentirmi, ma adesso sono più sveglia e frequento dei bugiardi professionisti. Dimmi dove sono andate.»

«Sam, non farlo.» Mi ha afferrata per un braccio.

Mi sono liberata dalla sua presa. «Lasciami. Dove sono?» ho ripetuto.

«Questa settimana Kate gli è stata addosso. Anche se tu credi che fra te e Mason non sia finita, lo è, Sam. È tornato con lei.»

Ero davvero stanca e nauseata di starlo a sentire. «Dimmi dove sono, altrimenti farò due chiacchiere con la tua nuova ragazza.» Gli ho mostrato i denti. «E non le darò buone referenze su di te, se capisci cosa intendo.»

«Sono di sotto.» Jeff ha indicato una porta chiusa alle mie spalle. Jasmine e Natalie facevano la guardia, con accanto Strauss e un altro ragazzo.

Mi sono diretta verso di loro.

«Non esiste...» ha cominciato a dire Jasmine, sollevando una mano.

Strauss gliel'ha presa e le ha torto il braccio dietro la schiena. Il suo amico mi ha aperto la porta facendosi di lato per bloccare Natalie. Sono passata decisa. Quando la porta si è chiusa, ho sentito Jasmine strillare: «Cosa?».

Mi sono bloccata davanti alla rampa di scale, aggrappandomi saldamente alla ringhiera. Non riuscivo a muovermi. Ero tutta un tremito. Mi sembrava di sentire di nuovo i calci, i pugni e la voce di Kate che incitava le altre a pestarmi. Le immagini mi balenavano nella mente facendomi trasalire. Era come se fossi ancora in quel bagno buio.

«Ehi.»

Ho gridato mentre alzavo di scatto una mano. Non avrei permesso che mi facessero del male un'altra volta.

«Stronza», ha sibilato qualcuno.

Ho spalancato gli occhi... Non mi ero neanche accorta di averli chiusi. I miei muscoli erano in tensione, pronti a reagire a un'aggressione. Ma non è successo niente e mi sono ritrovata a fissare Tate. Appoggiata contro la parete in fondo, si stava massaggiando la gola. «Mi hai colpita.»

«Oh.»

Ci siamo guardate senza dire una parola. Poi lei ha sbuffato. «Ovviamente non hai intenzione di scusarti.»

Lei lo sapeva. Io lo sapevo. Che senso aveva mentire?

«Se sono in questo casino, è per causa tua», ha detto Tate.

«Perché?»

«Perché ho preso le tue parti.»

«Hai preso le parti di Heather, le mie solo di riflesso.»

«A Kate non importa. Quando qualcuno la fa infuriare, non molla. Quindi, grazie.»

«Hai fatto un pompino a Logan pur sapendo che vi avrebbero ripresi.»

«Pensavo che lui si fosse occupato della videocamera.» Ha scrollato le spalle. «Sembrava teso. Gli stavo regalando un attimo di piacere.»

Sono scoppiata a ridere. «Non vi capisco. Adesso fate sesso e basta? Non siete più sentimentalmente coinvolti?»

Tate mi ha sorriso con aria furba. «Ti piacerebbe saperlo, eh?»

«Basta che tu non lo ferisca un'altra volta», ho ribattuto in tono gelido.

«È difficile fare del male a qualcuno che se ne frega di te.»

Sono rimasta in silenzio.

Mentre scendeva le scale, ha aggiunto: «Le cose stanno così. Siamo solo amici».

L'ho seguita da basso, dove a prima vista non c'era nessuno. «Non sei tornata alla carica perché vuoi la sua amicizia.»

«No.» Tate con un cenno ha indicato una porta sulla destra. «Sono là dentro. Logan sapeva che saresti arrivata e mi ha chiesto di venire a prenderti. Devono recuperare la registrazione.»

«Non ti interessa essere amica di Logan», ho ribadito.

«No, hai ragione. I miei mi hanno spedita qui e ho pensato di avere una seconda possibilità.» Mi ha squadrata da capo a piedi, arricciando il labbro superiore in un ghigno. «Non ci ho messo molto a capire che stavo solo perdendo tempo.» Tate si è fermata davanti alla porta, ha allungato la mano verso la maniglia ma si è bloccata. «Sei pronta? Logan mi ha accennato a quello che hanno in mente. Sarà brutale.»

«Per via di Budd Broudou?»

«Come?»

«No, niente.»

«Okay. Si va in scena.» Lei mi ha sorriso e ha aperto la porta.

Per un attimo sono rimasta immobile. Mason aveva forse escogitato qualcos'altro? Poi ho sentito la voce acuta di Kate.

«Cosa ci fa qui questa puttana?»

27.

MASON

Kate si era vestita per fare colpo su di me.

Aveva i jeans strappati all'altezza dell'inguine, con sotto il tanga. Pensava di eccitarmi, invece no. Conciata così, sembrava una pronta a tutto. Avevo sempre saputo di poterla avere quando volevo, e in certi casi avevo anche accettato l'offerta. Kate era stata solo quello per me.

Adesso me ne pentivo.

È venuta dritta da me, senza esitazioni. Non ho fatto niente, pur sapendo che stava per cadere in una trappola che l'avrebbe massacrata. Si è avvicinata, e avevo solo voglia di cacciarla via. Non ho fatto neppure questo. Mi ha sfiorato il petto con le dita, poi è scesa più in basso, lungo i pantaloni.

Mi sono estraniato, immaginando che fosse Sam a toccarmi, Sam che si premeva contro il mio corpo. Ho continuato a recitare la mia parte. «Hai un regalo per me?»

«Ce l'ho.» Il suo volto si è illuminato, in preda all'eccitazione, e ha sollevato la videocamera.

L'ho presa. Il video era già selezionato.

L'ho avviato. Non c'era audio, solo le immagini di Logan sul divano e di Tate inginocchiata di fronte a lui. Lui aveva gli occhi chiusi, era appoggiato allo schienale e le teneva una mano tra i capelli, mentre lei muoveva la testa.

Ho passato la videocamera a mio fratello.

«Ehi...» Kate si è bloccata.

Eccolo, il dubbio. Era la prima volta che lo vedevo insinuarsi in lei. Per un istante è caduta in preda alla disperazione, ma poi lo ha messo da parte e mi ha guardato fiduciosa.

«A lui non interessa. Voleva solo vederlo prima che diventasse virale», le ho detto.

«Oh.» Era sollevata.

«Ne hai fatte altre copie?»

«Solo quella che stai vedendo...»

«E questa, per sicurezza.» Parker ha sollevato una chiavetta USB.

Ethan gliel'ha strappata di mano. «La tengo io.»

«Ehi!»

«La custodiremo noi», ho affermato.

Parker ha lanciato un'occhiataccia a Ethan ma si è tranquillizzata.

La mano di Kate si è fatta più audace mentre lei continuava a sfregarmisi addosso. E più insistente. «Allora adesso che succede?»

«L'hai già mandato a qualcuno?»

«Solo a Tate. Sono sicura che se la sta facendo sotto.»

Ho guardato Logan, che ha annuito. Poi ha premuto un tasto con il pollice. Il video non c'era più. A quel punto ho mandato un messaggio a Nate e ho fatto un cenno a Ethan. Senza esitare, lui ha tolto il cappuccio dalla chiavetta e lo ha tirato a mio fratello. Un attimo dopo è uscito.

«Ehi!» ha strillato Parker. «Che diavolo succede?»

Anche Kate era confusa.

Ho aspettato un minuto per concedere agli altri un po' di vantaggio. «Ethan è andato a distruggere la chiavetta.»

«Come...»

«Sapevo che non dovevamo fidarci di loro. Sei una stupida, Kate», ha esclamato brusca Parker avviandosi verso la porta.

«La chiavetta ormai è andata», le ho detto, fermandola. «Inseguirlo non serve.»

«Sei un coglione.»

«C'è dell'altro, e per qualcuna di voi sarà piuttosto interessante.»

Kate ha preso la videocamera dalle mani di Logan. Abbiamo aspettato mentre lei scorreva il menu con gli occhi sgranati.

Mio fratello ha sorriso. «Visto? È andato.»

«Hai cancellato tutto.»

«Sei stata un'idiota a darmela.»

«L'avevo data a Mason, non a te», ha replicato lei rabbiosa. «Mi fidavo di lui.»

Logan ha alzato gli occhi al cielo scoppiando a ridere. «Non mi sento neanche in colpa perché sei troppo stupida.»

Kate ha sussultato. «Mase?»

Il dubbio, di nuovo. Però non voleva crederci.

«Sono d'accordo con mio fratello.»

In quel momento lei ha iniziato a capire. Tutti i pezzi del puzzle stavano andando al loro posto. Ha fatto un passo indietro barcollando. Quando ha urtato il tavolo da biliardo alle sue spalle, ha detto con voce strozzata: «L'ho scaricato sul computer. Te ne pentirai».

Ho sollevato il telefono. «Ora non più.»

Il mio cellulare ha emesso un *bip*.

«Cosa succede?»

Alle spalle di Kate, Parker ha bisbigliato: «Oh no».

Logan ha fatto un'altra risata. «Ragazze, siete fottute alla grande. Lo capisci, Park? Controlla i messaggi.»

Kate si è girata di scatto. Parker era impallidita e le ha mostrato il suo telefono. «È di Nate.»

«Esatto, teste di cazzo.» Logan ha scosso il capo. «Credevate che l'incidente lo avesse messo fuori combattimento? Sapevamo del vostro piano per Sam. Volevate drogarla e costringerlo a fare un video hard con lei.»

Kate mi ha guardato afflitta. «Tu lo sapevi?»

Logan stava per dire qualcosa, ma gli ho fatto cenno di tacere. Dovevo parlare io. Mi sentivo gelido come un pezzo di ghiaccio. Nell'ultima settimana avevo recitato, ma se Kate fosse stata più intelligente lo avrebbe capito. Invece si era lasciata abbindolare. Aveva visto quello che voleva vedere. Stavolta però non avrebbe potuto fraintendere. Ho lasciato trasparire tutta la mia ripugnanza, e quando lei l'ha colta si è messa a tremare. È sbiancata in volto, e ho capito che stava rivivendo tutto nella sua testa. «Avresti dovuto ascoltarmi.»

«No. Tu l'hai mollata per me.»

«Davvero?»

«Tu...»

«Non è più venuta a scuola dopo l'aggressione», ha affermato Parker.

Kate ha chiuso di colpo la bocca prima di girarsi. «No, no, no, no... No. Non può essere.»

Parker ha cacciato un urlo. «Invece sì. Svegliati. Ci hanno prese in giro. Nate mi ha appena comunicato via SMS che tra noi è finita.»

Kate si è voltata verso di me gridando: «Cos'hai fatto?!».

«Nate ha appena mandato un messaggio anche a me.» Le avrei raccontato tutto per filo e per segno. «È andato a casa tua, Kate. Gli ho spiegato come entrare. Tuo padre è all'associazione veterani e stasera tua madre ha il doppio turno.»

Lei è impallidita ancora di più, facendo un altro passo indietro.

Ho continuato. «Me lo hai detto tu. Tua madre non rientrerà prima delle sette di domani mattina. La casa era a nostra disposizione per tutta la notte. Tuo papà dopo la riunione se la sarebbe spassata con qualche puttana. Queste sono state le tue esatte parole.»

«E allora?» Kate ha guardato Parker, che ha alzato gli occhi al cielo e si è allontanata. «Non può essere... Nate non farà un bel niente. Tutti voi siete qui...»

Logan ha sbuffato. «Sei troppo idiota. Non avresti mai dovuto sfidarci.»

«Nate mi ha mandato un messaggio da casa tua. Gli ho dato la password del tuo computer. Ricordi che me l'avevi detta la scorsa estate?»

«Tutto questo per Sam, giusto?» ha detto lei velenosa.

«Sì.» Logan si è dato una pacca sulla fronte. «Davvero ci arrivi solo adesso? Hai preso di mira la donna che mio fratello ama. Ti aveva anche avvertita che ti avrebbe fottuta alla grande. Tu però non hai ascoltato. Adesso apri bene le orecchie. Potresti imparare qualcosa per la prossima volta che qualcuno cercherà di farti fessa. Sei una stupida, Kate.»

«Ehi», ha esclamato Parker.

Logan l'ha guardata. Quando si è accorto che aveva chiuso la bocca, ha annuito. «Bene.»

«Stanne fuori, Logan», ha detto Kate. «Questa storia non ti riguarda.»

Lui ha fatto una risata. «Mi avevate ripreso mentre Tate mi faceva un pompino e avete picchiato la mia sorellastra. Mason non è l'unico ad amare Sam, sai? Anch'io tengo a lei. Qualcosa di tutto questo ti entra in quella testa ottusa che hai? Dovresti essere terrorizzata, perché la parte migliore deve ancora arrivare. Parker, prendi un secchio e cacciaglielo tra le gambe. Tra un po' se la farà sotto.»

«Basta.» Parker ha fatto un brusco passo avanti per trascinare Kate verso di sé, guardandolo in cagnesco. «Ha capito. Il ragazzo che ama l'ha appena pugnalata nella schiena. Non c'è bisogno di insultarla.»

«No», ho detto.

Logan ha fatto per replicare, ma si è bloccato. Tutti e tre si sono girati verso di me.

«Le cose non stanno affatto così. Non mi è mai importato niente di Kate. L'ho usata per il sesso, e basta. Sono stato onesto con lei. Le avevo detto che non eravamo una coppia.»

Parker lo ha fulminato con gli occhi. «Eravamo amici.»

«Ci frequentavamo, ma non vi ho mai considerate mie amiche. Tenevate alla larga le altre e questo mi faceva comodo. Tutto qui.»

«Sei un bastardo.» Parker ha stretto di più Kate. «Si sistemerà tutto», le ha mormorato.

«Non credo.»

«Vuoi farla finita?» Adesso aveva lo sguardo acceso. «Abbiamo capito. Nate è entrato nel suo computer...»

«E ci ha messo un virus», ha aggiunto Logan con un sogghigno. «Non avete più niente in mano.»

«Abbiamo capito anche questo.»

Ho fatto un cenno a mio fratello. Era ora che gli altri si

unissero alla festa. Lui ha mandato un'altra serie di messaggi ai ragazzi e io ho detto: «Kate».

Lei ha sollevato la testa dalla spalla di Parker. La sua faccia era rigata di lacrime, ma non aveva perso la determinazione. Anche se era ferita, sapevo che sarebbe tornata alla carica. Stava radunando le forze per sferrare un altro attacco. Non potevo permetterlo.

Ho scosso la testa. «Non fare la vittima. Tutti in questa stanza sanno di cosa sei capace.»

Lei ha gonfiato il petto facendo un respiro profondo. L'avevo appena stuzzicata. Le avevo dato della vittima. Si è sciolta dall'abbraccio dell'amica.

Le ho sorriso con malizia. «Bene.» Mentre la porta si apriva, ho chiesto: «Ricordi quello che ti ho detto quando eravamo davanti alla mia macchina?».

Tate è stata la prima a entrare.

Kate ha individuato un nuovo bersaglio. «Cosa ci fa qui questa puttana?»

«Kate», ho detto per riportare la sua attenzione su di me, «te lo ricordi?»

Ho fatto cenno a Sam di avvicinarsi. Quando mi ha raggiunto e l'ho spostata dietro le mie spalle, Kate è rimasta senza fiato. Logan le si è accostato per proteggerla dall'altro lato.

«Te lo ricordi, Kate? Hai tre amiche e ti avevo detto che te le avrei portate via.» Ho fatto una breve pausa a effetto. «Ehi, Parker.»

«Cosa c'è?»

Avrebbe voluto uccidermi, ma ben presto avrebbe cambiato idea. «Poco prima di raccontarmi quello che volevate fare a Sam, Nate mi ha detto un'altra cosa.»

Parker è rimasta impietrita, trattenendo il fiato.

Kate ha preso a sibilare: «*Nonononononono...*».

La mia voce ha coperto le sue proteste. «Sai perché Nate ha voluto andare di persona a casa di Kate? Per via del video di voi due che lei diceva di avere. È stato quello a dare inizio a tutta questa storia.»

La voce di Kate si è fatta più forte. «*Nonononononono.*»

Parker stava facendo uno più uno. Aveva gli occhi puntati su di lei mentre cominciava a tremare. Poi il suo telefono ha emesso un altro *bip*. Ha distolto lo sguardo per controllare e ha premuto un tasto. Era solo questione di istanti perché la bomba esplodesse. «Cos'è?» ha chiesto mentre cacciava il telefono sotto il naso di Kate, con gli occhi fuori dalle orbite. «Che diavolo è questo?» Ha premuto un altro pulsante per alzare il volume, in modo che tutti sentissero.

«Dai, Nate, Parker non deve saperlo. Ti farò stare bene.»

«Sta' lontana da me, Kate. So che stai cercando anche gli altri ragazzi.»

«No, sono venuta soltanto da te. Ci possiamo aiutare a vicenda.»

«Comincia col dirmi dov'è il video.»

Lei faceva una risatina provocante. «Non c'è nessun video ma potrebbe esserci. Di noi due, se ti va.»

«Non c'è nessun video?»

«Tu non ti sei ancora rimesso», continuava Kate, a voce più alta. «So che Parker non è venuta a trovarti dopo l'incidente. Io ti farò stare meglio.»

«Non c'è nessun video?»

«No...»

La registrazione terminava lì. Parker stringeva in mano il telefono mentre il suo petto si sollevava e si abbassava rapidamente. Quando ha guardato Kate, fremeva di rabbia. Le è uscita una risata strozzata. «Sei stata con lui? Nate era mio. Sei andata da lui.»

Kate ha fatto un balzo indietro, quasi si aspettasse di essere aggredita, e ha sibilato: «Avevo bisogno di aiuto. Ho dovuto improvvisare. Non avevamo niente e pensavo che picchiarla non sarebbe bastato. L'ho fatto per noi. Nate avrebbe potuto trovare qualcosa contro di lei. Dovevamo distruggerla». Pronunciando l'ultima parola, il suo labbro si è piegato in un ringhio mentre fissava Sam. «Me lo aveva portato via. Ci aveva messo contro tutti gli altri. A scuola ormai eravamo delle nullità. Ho agito anche nel vostro interesse.»

«Brutta stronza...»

«Nate non credeva alla storia del video. Non ci avrebbe mai aiutate. È l'unica ragione per cui sono andata da lui. Te l'assicuro. Tu avresti fatto lo stesso...»

In corridoio una porta si è chiusa.

Stavano arrivando. «Lo hai fatto per il potere, Kate», ho detto. «Volevi solo che gli amici di Sam si rivoltassero contro di lei. Per me è stato fin troppo facile ingannarti. Non ti ho ricattata. Non ho dovuto minacciarti, drogarti né filmarti. Mi hai offerto tutto tu su un piatto d'argento.»

«C'è dell'altro?» ha ringhiato lei. Non avrebbe dovuto sprecare energie: le sarebbero servite per scappare dalle sue amiche.

«Sei andata anche da Ethan, da Strauss e da Derek. Ci hai provato con i ragazzi delle tue amiche.»

«Non avevano mica l'esclusiva.»

Le ho sorriso. «Dubito che loro la pensino nello stesso modo.»

La porta si è spalancata ed è apparsa Jasmine. Ha incrociato lo sguardo di Parker, che ha detto infervorata: «Kate ci ha provato con Nate. Lo ha fatto anche con Ethan?».

«Sì», ha risposto brusca lei.

Ethan è comparso alle sue spalle con un gran sorriso sulla faccia. «Una registrazione davvero simpatica.»

«Ragazze.» Kate ha cominciato a indietreggiare.

Le altre due si sono mosse verso di lei.

Kate ha sollevato le mani in aria. «E dai. Avevo solo bisogno del loro aiuto.»

«No», ha urlato Parker. «È proprio come ha detto Mason. Volevi il potere e hai perso la testa. Vaffanculo. Hai mentito sul video e ci hai provato con lui. Glielo hai succhiato? Mi avevi consigliato di farlo, così avrei ottenuto da lui tutto quello che volevo. Dicevi che lo avrei comandato a bacchetta. Però con te non ha funzionato, vero?»

Kate le ha superate con una spinta, è passata davanti a Ethan e ha imboccato le scale. Parker e Jasmine le sono corse dietro.

Nella stanza è calato il silenzio e poco dopo Tate si è messa a ridere. Si è aggrappata a Logan, scossa dai singhiozzi.

Poi ha fatto un respiro profondo. «Oddio, non posso credere che sia successo. Le hai appena rovinato la vita, Mason.»

Era vero.

Sam mi ha stretto la mano e si è avvicinata.

L'ho guardata negli occhi: per lei lo avrei rifatto.

28.

SAMANTHA

Quella sera Mason mi ha accompagnata a casa e ha parcheggiato nel vialetto di mio padre. La macchina di David non c'era. Gli avevo mandato un messaggio dicendogli di fermarsi a dormire da Malinda perché sarei stata con Mason. Seduta in auto, non mi decidevo ad aprire la portiera. Troppe emozioni e pensieri mi mulinavano nella mente.

«Cosa c'è?»

Eravamo al buio. La luna ci illuminava con il suo chiarore, tenue come il tono di voce di Mason. Io però non riuscivo a togliermi dalla testa quello che lui aveva fatto. Era stato spietato con Kate.

L'ho guardato. Come sempre mi stava osservando. Cominciavo a capire che il problema non era se mi sarebbe sempre stato accanto, bensì cosa avrebbe potuto fare per me. «Sono molto fortunata», ho affermato.

Mason mi ha sorriso. «Perché?»

«Sei disposto a rovinare qualcuno per me.»

Lui si è fatto serio. «Non è questo, Sam.»

«Allora spiegami cos'è. Le hai portato via le amiche e hai fatto credere a Budd che sia la tua ragazza. Non ha più il sostegno di nessuno, e lui le farà qualcosa di terribile. È come se l'avessi sventrata e gettata nell'oceano in pasto a uno squalo affamato.»

«Dovevo scegliere fra te e lei. È stato facile decidere.»

Ho inspirato talmente forte che ho sentito male ai polmoni. Una lacrima mi è sgorgata da un occhio e me la sono asciugata. Che cosa mi era preso? Mason aveva ragione. Budd Broudou rappresentava un problema serio. Lui mi aveva solo salvata.

«Ricordi cosa ti ha fatto Kate?»

L'ho guardato. Era così bello, alto, con le spalle larghe, la vita sottile e gli occhi smeraldo! In quel momento era il suo volto da cherubino ad ammaliarmi. Mason in realtà non era un angelo, ma quando amava dava tutto sé stesso. Da qualche giorno mi ero scordata di quanto lui fosse meraviglioso.

Si è scostato un po' per scrutarmi di nuovo.

Era sempre così cauto. In quel momento aveva paura delle mie reazioni. Nonostante fosse così forte, mi temeva.

«Voleva che Nate ti drogasse, Sam», ha detto.

Ho trattenuto il fiato.

«Che ti spogliasse per farti delle foto. E anche peggio.»

Le costole mi lanciavano stilettate di dolore. Tutto il mio corpo urlava dal male.

«Heather e Tate», ha aggiunto Mason.

Ero sconvolta al pensiero di quello che Nate avrebbe dovuto fare. Mi sono rabbuiata. «Heather e Tate cosa?»

«Si sono messe contro di loro.» Mason è rimasto per un istante in silenzio. «Kate voleva portarti via la tua amica e trasformare di nuovo Tate in una tua nemica.»

Aveva ragione. Ho trattenuto di nuovo il fiato. Perché respirare era tanto doloroso? Poi ho scosso la testa mentre infilavo le dita nel collo della maglietta per cercare di allargarlo. «Aveva mandato dei messaggi di minaccia a Heather.»

«Domani notte volevano andare da Manny.»

Era come se una mano invisibile mi stesse comprimendo il petto.

«Avevano intenzione di sfasciare il locale.»

Mi sono girata dall'altra parte. Non volevo più ascoltare, ma la sua voce era come miele.

«Voleva che Heather ti mollasse e che Tate ti si rivoltasse contro. Alla fine Heather avrebbe preso le distanze da te per proteggere la sua famiglia. Kate non si ferma mai. Non avevo altra scelta che farla a pezzi, toglierle ogni potere e ogni sostegno.»

«All'Academy me la cavavo da sola. Non avevo amici.»

«Nella nostra scuola è diverso. Lo hai constatato sulla tua pelle.»

Ho sussultato mentre mi rivedevo in quel bagno. La porta si chiudeva e loro erano là, tutt'e quattro.

Mason aveva ragione. Kate andava distrutta, e lui lo aveva fatto per me. «Grazie», ho mormorato con un nodo in gola.

«Sam?»

«Sì?»

Mason ha distolto lo sguardo, stringendo il volante. «La prossima volta che ti incazzerai con me, puoi farmi un favore?»

«Quale?»

«Non andare da Logan.» I suoi occhi mi stavano supplicando. Sono rimasta a bocca aperta. Sentivo ancora un senso di oppressione al petto, ma stavolta era un dolore diverso, per il male che gli avevo fatto.

Ho annuito. «Scusa.»

«È mio fratello. Tu sei la mia metà. Non posso...»

Notando che non trovava le parole, gli ho preso la mano e gliel'ho stretta. «Non succederà più, promesso. Mason...» ho mormorato.

«Dimmi.»

«Mi dispiace.»

Lui ha fatto un cenno d'assenso.

«Dev'essere stato brutto per te.»

A Mason è sfuggita una risata aspra. «Probabilmente quanto lo è stato per te quando mi hai visto con Kate.»

La rabbia si è risvegliata. Mason aveva ragione: Kate aveva avuto quello che si meritava. Per l'ennesima volta lui mi aveva protetta. Tutta la tensione accumulata nelle ultime settimane mi è piombata addosso. «Andiamo a dormire», ho detto.

Siamo entrati e l'ho preso per mano, al buio, per portarlo in camera mia.

La scrivania era piena di vecchie fotografie: Jeff, Lydia,

Jessica. Noi quattro in diverse occasioni, le partite di football di Jeff... Al primo anno Jessica e Lydia erano nella squadra delle cheerleader. Ero l'unica a non indossare mai nessuna divisa. La cosa mi ha colpita. Ero sempre stata io quella diversa?

Quando Mason si è seduto sul letto, ho trattenuto il fiato. La trapunta patchwork me l'aveva fatta la nonna poco prima di morire. Era un oggetto che stranamente Analise mi aveva permesso di tenere, malgrado la sua gelosia. Per un anno, mentre tornavo a casa da scuola, mi chiedevo sempre se me l'avesse rovinata. Mason ci si è steso sopra, e d'un tratto mi è apparsa antiquata. Tutta la mia stanza lo era.

«Che c'è?» Ha seguito il mio sguardo mentre esaminavo i miei vecchi libri. «*Il club delle baby-sitter?*»

«Leggevo molto.» Facevo tante altre cose, ma ormai da quei giorni mi sembrava che fosse passato un secolo. Mi sono seduta e lui mi ha preso la mano. «Vedo tutto attraverso i tuoi occhi. Deve sembrarti così...»

«Questa era la tua casa, Sam», mi ha interrotta.

«Infantile», ho concluso.

«Perché lo pensi?»

Ho indicato il tavolo con i vecchi libri, i CD, le fotografie, i miei zaini. «Quando ci siamo trasferite da voi, Analise mi aveva detto di non portare molta roba. Nessuna delle mie cose sarebbe stata adatta alla villa dei Kade. Casa vostra era troppo lussuosa e moderna. Con le mie carabattole avrei solo ricordato a tutti quanto fossimo povere.»

Mason si è messo a ridere sollevandomi la testa. «Non l'ho mai pensato.»

«No? A volte mi dimentico che provieni da una famiglia ricca.»

«È importante?»

«No.» Invece lo era.

«Allora perché distogli lo sguardo, Sam? I soldi sono solo un cuscinetto. In alcune circostanze possono proteggerti, ma non comprano l'amore e la bontà. Il denaro non ti aiuta a ottenere ciò che conta davvero.»

«Tua madre acquisterà la vecchia casa di Nate?»

«Aspetta. Come mai ti è venuto in mente proprio adesso?»

Per Helen Malbourne i soldi erano importanti. Lei non mi avrebbe mai approvata: pensava che non fossi all'altezza di Mason. «So che ora vive là. E questa è un'altra cosa che mi avevi taciuto.»

«Oh.» Ha allontanato la mano dal mio viso. «Non ti fidi più di me?»

Dopo tutto quello che aveva fatto per me, come potevo dubitare di lui? «No. Scusa.»

«Sam.»

Ho sospirato.

«Sam.»

«Sì?»

«Guardami.»

Ho continuato a fissarmi le mani, torcendomele in grembo. Quando mi ha urtato delicatamente con la spalla, ho sollevato la testa. Mason mi ha sorriso, e vedendo la tenerezza nei suoi occhi mi sono sciolta.

Mentre mi attirava a sé, ha bisbigliato: «Ti porti dietro un bagaglio pesante, lo so. Tua mamma ti ha tradita. I tuoi due padri ti hanno abbandonata. Le tue migliori amiche e il tuo ex ti hanno fregata. Io ti ho tenuto dei segreti e mi hai visto baciare un'altra. Mi dispiace se ti ho spinta a dubitare di me».

«L'ultima settimana è stata un vero schifo.»

Lui ha riso afferrandomi la mano e mettendosela sulle ginocchia. «Le ultime due, direi.»

«Sarà finita?»

«Chi lo sa?»

Ho abbozzato un sorriso. «Non sei molto rassicurante.»

«Qualsiasi altra cosa accada, la affronteremo. Lo facciamo sempre.» Mi ha sollevata per sistemarmi sulle sue ginocchia e si è appoggiato alla testiera del letto. Per qualche ragione, al sicuro tra le sue braccia nella mia vecchia stanza, ho provato un senso di pace. Nuovo e vecchio si erano mescolati e in qualche modo questo mi rasserenava. Mi ha stampato un bacio sulla tempia. «Non mi credi?»

Gli credevo, ma in quel momento non mi venivano le parole. Avevo la gola chiusa.

«Sam», ha mormorato Mason accarezzandomi la pelle con il suo respiro. «Ti amo.»

Gli ho stretto la mano con tutta la forza che avevo. Lo amavo anch'io, solo che non riuscivo a dirlo. Allora ho alzato lo sguardo in modo che potesse vederlo.

Gli è sfuggito un gemito. «Sai quanto sono eccitato in questo momento?»

Sono scoppiata a ridere, ignorando le fitte alle costole.

Più tardi quella notte, stesa nel letto accanto a lui, gli ho rifatto la domanda. «Allora tua mamma comprerà quella casa?»

Mason mi ha stretta fra le braccia. «Penso di sì, soprattutto dopo ieri sera.»

«Cos'altro è successo?»

Lui si è irrigidito. «Ho ricevuto una chiamata di mio padre. Purtroppo tua mamma ha avuto un'altra crisi e lui ha dovuto chiamare la polizia.»

Non saprei dire se quello che ho provato fosse paura o speranza.

«È stata ricoverata in ospedale, dovrà essere sottoposta a trattamento sanitario obbligatorio per settantadue ore. Papà dice che dovrà andare in una clinica.»

«Per quanto?»

«Il tempo necessario a guarire, immagino. Mia madre non ha fatto commenti, ma mi stupirei se non comprasse quella casa o un'altra nel quartiere.»

«Per essere vicina a tuo papà?»

«Per causa tua.»

Ho sollevato la testa dal suo petto. «Perché?»

«È lì che vive Malinda Decraw.»

«E allora?» Mi sono messa a sedere appoggiandomi alla testiera e guardandolo dall'alto.

Mason ha sorriso, mi ha presa per la maglietta e mi ha tirata giù per potermi accarezzare i seni. Ne ha preso uno in mano. «Tuo padre sposerà quella donna e tu andrai a vivere con loro.»

«Potremmo tornare a stare da tuo papà.»

«No.» Mason mi stava stuzzicando il capezzolo con il pollice e ho trattenuto il fiato. Stavo andando a fuoco e non potevo fare nulla. «Non sono stupido, Sam. Sei tornata a vivere con tuo papà e non lo lascerai proprio ora che lo hai finalmente ritrovato.»

«C'è anche questa casa.»

«Vuoi davvero stare qui?»

Ormai quello era un luogo freddo. David aveva ragione: era la casa di Analise. Lì avevo troppi brutti ricordi. La casa di Malinda invece era calda, accogliente, piena d'amore. Lei era il futuro per mio padre. Ho sospirato e mi sono accoccolata contro di lui. «Be', sarà interessante.»

«Cosa?»

«Andare avanti e indietro fra la casa di Helen e quella di Malinda.»

«Già.» Mason si è girato sul fianco e ha infilato una mano sotto di me. Mi ha accarezzato una gamba sussurrando: «So che sei dolorante, ma forse posso farti stare meglio».

La sua mano è scesa, insinuandosi tra le mie cosce. Ho chiuso gli occhi e sono rimasta immobile mentre le sue dita affondavano dentro di me. Sentivo le sue labbra sul mio corpo. Ho aperto gli occhi e l'ho guardato. Mi stava mandando in estasi con la bocca, ma nel vedere la sua schiena scolpita ho provato una scarica di desiderio. Si stava trattenendo per non farmi male. Non smetteva mai di proteggermi. Poi la sua lingua si è infilata in me e mi sono persa.

29.

Kate aveva lasciato la scuola. A detta di Heather, correva voce che avrebbe sostenuto l'esame del diploma da privatista. Non mi interessava, ero solo contenta che se ne fosse andata. In sua assenza Natalie era diventata la nuova leader delle Tomboy Princesses. Aveva assicurato a Mason di avere imparato dagli errori di Kate, ma i ragazzi avevano chiuso con loro. Dopo il mio pestaggio in bagno, la loro decisione era definitiva, e di questo gli ero davvero grata. Al mio ritorno alla FCP, la vita mi è parsa più facile. Le persone si mostravano più cordiali.

Appena mi sono rimessa, l'allenatore Grath mi ha inserita in un gruppo scelto di ragazze che correvano la mattina prima delle lezioni. Eravamo cinque, ma solo una era in grado di competere con me. A metà stagione, quando alcuni talent scout sono venuti a dare un'occhiata, ero una delle migliori della scuola.

Stavo anche diventando un po' più popolare.

Heather ha sbuffato quando un giorno alcune ragazze della squadra delle parate si sono affrettate ad aprirmi la porta. Ha commentato che ora ero io l'obiettivo primario: lavorarsi Samantha Strattan significava avere l'occasione di avvicinare i fratelli Kade. Non importava che io stessi insieme a Mason: si mettevano in coda per rimpiazzarmi o per avere le attenzioni di Logan.

Quando le ho chiesto se secondo lei provassero compassione per me, dopo quello che mi era capitato, si è messa a ridere. «Stai scherzando? Alla gente non importa un fico secco se ti succede qualcosa di brutto, a meno che non siano tuoi amici. Ma non è questo il caso. Sono carine per due ragioni: hai buttato Kate fuori di qui e vogliono usarti per arrivare ai Kade.»

«Quand'è che ti deciderai a parlarmi finalmente di Channing?» le ho chiesto, cambiando argomento.

Heather teneva la bocca sigillata ma non ero cieca. Ultimamente Channing era sempre da Manny. Ormai aveva il suo sgabello accanto a Gus, e quei due intrattenevano Brandon tutta sera. Logan e Mason si univano a loro dopo gli allenamenti di basket. Erano diventati amici. Logan aveva cercato di convincere Gus ad andare a correre con lui per far scendere la pancia da birra e lo aveva persino invitato a una cena di famiglia da Helen. Quella però non era andata bene. Non c'era da stupirsi.

Alla fine lei non aveva comprato la vecchia casa di Nate, preferendo acquistare un terreno in fondo all'isolato per costruirvi la villa dei suoi sogni. Nel frattempo, in assenza di James e Analise, alloggiava da loro. Io mi ero trasferita da Malinda e David aveva fatto lo stesso. Però mi aveva assicurato che non avrebbe venduto la casa, in caso un giorno avessi voluto viverci. Mason si era stabilito con il fratello da Helen, anche se passava tutte le serate con me. Logan veniva quasi ogni giorno a fare colazione e nei fine settimana stavamo spesso tutti e tre insieme.

Helen non ne era particolarmente contenta, e nemmeno David, ma nessuno dei due poteva farci niente. Avevamo già combattuto per la nostra relazione e sapevano entrambi che non ci saremmo tirati indietro se fosse stato necessario. Questo però non significava che a volte Helen non riuscisse a complicarci la vita.

Come stava succedendo quel sabato. Mason e suo fratello avevano passato la notte da Malinda. Logan e Mark, tornati a casa tardi dopo una festa, avevano giocato con i videogiochi per tutta la notte. Alla fine Logan si era addormentato sul divano, e alle otto del mattino Helen aveva iniziato a chiamare sia sui cellulari dei figli sia sul telefono di casa. Le ha risposto Malinda, che, dopo aver bussato alla nostra porta, ha allungato il cordless a Mason. Appena l'ho sentita urlare all'altro capo della linea mi sono precipitata giù dal letto e ho preso la roba per andare a correre.

Helen mi ricordava troppo Analise.

Uscita di casa, mi sono infilata in una viuzza dietro la casa di Malinda che si collegava al mio sentiero preferito, che passava dietro Quickie e si addentrava fra le colline. Là riuscivo sempre a perdermi, e quel giorno ne sentivo il bisogno. È stato sulla via del ritorno che ho notato che qualcosa non andava.

Il dipendente di Quickie passeggiava su e giù davanti all'ingresso laterale della stazione di servizio. Si fermava, si torceva le mani e riprendeva a camminare. A un certo punto, ha fatto un respiro profondo e ha sbirciato dietro l'angolo. Si è ritratto di scatto scuotendo la testa prima di ricominciare a torcersi le mani.

Mi sono diretta verso di lui mentre mi sfilavo gli auricolari. Arrivata ai piedi della collina, ho respirato a pieni polmoni per riprendere fiato. Lui mi ha vista e ha strabuzzato gli occhi.

«Ehi», ho mormorato, «stai bene?»

Lui ha scosso la testa. «No.»

L'ho guardato perplessa. Quando non ha aggiunto altro, ho appoggiato la gamba al muro dell'edificio e ho iniziato a fare stretching. «Cosa c'è che non va?»

«Uhhh mmh...»

Mi sono girata di scatto. Sembrava che qualcuno stesse soffocando. Mi sono incamminata verso il retro, ma il dipendente mi ha afferrata per un braccio, trattenendomi.

«Non farlo.» La voce gli tremava, e anche la mano.

Avevo un brutto presentimento. «Come ti chiami?»

«Ben.»

Quel ragazzo stava per farsela nei pantaloni. Ho cercato di liberarmi, ma le sue dita hanno aumentato la presa.

«No, non andare.»

«Okay. Ma perché?»

«Sono dietro la stazione.»

Ho annuito. Sembrava che volesse correre via.

«No... Ahhh», ha piagnucolato una voce di donna.

Quella ragazza doveva essere nei guai.

«No.» Ben mi ha dato uno strattone. Pareva che avesse smesso di tremare. «Non andare là dietro.»

«Dimmi perché.»

Lui ha chiuso la bocca, premendo con forza le labbra.

«Ben, dimmelo, altrimenti ti do un calcio nelle palle e vado a vedere.»

Il dipendente ha sussultato mentre cercava di proteggersi con una mano.

Ho sbuffato. «Ben», ho ripetuto.

La ragazza ha urlato ancora, ma è stata zittita da una voce maschile. Dovevo andare. «Lasciami o te ne pentirai», l'ho minacciato.

«Tu non...» ha farfugliato lui. «Non puoi.»

Ho fatto per girare l'angolo, trascinandolo con me. Ero piena di adrenalina e non sentivo il consueto torpore che provavo sempre dopo una corsa. Volevo aiutare la ragazza in difficoltà. Quando ero stata aggredita, qualcuno mi aveva dato una mano. Avrei ricambiato il favore.

Ben mi ha fermata e mi ha spinta verso il muro. «Là dietro c'è Budd Broudou.»

Mi sono bloccata, come se le mie vene si fossero riempite d'acqua gelida. Non riuscivo più a muovermi.

Budd e Kate. Ci sarei stata io al suo posto se Mason non fosse intervenuto.

«Nnooo... ah! Cos...»

«Sta' zitta», le ha sibilato Budd. Ho sussultato.

Me lo sono immaginato mentre le tappava la bocca con la mano.

«Capisci...» ha detto Ben. «Se andassi là, aggredirebbe anche te.»

«Chiama la polizia.»

Lui ha scosso la testa e si è rimesso a tremare. «Non ci penso proprio.»

«Devi.»

«No.»

«Ben.»

«No. No.»

«Le sta facendo del male.» Non importava che Kate mi avesse picchiata. Quello che Budd le stava facendo era sbagliato. Ho provato un'ondata di repulsione.

Quando ero ferita, qualcuno mi aveva aiutata. Quel pensiero continuava a ossessionarmi.

«Qui ci sono delle telecamere? Lo zio della ragazza è un poliziotto.»

«Davvero?»

Ho annuito.

«Okay.» Ben sembrava ancora sul punto di farsela addosso. «Ce ne sono tre.» Si è bloccato di nuovo.

«Dove?» ho chiesto.

«Oh. Una qui, una sul lato principale dell'edificio e l'altra dentro.»

Mi sono sentita male. «Quindi nessuna è puntata su di loro?»

Lui ha scosso la testa spingendosi gli occhiali sul naso. Aveva gli occhi fissi su di me e si è messo una mano sul fianco magro.

Ho sospirato. Cosa diavolo potevo fare?

«Il suo furgone è laggiù.» Ha indicato un boschetto lungo la strada. Il posto era abbastanza lontano dalla stazione di servizio, riparato da grossi alberi. Nella mia mente ha cominciato a prendere forma un piano, ma alla fine ho dovuto accantonarlo. Non poteva funzionare.

«Aiuto...»

Lui l'ha schiaffeggiata e dopo c'è stato un tonfo.

Ho chiuso gli occhi.

Quella è stata l'ultima goccia. Ho guardato Ben: in lui ora il panico si mescolava alla fiducia. Io però non avevo la minima idea di cosa fare. Sapevo solo di dover intervenire. Ho ricacciato in gola la paura ripensando a tutto quello che avevo passato.

Analise.

L'abbandono di David.

Il tradimento di Jeff.

Jessica e Lydia che mi avevano pugnalato alle spalle.

Le menzogne di Adam.

Becky che gli aveva creduto.

Il pestaggio da parte di Kate e delle sue amiche.

Helen che voleva impedirmi di stare con Mason. Lei era l'ennesimo ostacolo alla mia felicità. Lo sentivo, e anche lui, ma nessuno dei due sapeva come risolvere la situazione.

La rabbia per tutto questo si è sommata all'adrenalina. Ero carica, stanca di essere ferita, presa a pugni e a calci, tradita e abbandonata.

«Ben.» Il mio tono era deciso.

Lui si è calmato e ha annuito.

«Spegni la telecamera sul davanti. Non devo essere ripresa.»

«D'accordo... Ma cosa farai?»

«Lo distrarrò.»

Lui ha avuto un istante di esitazione. «E poi?»

«Aspetta che gli dia fuoco prima di chiamare i pompieri.»

«Sì.» Ben è corso dentro.

Un secondo dopo è tornato fuori.

«Aspettare che tu dia fuoco a cosa?» mi ha chiesto.

Ho fatto un respiro profondo. «Mi servono un po' di benzina e un accendino.»

Lui ha strabuzzato gli occhi ma è rientrato. Poco dopo mi ha teso due taniche di benzina, senza dire una parola. Forse quella decisione mi sarebbe costata cara, ma Budd stava aggredendo Kate e non potevo voltarmi semplicemente dall'altra parte. Se lo avessi fatto, avrei perso la mia anima. Ho preso le taniche e sono corsa verso il furgone di Budd.

L'ho cosparso di benzina mentre sentivo le urla di Kate. Ho chiuso gli occhi e mi sono tirata le maniche sulle mani. Poi ho pulito i contenitori, come mi aveva raccomandato Ben, per eliminare le mie impronte. Non sapevo cosa avrebbe raccontato il ragazzo all'arrivo della polizia, però mi aveva assicurato che avrebbe spento la telecamera. «Oddio...» Kate ha lanciato un gemito di dolore.

Mi sono allontanata un po' dal furgone, mi sono chinata e ho avvicinato l'accendino a qualche ramo secco. Il cuore mi batteva all'impazzata e tutto si svolgeva come al rallentatore.

Continuavo a sentire le grida di Kate.

"Avresti dovuto lasciare la scuola. Ti avevo dato un ultimatum."

Il mio pollice si è scostato dall'accendino. Sono rimasta accucciata lì. La mia mano non tremava.

"Questa non è una vendetta. È la tua punizione."

Lei voleva distruggermi ma mi aveva solo ferito. Io avevo reagito. Quand'ero a terra mi ero rialzata. Non mi aveva distrutto.

"State zitte e prendetela."

Ho lasciato cadere l'accendino. La mia mano ha sussultato quando ho risentito il primo colpo, il primo pugno, il primo calcio, quando sono caduta a terra. Mi stavano accerchiando. E dire che ero quasi riuscita a fuggire...

"Non puoi ucciderla. Andiamo."

Quando avrebbe smesso? Quella sera avrebbe continuato a infierire su di me se le sue amiche non l'avessero fermata. Budd adesso le stava facendo del male, la stava uccidendo dentro. Sentivo le sue grida e conoscevo quello strazio. Mi pareva di essere di nuovo tra le sue grinfie.

Ho raccolto l'accendino. Stavolta non ho esitato. Ho appiccato il fuoco a un ramo, aspettando che attecchisse prima di lanciarlo verso il furgone. Poi sono scappata.

Appena avesse visto le fiamme, Ben avrebbe chiamato i pompieri e la polizia. Dovevo allontanarmi da lì. Mentre correvo verso il sentiero che mi avrebbe riportata da Malinda, mi sono bloccata.

Kate mi ha vista. Anche da quella distanza, ho potuto scorgere il dolore nei suoi occhi.

Era immobilizzata contro il muro. Budd l'aveva trascinata vicino al cassonetto. Aveva scelto quel posto perché dalla strada nessuno avrebbe potuto notarli.

Teneva una mano sulla gola di Kate e un'altra in mezzo ai loro corpi. Non avevo idea di cosa stesse facendo e non volevo saperlo.

Bum!

L'esplosione è stata tanto forte da scagliarmi all'indietro, ma non ho distolto lo sguardo.

Budd l'ha mollata ed è corso sul lato principale della stazione.

Kate si è raddrizzata. Aveva i capelli scompigliati, e graffi e macchie rosse sulla faccia e sulla gola. Muovendo solo le labbra ha detto: "Grazie".

Aveva capito tutto.

Ho annuito bruscamente. Lei mi aveva fatto del male e io l'avevo salvata. Me ne sono andata. Mentre salivo su una collina avvicinandomi al sentiero che portava a casa di Malinda, ho sentito le sirene in lontananza. Mi sono fermata per guardare in basso. Da una piccola apertura tra gli alberi ho visto le fiamme e poi Budd che camminava su e giù.

Ho riso tra me.

Lui ha provato a entrare nel negozio ma non ci è riuscito. Le porte erano chiuse a chiave. Dentro, Ben e Kate lo stavano fissando. Quando è arrivata la polizia è fuggito, ma non ha fatto molta strada, perché l'ho sentito urlare: «'Fanculo!».

Ho ripreso il cammino. Non sentivo più il bisogno di correre, volevo godermi quel momento. Budd Broudou aveva preso di mira Mason e Logan, aveva mandato Nate in ospedale e terrorizzato troppe persone. Adesso sarebbe finito in prigione. Quello era un giorno che avrei ricordato a lungo con piacere. Forse Mason aveva ragione: assumere il controllo era il modo migliore per fare giustizia.

Ho ripensato ai lamenti di Kate. La mia coscienza era pulita. Malgrado mi avesse fatto del male, l'avevo aiutata. Questo mi bastava.

30.

Tre mesi dopo

Budd era finito in prigione per aver tentato di stuprare Kate. Ad arrestarlo era stato suo zio, il primo poliziotto ad arrivare sulla scena. Heather mi aveva raccontato che da anni Kate aveva problemi con i suoi genitori, e dopo tutto quello che era successo suo zio l'aveva accolta in casa sua. Mentre tutti noi stavamo terminando il semestre, lei studiava per prendere il diploma da privatista.

Io ero contenta di non averla più rivista. Nessuno sapeva chi fosse stato a incendiare il furgone di Budd. Ben e Kate avevano tenuto la bocca cucita. Mi sentivo sollevata. Avevo chiuso con lei.

«Hai visite.»

Ho alzato gli occhi dalla cassa. Heather, con un sorriso teso sul volto, era in piedi e dava la schiena a Mason, Logan, Channing e Gus, seduti in fila sugli sgabelli davanti a Brandon. In TV davano una partita di baseball, e Logan stava cercando di convincere Gus a scommettere contro la sua squadra preferita.

«Chi è?»

«Ssh.» Lei si è avvicinata e ha alzato gli occhi al cielo.

Non sono riuscita a decifrare il suo messaggio. Avevo la mente altrove perché una settimana dopo Mason si sarebbe diplomato e di lì a qualche mese sarebbe partito. Ero già angosciata all'idea.

«Dimmelo», ho insistito. Temevo che fosse Kate o, peggio, una delle sue amiche. Non avevo voglia di sentire le loro patetiche scuse.

«Va'», ha sibilato Heather prima di fare un verso di frustrazione e di afferrarmi la mano. Mi ha trascinata con sé passando davanti al bar e ha annunciato: «Pausa sigaretta. I ragazzi sono esclusi».

Nessuno si è mosso, e siamo uscite. Lei si è chiusa la porta alle spalle.

Ho guardato nel vicolo, ma non c'era nessuno.

Heather si è buttata su una sedia e ha tirato fuori dalla tasca il pacchetto di sigarette. Quando ho fatto per sedermi anch'io, me l'ha impedito. «No. Vai.»

«Dove?»

«Oh.» Lei si è guardata intorno perplessa. «Ma dov'è finito?» Poi il suo sguardo si è illuminato, e ha indicato in direzione di casa sua. «Eccolo là.»

Quando ho visto chi era, mi sono lievemente rilassata. Brett.

Era appoggiato a un albero con le mani in tasca. Mentre mi avvicinavo, si è raddrizzato, stagliandosi in tutta la sua altezza. Se non avessi saputo di piacergli, me la sarei fatta addosso. Mi sono asciugata le mani sui pantaloni e gli ho rivolto un sorriso.

Lui ha ricambiato. «Mi dispiace di non averlo fatto prima.»

Non mi aspettavo niente del genere. «Fare cosa?»

«Venire a scusarmi per mio fratello e per quello che hai dovuto passare.» Ha abbassato la testa facendo un respiro profondo. «Avrei dovuto fermarlo molto tempo fa. Suppongo che fosse più facile lasciare che lui desse ascolto a nostra sorella. Tutto è cominciato quando Shannon ha detto che Mason Kade l'aveva usata per poi buttarla via. Mentiva.»

«E tu lo sapevi?»

«Allora no, ma l'ho scoperto qualche mese fa. Però non l'ho mai detto a Budd.» Ha scrollato le spalle sfregandosi la faccia. Aveva le braccia grandi come tronchi. Poi ha aggiunto: «Quando mio fratello sente qualcosa, gli resta in testa. Il tuo uomo lo sa bene».

Mi è venuto il voltastomaco ripensando a Kate che si sfregava contro Mason. Ho scacciato quell'immagine. Era una cosa passata. Lui si era vendicato e lei aveva avuto ciò che si meritava. Alla fine però l'avevo aiutata. Mi sentivo la coscienza a posto.

Mi sono schiarita la voce. «Cosa vuoi, Brett?»

«Solo porgere un ramo d'ulivo, immagino.» Ha contratto la mascella distogliendo lo sguardo, quindi ha incrociato le braccia al petto. Se possibile, mi è sembrato ancora più imponente. «E farti sapere che la rivalità tra le nostre città è finita. Per quanto mi riguarda, non abbiamo più problemi con la gente di Fallen Crest.»

«Ah.»

«Va bene?»

Mi sono irrigidita ma non potevo negare di sentirmi sollevata. In quel momento Mason mi è arrivato alle spalle. Non mi ha nemmeno sfiorata. Per qualche ragione, gliene sono stata grata.

Brett ha fatto un brusco cenno con la testa. «Stavo dicendo alla tua donna che per me questa storia è chiusa. Budd è in prigione.»

«Dal tuo tono, sembra che ti faccia piacere.»

I due ragazzi si sono scambiati un tacito messaggio prima che Brett muovesse lentamente la testa su e giù. «Mio fratello voleva fare del male a una ragazza. Dev'essere punito per questo. Non c'è altro da dire.»

Mason non ha risposto, continuando a fissarlo.

Mi sono avvicinata a lui. L'aria era carica di tensione, ma non pensavo che ci sarebbe stata altra violenza. Ho rivolto a entrambi un sorriso forzato. «Brett è venuto a dirci che Shannon ha mentito in tutti questi anni. Abbiamo fatto progressi, presumo.»

«Dunque sai che non ho mai fatto sesso con tua sorella?» ha chiesto Mason.

Brett ha annuito. «Sì. La sua migliore amica mi ha spiegato che Shannon ci aveva provato con te e che tu l'avevi respinta.» Il suo sguardo ha indugiato su di me. «So che in fatto di donne hai solo l'imbarazzo della scelta, e comunque la sua versione non mi aveva mai convinto. Però è pur sempre mia sorella.»

La mascella di Mason si è indurita. «La vostra è stata una reazione estrema.»

Brett ha sollevato la testa raddrizzando le spalle. Quando ha lasciato ricadere le braccia lungo i fianchi stringendo le mani, mi sono sentita male. Poi ha sbuffato. «Siamo all'antica. I fratelli maggiori devono badare alle loro sorelline.»

«Shannon è una stronza.»

Ho chiuso gli occhi, frustrata. Logan aveva sempre un pessimo tempismo.

Si è avvicinato lentamente al gruppo, fulminando Brett con lo sguardo. «E anche una vipera. Non ha nessun bisogno di essere protetta.»

Quando Brett ha teso il collo, ho percepito la tempesta in arrivo.

Mi sono messa in mezzo a loro, facendo cenno a Logan di allontanarsi. «Vattene. Non sei d'aiuto.»

«Io resto, Sam.»

«Va' via, dico sul serio.»

Lui mi ha ignorata, fissando Brett. «Perché sei qui?»

«È venuto a fare pace, quindi non rovinare tutto», ho risposto alzando la voce.

Logan aveva un'espressione incredula.

Mi sono messa le mani sui fianchi. «Dai, Logan...» Mi sono interrotta quando Mason mi ha attirata a sé e ha affondato le dita nella mia carne. Ho colto il messaggio e sono rimasta in silenzio.

Logan si è avvicinato. Ora eravamo tutti e tre in fila, uniti. Mi ero scordata di cosa si provasse: era bello. Mi sono sentita a casa.

Brett ci ha dato un'occhiata e ha annuito fra sé. Poi mi ha rivolto un vago sorriso prima di fare un passo indietro. «Sono venuto a vedere come sta Sam e a dire quello dovevo. Budd è in carcere e ci resterà un bel pezzo, quindi adesso a Roussou comando io. Per quanto mi riguarda, non c'è più nessuna contesa tra noi.» Ha fatto una pausa. «Fallen Crest è vicina alla nostra fattoria, perciò vi avverto anche

che ogni tanto potrei fermarmi a mangiare un boccone da Manny.»

Mason si è insospettito.

Logan ha sollevato il mento. «Hai mandato il nostro amico in ospedale e non abbiamo mai pareggiato i conti.»

«Hai contribuito a spedire mio fratello in prigione. Penso che tutto sommato possiamo chiuderla qui.»

Ho annuito. «A me sta bene.»

Mi hanno guardata tutti. Li ho ignorati. Heather sarebbe stata contenta se Brett avesse frequentato il suo locale, perché con lui sarebbero venuti anche gli amici di Channing, che giravano al largo a causa della rivalità. Finora Channing era l'unico che si faceva vedere da quelle parti, e tra lui e Mason si era instaurata una bella amicizia.

«Bene.» Brett mi ha indicata. «È bello vedere che stai meglio.»

Gli ho sorriso. «Grazie di essere venuto.»

Lui si è portato un dito alla fronte per rivolgermi il saluto militare. Il suo era un addio. Si è girato e si è incamminato verso il retro di Manny. Poco dopo abbiamo sentito il suo furgone uscire dal parcheggio.

«Be', accidenti. Adesso con chi ci sfogheremo?»

Mason ha sfoderato un ghigno. «Be', il preside Green se non sbaglio ha ancora un grosso debito da pagare.»

«Hai ragione, fratello. Non ci siamo mai vendicati del fatto che non abbia espulso Kate e le sue amiche. Ma dov'è finito Nate? Ormai dovrebbe essere qui.»

«Tranquillo, ha una nuova ragazza.» Mason mi ha stretta a sé, dandomi un bacio sulla fronte. Poi si è scostato e ha incrociato il mio sguardo. Ho avvertito un brivido cogliendo la sua promessa ardente e anche il messaggio che vi stava dietro. Brett apparteneva al passato, come molte altre cose. L'ho afferrato per la maglietta e l'ho attirato a me per dargli un bacio vero. Appena le sue labbra hanno sfiorato le mie, il desiderio di lui si è riacceso.

«Dai, ragazzi. Non fate che scopare come ricci da quando Sam si è ripresa», ha protestato Logan. Il suo telefono ha emesso un *bip*. «Grazie al cielo è Nate. Andiamo.»

Mason mi ha baciata teneramente, pronto a seguire suo fratello.

Ho scosso la testa. Tremavo. A dispetto di tutto, avrebbe sempre avuto quel potere su di me. Mentre indietreggiava, il suo sguardo non si è scollato dal mio. Ho colto un altro messaggio: ero sua. Gliene ho mandato uno a mia volta: lui era mio. Quando un angolo delle sue labbra si è piegato in un sorriso, ho capito che lo aveva ricevuto forte e chiaro.

«Per caso voi ragazzi avevate intenzione di combinarne qualcuna delle vostre a Roussou stasera?» ho chiesto con voce rauca.

«Qualcosa dobbiamo pur fare. Tra una settimana c'è la cerimonia del diploma.» Logan ha gettato un braccio sulle spalle di Mason e gli ha scompigliato i capelli. Lui gli ha dato una spinta. «Mi restano solo altri due mesi da passare con questo tipo. Dobbiamo costruirci dei ricordi, e questo significa fare qualche danno.» Ha cacciato un urlo. «Andiamo, Mase, stasera sono in vena di cercare guai. Se non torniamo a casa, Sam, controlla che non ci abbiano arrestati.»

Mentre scompariva dietro l'angolo, ho chiesto a Mason: «Dice sul serio?».

«No... Almeno non penso.»

«E dai!»

Lui ha fatto una smorfia. «Forse.»

«Mason.»

Mi ha dato un altro bacio sulle labbra, poi ha bisbigliato: «Ce la caveremo, come sempre».

Ha fatto per allontanarsi, ma l'ho bloccato. Quando ha visto l'eccitazione nel mio sguardo, mi ha presa tra le braccia, spingendomi contro il muro e premendosi contro di me. Sapevo che per il resto della serata avrei avvertito quel piacevole spasmo tra le cosce. Lui mi ha rivolto un sorriso mesto mentre mi accarezzava teneramente il viso. Mi ha sistemato una ciocca di capelli dietro l'orecchio. «È tutto a posto?»

«Sono solo un po' su di giri.»

Mason ha sogghignato e si è avvicinato di nuovo. «Alludevo all'incontro con Brett Broudou.»

«Oh.» Lui si è mosso contro di me, e mi sono infiammata. «Presumo di sì», ho risposto. Ho appoggiato la testa contro il muro mugolando di piacere. «E tu?»

«Starò bene», ha mormorato. Il suo sguardo era fisso sulle mie labbra. Poi la sua mano è scesa lungo i miei pantaloni.

«No.» L'ho spinto indietro. Logan aveva ragione: da quando ero guarita, eravamo insaziabili. «Stasera.»

Lui ha annuito ma non si è staccato da me.

«Mason», l'ho ammonito con dolcezza.

Quando ha posato la fronte sulla mia, ho fatto un sospiro di sollievo misto ad amarezza. Di lì a poco se ne sarebbe andato. Volevo saziarmi di lui prima che partisse per il college. Logan aveva ragione. Restavano solo un paio di mesi.

Ho chiuso gli occhi, infilando un dito nel passante dei suoi jeans. Avevo una gran voglia di dimenticare dove mi trovavo e di abbandonarmi a lui. Però non potevo.

«Mason.»

Ha riso piano dandomi un altro bacio. Poi è indietreggiato. «Ci vediamo stasera.»

«Non farti arrestare.»

«Promesso.»

Un attimo dopo se n'è andato, e io sono rimasta lì a raccogliere i pezzi. Avevamo sessanta sere o poco più prima che lui partisse per il college.

Sarebbero state belle. Avrei fatto in modo che lo fossero.

Appena sono stata in grado di muovermi, ho girato l'angolo e mi sono bloccata.

Tate era seduta su una sdraio nel portico. Mentre mi avvicinavo, ha mosso nervosamente le gambe. Tamburellava le dita sulla sedia con impazienza e mi ha rivolto un sorriso forzato. «Avrei dovuto capire che c'eri. I tuoi due uomini se ne sono andati un secondo fa.»

«Sì.» L'ho guardata perplessa. «Cosa ci fai qui?»

Dopo la faccenda del video, Tate era quasi scomparsa. La vedevo di rado anche a scuola. Aveva interrotto ogni rapporto con Logan, rifiutandosi di incontrarlo. Se si trovava da Manny, era per Heather, e questo mi preoccupava.

Lei ha sospirato. «Non temere. Non voglio interferire con la vostra santa trinità. Devo vedere Heather.»

«Perché?» ho chiesto in tono brusco.

Mason mi aveva spiegato cosa sarebbe successo se Kate fosse riuscita a realizzare il suo piano. Heather e Tate mi si sarebbero rivoltate contro. Concordavo con lui per quanto riguardava Tate, ma non per Heather. Se avessero distrutto Manny, come avevano in progetto di fare, lei avrebbe dato fuoco alla casa di Kate.

Ne ero certa. Quando le avevo riferito quello che aveva in mente Kate, lei era esplosa. Natalie e Jasmine erano davanti agli armadietti, e Heather aveva cercato di scagliarsi contro di loro. Per fortuna ero riuscita a trattenerla.

La sua lealtà mi aveva colpita. Non mi avrebbe mollata, e io l'avrei sempre protetta. Tate in passato l'aveva ferita. Non le avrei permesso di rifarlo.

Quando si è gettata i capelli sopra una spalla ignorando la mia domanda, ho tirato la sua sdraio verso di me. «Perché sei qui?»

Lei ha alzato gli occhi al cielo. «Chi sei, mamma orsa?»

«Non ho paura di sporcarmi le mani. Dovresti saperlo.»

Tate è ammutolita, e le sue spalle si sono afflosciate in segno di sconfitta. «Le mie lezioni sono finite e stasera me ne vado. Questa scuola è solo una grande rottura di scatole.» Ha indicato verso l'interno del locale con aria svogliata e la mano le è ricaduta sulle ginocchia. «Sono venuta per due ragioni. Heather e Logan. Capisco ora che sono entrambe stupide. Sono un'idiota.»

Ho inarcato le sopracciglia, arretrando mentre si alzava. «Ma Heather sa che sei qui fuori?»

«No, e non ha importanza. Sto solo perdendo tempo. Me ne vado.»

Ero d'accordo con lei: se ne doveva andare. Heather non l'avrebbe mai perdonata.

Dopo aver fatto qualche passo si è girata. «'Fanculo. Non mi interessa un accidente. Lui non può più farmi del male.» Mi ha rivolto un sorriso radioso, poi ha aggiunto: «Mio padre aveva perso il lavoro e quando mi ha proposto di venire a stare da mia sorella non ho avanzato obiezioni. Mi ero comportata da stupida e per questo avevo perso due persone importanti nella mia vita: Logan e Heather. Pensavo che tornando, se avessi strisciato per un po' ai loro piedi, mi avrebbero perdonata». Ha indicato il locale. «Vedi bene che non è successo. So che Heather non lo farà mai. Logan mi è entrato nella testa...» Si era fatta seria, e mi si è annodato lo stomaco. «Lui non mi avrebbe mai più amata, ma da idiota ci ho provato lo stesso. Ovviamente è stato tutto inutile.» Ha fatto un sospiro, scoccandomi un sorriso amaro. «Mason mi odia. Pensavo che avrebbe colto ogni occasione per umiliarmi, invece non è andata così. Per un po' questo mi ha sconcertata.»

«Perché me lo stai dicendo?»

Tate ha scrollato le spalle. «Non ne ho idea. Comunque ho chiuso con questa scuola. Andrò al college, e Mason Kade non potrà più incasinarmi la vita.»

Avevo mal di stomaco e cominciavo a fare fatica a respirare.

«Ti ha detto che Marissa andrà alla Cain University? Proprio come lui e Nate.»

Non me lo aveva detto. Ci sono rimasta male.

Lei ha fatto un'altra risata amara. «Lo sospettavo da un po' e non capisco perché nessun altro ci sia arrivato. Ero alla festa di Fischer, quella in cui Mason si è divertito a rovinare la vita a Kate. E sai chi ho incontrato? Miranda Stewart. Sapevo che era stata con Logan per un po', ma non avevo dato molto peso alla cosa. Per lui le ragazze sono come le birre: le tracanna e getta via la lattina.»

Non capivo dove intendesse andare a parare, però preferivo non saperlo. Ho iniziato a scuotere la testa. Le cose mi stavano andando bene. Noi tre adesso eravamo molto uniti. Io e Mason stavamo insieme. Avevo bisogno di lui...

«Da quello che avevo sentito», ha continuato Tate, «Miranda non faceva che criticare chiunque andasse a letto con Logan. Però alla fine lui l'aveva sedotta, facendole mollare il suo fidanzato storico per poi scaricarla un mese dopo. Mi ha raccontato tutto quella sera alla festa. Ha detto che stava scambiando due chiacchiere con Mason quando suo fratello si era fatto avanti. L'idea era di Mason, vero?»

Ho sentito il panico crescere dentro di me. Senza rispondere, le ho girato le spalle.

«Vedi, Logan fa raramente qualcosa senza una ragione precisa», ha detto Tate in tono divertito. «Pochi lo sanno, ma per noi due non è certo un mistero. Lo stesso vale per Mason. Quella storia mi aveva incuriosita, quindi l'ho esortata a continuare a raccontare. Miranda mi ha spiegato tutto, compreso il fatto di essersi comportata da ipocrita con i suoi amici.» Si è interrotta per prendere il fiato. «Lei non ha la più pallida idea di cosa c'era sotto.»

"No, no, no." Ho scosso la testa. Non volevo più ascoltare.

«Era confusa. Credeva che tu stessi con Logan, poi è comparso Mason e le cose si sono chiarite.» Il tono di Tate adesso era maledettamente ironico. «Non so cosa sia successo di preciso, ma non sono stupida. È stato Mason a dire a Logan di uscire con lei per poi scaricarla. Quanto mi piace! Già godo all'idea di spifferarlo in giro.»

Ho trattenuto il fiato. Avevo stretto le mani a pugno e me le sono premute contro le gambe.

«Mason voleva solo tapparle la bocca. Peccato che lei fosse troppo stupida per arrivarci.» Tate ha fatto una risatina priva di allegria.

Tenevo gli occhi chiusi. "No, no, no, no..."

«Mason non ha distrutto quel video per bontà d'animo o per aiutare suo fratello. Oh no. Lo ha distrutto perché sospettava che io conoscessi il suo segreto e sperava che facendomi un favore non sarei venuta a raccontartelo. Ma a me non importa più un accidente. Vuoi sapere cosa aveva intuito Miranda mesi fa, anche se non ha mai fatto uno più uno?»

Non volevo. Non potevo perderli.

Tate è scoppiata ridere. «Che Logan è innamorato di te. Adesso finalmente il segreto è stato svelato.»

Ha continuato a ridere mentre raggiungeva la sua macchina. Io non riuscivo a muovermi.

Logan era innamorato di me.

Merda.

FINITO

16/12/18

H: 23:30

CASA DEL FANCIULLO

DARFO BOARIO TERME.

M M G V S D

17 18 19 20 21 22

Finito di stampare nel mese di maggio 2018
da Grafica Veneta s.p.a., Trebaseleghe (PD)